我们
家

巫鸿
巫允明
著

一滴水映照的历史

学林出版社

巫　鸿

汉族，江苏省句容市人，1945 年 11 月出生于四川省乐山市。

1987 年开始在美国哈佛大学美术史系任教，1994 年获终身教授职位，同年受聘主持芝加哥大学亚洲艺术教学，执"斯德本特殊贡献教授"讲席。2002 年建立东亚艺术研究中心并任主任，兼任该校斯马特美术馆顾问策展人。2008 年被遴选为美国国家文理学院终身院士，并获美国大学艺术学会美术史教学特殊贡献奖，2016 年获选为英国牛津大学斯雷特讲座教授，2018 年获选为美国大学艺术学会杰出学者，2019 年获选为美国国家美术馆梅隆讲座学者和哈佛大学荣誉艺术博士，并于 2022 年获美国大学艺术学会艺术写作杰出终身成就奖。

其著作包括对中国古代、现代艺术以及美术史理论和方法的多项研究，古代美术史方面的代表作有《武梁祠——中国古代画像艺术的思想性》《中国古代艺术与建筑中的"纪念碑性"》《重屏——中国绘画中的媒材与再现》《黄泉下的美术——宏观中国古代墓葬》《废墟的故事——中国美术和视觉文化中的"在场"与"缺席"》《"空间"的美术史》《中国绘画中的"女性空间"》《空间的敦煌》《天人之际——考古美术视野中的山水》等。

巫允明

汉族，江苏省句容市人，1940 年 11 月出生于云南省昆明市。

中国艺术研究院舞蹈研究所 "中国原生态舞蹈文化"及"中国古代舞蹈史"研究学者，曾任中国傩戏学研究会副会长兼秘书长。

1988 年为美国哈佛燕京研究社访问学者，对印第安人文化进行考察，并在该校进行中国民间舞蹈文化交流。

1999 年英国剑桥大学"世界名人中心"授予"20 世纪成就奖""1998—1999 年度世界女性"称号，收入"英国剑桥世界名人录"。

1997—2017 年，于北京舞蹈学院、北京师范大学、北京首都师范大学舞蹈系教授"中国原生态舞蹈文化"及"中国古代舞蹈史"课程。

主要著作：《神州舞韵》《永久的记忆——川西北羌藏民俗图集》《中国原生态舞蹈文化》《中国舞蹈考古——以文物鉴史》等。《中国原生态舞蹈文化》于 2011 年获第十届中国民间文艺山花奖·民间文艺学术著作奖，2013 年获第四届"中华优秀出版物奖"等，论文《华夏文化对美洲印第安人古代文明和传统习俗的影响初探》于 2012 年获中国文联第八届"文艺评论·文章类"一等奖，纪实性影视片《土族传统仪式"跳於菟"》于 2015 年获第十二届中国民间文艺山花奖·民俗影像作品奖。

目 录

缘起

两年前我和姐姐巫允明设想了一个计划，一起回忆家庭、父母和自己的往事，或许能够逐渐成文，发展成一本小书。有的读者可能会问：每个家庭都有回忆往事的时候，但很少联手把所谈的事情写下来公之于众。你们二人的记忆有何特殊？又何必诉诸文字发表？我的回答是习惯使然——我二人都是文字工作者，从事的研究大多以书籍和文章为终点。至于写下的记忆是否特殊，我想既可说是也可说不是：生活在20世纪到21世纪的亿万中国家庭都有共通的经验，但每个家庭却又不同，从来不是彼此的复制。我和姐姐希望把我们这些既非独有又不一般的记忆写下来，是因为在生命的此时此刻，感到了这种需要和意愿。而且，写下的东西也可能会获得超出个人的意义：一个家庭就如历史长河中的一滴水，映射出河流的瞬间轨迹。

以我来说，此时与姐姐合写这本书，年龄肯定是一个因素，几年前的新型冠状病毒感染疫情是另一原因。我和她均已进入耄耋之年，岁数大了难免会谈起故人、故事；三年"疫情"中二人分居大洋两岸，也增强了更多的交流愿望。但写本书的目的绝非怀旧——我二人都不是念旧之人，"当下"对我们仍然充满意义，因此二人都还在撰写一本本学术著作，她写舞蹈史，我写美术史。但为什么现在会更多谈起往事？可能因为我们都感到记忆需要不断被发掘和激活，否则只是形存实亡，就像厨房柜中陈年未触的瓶瓶罐罐，灰尘封存之下想不起装着什么东西。

我和姐姐的关系尤其如此。我们俩人在同一家庭中共同起居的往日，实际上只存在于遥远的童年。以后随着生活的变化，我跟着父亲搬到北京郊区，然后是中学和大学里的住校、愈益频繁的下乡和军训、天各一方的"文化大革命"、出国的学习和工作；她也经历了生活、工作和事业上的许多变更。但血浓于水，家一直是联结我们的纽带。整整一个甲子之后，我们忽然发现即使二人一直在各自轨道上运行，但仍然属于同一宇宙。当我们开始追寻共同的记忆，也就是搜索两条轨道的交叉和相会，围绕它们重构出家庭的历史。

还有一个更具体的原因，就是我在上海三联书店出版了《豹迹：与记忆有关》（2022 年）一书之后，不少人对我们的家庭发生了兴趣，《北京晚报》记者夏丽柠在访谈中也时时提出有关我父母的问题。例如：

> 你父亲出身于江苏农村，母亲生长在天津洋场，他们两人是怎么走到一起的？从回国参加抗战和建国大业到身经"反右运动"和"文化大革命"的磨难，他们是如何过来的？对你有什么影响？

> 你们家好像都是搞历史的。父亲研究经济史，母亲研究戏剧史，姐姐研究舞蹈史，你研究艺术史，其中的原因何在？为什么你们四人研究的历史又都不一样，既衔接又不衔接？

> 你父母 20 世纪 30 年代出国，在哈佛大学相遇相爱。你半个世纪之后也去了哈佛，遇到现在的妻子并留在那里教书。为什么会这么凑巧？是偶然巧合还是冥冥中自有天意？

说实话，对这些问题我大多无法回答，只能含糊其词，但它们使我希望更多地知道父母的往事。这种愿望在这之前已经产生：随着年龄的增长，我感到越来越能体会父母经历过的磨难和选择，越来越理解他们对孩子的深情、担心和期望，也越来越怀念他们。我在"疫情"中的一次访谈中说："父母那一代人的生活，一方面极丰富，像我父亲，经历了清末、国民党时期，中间留过洋，又有新中国成立以后的经历，那种经验是我们现在比拟不了的；但同时也非常坎坷，中间若干年不能写作、不能研究，处境非同寻常。每当我想起来时觉得他们很伟大：他们经历过那么多，但还都保留了很多的信心，一直秉持着理想主义，直到晚年仍孜孜不倦地思考。"①

也就是在这次访谈前后，我和姐姐开始计划写这本小书。的确，要想了解父母和家庭的事情，没有人比姐姐知道得更多。她比我大五岁，经历过我所不知道的我们家的那段历程。她的记性也比我好得多，许多一同住过的地方、一块做过的事情我已全然忘怀，只是在她娓娓道来时才隐约记起。

但她的记忆能力也使得这个计划几乎夭折。我们开始时设想的合作方式，是每人写下自己的记忆，然后连成一气。但当我收到她发来的一些初稿，马上发现我能够贡献的实在太少：往事在我脑子里经常呈现为整体的块面，这里那里留着一些斑驳的刻痕，难以形成连续的轨迹——这种状态在《豹迹》中已

---

① 李菁：《巫鸿：建构世界性的中国艺术史》，载《南方人物周刊》2021 年 12 月 6 日（第 37 期），15 页。

有清楚呈现。姐姐的记忆则是清晰生动，人物、地点、情节一应俱全。计划中的合作因此在正式开始之前已成跛足，坚持做下去难免是步履艰难、蹒跚前行。

　　就在想打退堂鼓的时候，一个想法突然出现了：何不扬长避短，重新规划我和姐姐两人在这个合作中的角色？姐姐因其年龄和出众的记忆力，自然是当仁不让的主要叙事者，而我则可以起到催化作用，以旁敲侧击的提问方式协助开发她的记忆宝藏，也可以时不时地参与进去，添加被姐姐的故事激发出的记忆火星；甚至可以发挥自己的研究特长，搜集父母的同事、学生对他们的回忆中我们所不知道的材料。商议之后，我们感到这种合作方式也许会更有意思，并且由于难以预测结果而更有探索和实验的性质。归根结底，每个人的记忆都不一样，开发和讲述的方式也应该有多种可能。我们现在所尝试的，即共同开发各自的记忆并把它们串联起来，这个过程也就构成了姐弟二人的新的互动。

巫鸿

2023 年 8 月

第 一 部 分

家的诞生

这里说的"家"，指的是"家庭"而非"住所"。住所可以变更，家庭却有其恒量。不同时代和社会里的家庭有不同的理想形态和自然动态，有的四世同堂，有的独子独女，有的叶落归根，有的创业他乡。我们家是 20 世纪现代中国的产物：父亲巫宝三（字味苏，1905 年生于江苏句容）离开了先人的土地，母亲孙家琇（1915 年生于天津）离开了租界的洋房，二人各自出国留学，在追求知识的路上走到一起；他们的结合产生了抗战中诞生的姐姐（1940 年生于昆明），然后是抗战胜利后诞生的我（1945 年生于四川乐山），最后是比我小十岁的弟弟巫谦（1956年生于北京）。这个"核心家庭"（指双亲与未婚子女组成的家庭）至此获得了它的最大含量，以后的经历便是不可避免的递减——父亲和母亲分别于 1999 年和 2001 年过世。如今我们姐弟三人尚在，姐姐退休定居北京，我在芝加哥大学教书，弟弟巫谦患先天唐氏综合征住在北京老年公寓。本书共包括五部分及附录，以下的第一部分追述了这个家庭从诞生直至 1949 年新中国成立前的经历。

美国留学期间的妈妈

相册引出的记忆

巫鸿：你小时候问过爸爸和妈妈他们以前的事情吗？比如他们
　　　是怎么认识的？在哪儿结的婚之类？

允明：说起来，我真的清清楚楚地记得很早就问过妈妈这些问
　　　题。那时我大概六岁，咱们家住在南京。因为当时没什
　　　么书看，家里的一本大相册就成了我最喜欢的"课外书"
　　　之一。你应该也看到过这个相册，深褐色的封皮，尺寸
　　　挺大。那时候这本相册大概有二十多页，贴着大大小小
　　　的许多黑白照片。也正是这些照片，引出了我向母亲没
　　　完没了地提出许多问题：像她是在哪儿上的学？一张照
　　　片里她躺在山坡上，后边有一个小白楼，那是哪儿？为
　　　什么在一张照片里，她和一些别的女孩都穿着黑色的长

1938 年爸爸和妈妈在柏林结婚

袍，戴着特别难看的帽子？

巫鸿：那应该是她在完成硕士学业后的毕业照吧？应该是在美国和爸爸结婚之前的照片。

允明：是啊。那个相册里就有他们的结婚照片，我曾指着这张照片问妈妈：你和爸爸是在哪里结的婚？为什么照片里就你们两个人，怎么看不见有家里其他人参加婚礼？

巫鸿：我也记得那些结婚照。妈妈穿着白婚纱，爸爸穿着黑色燕尾服，两人都戴着金丝眼镜。我小时候觉得照片里的妈妈很漂亮。但确实就像你说的，旁边没有几个人，好像冷冷清清的。

允明：他们结婚的地点是在柏林的中国大使馆。我以后会详细说这段事情，那时候德国已经是纳粹当政，满街都是褐衫党。作为非雅利安人，爸爸和妈妈不能通过德国政府的手续办理结婚，只能在中国大使馆里举行婚礼，因为大使馆名义上是中国的领土。

巫鸿：我也记得家里的那个老照相册。直到我上小学后有时候还和妈妈一起翻阅，她告诉我这个人是谁，那个人是谁。后来"文化大革命"来了，那个照相册也就不见了。

允明：那时候凡是包括外国人的照片，或者有属于"海外关系"的什么人，都可能会引出麻烦事儿来。所以妈妈在"文化大革命"初期便把家里的许多照片和那个照相册都烧掉了，当时被我抢救下来的一些，"文化大革命"以后还

晚年的妈妈谈论家里的老照片　薛罗军　摄

晚年的爸爸看他母亲的老照片　薛罗军　摄

给了妈妈，她转放在几个小相册中，后来好像交给了弟弟巫谦。咱们家的朋友薛罗军在90年代对爸爸和妈妈做了一些访谈，拍了他们二人看这些相册、讲述老照片场景的照片和录像。我把其中几个场景做了截图，虽然不太清楚，但毕竟记录下了这些宝贵的瞬间。

巫鸿：我看了薛罗军拍的录像，这大概是爸爸和妈妈最后一次一起观看和谈论家里的这些老照片吧？真的是很珍贵。这些照片的内容我们后面再提。你说你最早看见原来的那个大相册和问妈妈问题的时候，是在抗战时期还是在南京？

允明：那是在南京时的事。当时母亲在南京戏剧专科学校和金陵大学教书，南京剧专是中央戏剧学院的前身，金陵大学在新中国成立后并入了南京大学。她当时一周六天都要教课，没有太多空闲时间回答我的问题。我当时患肺结核，整天被关在家里休息。为了满足我的好奇心，她答应只要我听话、好好睡午觉，必须一直睡到四点钟，就可以在每天晚上回答我提出的一两个问题。

妈妈的家庭

巫鸿：你先说说爸爸、妈妈两边的家庭吧，我对这些知道的很少。

允明：好的。很多人都认为妈妈是天津人，其实不对，她祖籍实际上是浙江余姚。她的父亲，也就是我们的姥爷，叫孙凤藻。据说他是三国孙权的后代，先辈跟随明朝的朱棣"燕王扫北"，才到了天津定居。姥爷从天津育才馆和北洋大学毕业——那是天津大学的前身，此后一直在天津致力办教育和实业。

姥爷虽然只活了短短的四十八年，但他在民国时期担任过的职位不少，先后担任过津浦铁路管理局局长和直隶省教育厅厅长。他还投资了启新洋灰、东亚毛纺厂等一些企业，在实业界很有名望。妈妈说姥爷特别热心扶持教育，曾经为了帮助建立南开大学，通过个人渠道在美国华人区里进行募捐。他的最大贡献是培养了中国的第

外祖父孙凤藻

巴拿马太平洋博览会银牌

孙凤藻1918年赴美考察签证

一批水产业人才，大约在 1906 年创办了中国最早的水产教育机构，担任首任校长。这所机构的名字是"直隶水产讲习所"，里面有水产业制造与实习工厂。我查了一下网上的材料，学校工厂生产的九种食品罐头和一些渔具模型在 1915 年参加了美国旧金山举行的"巴拿马太平洋博览会"，居然获得了银牌。1917 年，姥爷又率领"渔捞"和"制造"两科的十名毕业生，东渡到日本留学。

巫鸿：在美国康奈尔大学图书馆工作的陈超女士最近发给我她写的一篇关于姥爷生平经历的文稿，其中有些我原来不了解的情况。根据她的调查，姥爷送那批学生去日本留

前排左至右：孙凤藻、严修、张伯苓

学以后，自己也于 1918 年踏上去美国的路途，前往大洋彼岸考察水产业现状。在那里他出席了当年的美国渔业协会第四十八届年会，向会议介绍了中国水产教育、水产实业学校和水产工商业现状，并向与会同行建议美国高校增设水产课程（当时美国高校尚无这个专业），并许诺给有兴趣的同行提供中国的照片等相关资料信息。大会以无记名投票方式一致通过接受他为终身会员。

允明：在那次考察中姥爷访问了伊利诺伊州和华盛顿、波士顿，以及美国最古老的港口格洛斯特（Gloucester）等城市。同行的有中国教育界的元老严修和教育总长范源廉，他们在纽约和正在哥伦比亚大学师范学院进修的天津南开中学校长张伯苓会合，访问和考察了美国的一些政府部门、学校、工商业机构与民间团体。

他在 1918 年底回国后，马上就被天津总商会推举为该会代表，去上海参加张謇组织的国际税法平等会，希望借

發刊詞一

學術與教育雜誌　發刊詞

孫鳳藻

1933 年姥爷写的《学术与教育杂志》发刊词

一战后巴黎和会之机，恢复我国关税的自主权利。这一努力未能成功，不久北京就爆发了五四运动，天津学生也聚会声援北平。5 月 14 日那天，天津学生联合会在水产学校举行成立大会，姥爷表达了他对学生爱国举动的钦佩和同情，同时也告诫他们需要忍耐、和蔼、牺牲、勿矜能、勿志短、勿躁进。8 月 28 日，天津学生领袖马骏等请愿代表在天安门被捕，次日姥爷和其他学界、商界和宗教领袖代表天津乡佬进京看望请愿团，经各方斡旋，奔走营救，直到马骏等最后获释。

巫鸿：不久前还看到一份材料，知道了姥爷做的另一件有意义的事情，就是在 1933 年创办《学术与教育杂志》。他在这份杂志的发刊词中，开篇就提出教育的重要性和当时存在的问题，写道："从来人才之消长，实由教育之盛衰，而教育之盛衰，实由学术之纯驳，二者固相为倚伏者也。吾国教育事业，尚在萌芽，际兹新旧学术杂糅之交，迂拘者或泥古而遗今，偏颇者或抑中而扬外，既等面强之诮，复贻削趾之讥，此学术所由日衰，而教育遂以不振。人才寥落，实基于此。可慨矣！"随后说明这就是为什么他和同人一起倡议创立直隶教育促进会和这份杂志的原因。

总的看来，姥爷算得上是当时的一个进步的实业家和教育家。记得我 1992 年还是 1993 年去天津访问的时候，特别到天津历史博物馆里看了有关他的展陈。介绍中除了说到他办水产学校外，还提到他联合天津社会名流保护民族资本、抵制外资控制的事情。

允明：天津历史档案馆里也保存有他的历史资料。他为了更好地进行中国水产业的教育与管理，对日本和菲律宾的水产教育进行了多次调查。他办的水产讲习所出了不少人才，其中有 1949 年新中国成立后担任水产部副部长的杨扶青，还有著名水产教育家张国经等人。水产讲习所后来改名为河北省立水产专科学校，1950 年又改称河北省水产专科学校，到 2000 年并入了河北农业大学，现在是河北农业大学的海洋学院。看来，他开创的事业在百年之后还在不断发扬光大。

爸爸的家庭和早年经历

巫鸿：那么爸爸那边呢？据我所知他的家庭背景和妈妈家非常
　　　不一样。

允明：咱们的祖父叫巫长泰，祖籍是离南京不远的句容县行香乡
　　　马庄桥村，他一生基本上都在这个地方度过。虽然是务农
　　　出身，但由于家中一贯重视教育，也有一定文化底子，对
　　　他以后兼做小买卖起到了很大作用。经商没有资本是不可
　　　能的，而他获得资金的缘由就像是一段神话：那是祖父刚
　　　成婚不久，祖母武氏在一次翻地的时候，居然挖到了一坛
　　　子银元，像是从天而降的礼物。就是这坛银元为祖父提供
　　　了做小买卖的本钱，所以祖母总说她做巫家的媳妇，是老
　　　天爷赐的福气。由于经营得当，他们的生活慢慢富裕起来。
　　　但是务农出身的祖父总觉得拥有土地是最重要的事情，所
　　　以仍然过着十分简朴的生活，把做买卖赚下的钱节省下来
　　　都置办了土地，成了当地一个下田劳动的"务农地主"。
　　　爸爸在家里排行第三，前面有两个姐姐，后面一个弟弟。
　　　对于封建家庭来说，只有儿子才有用，才可造就，因此两
　　　个姐姐的命运都十分不好。当时农村的女孩子都不被送去
　　　读书，便都早早嫁出去。后来不久一个悬梁自尽，另一

爷爷、奶奶、大姑、叔叔　1958年

个忍气吞声地过了一辈子。男孩子们的名字一般都由老师取，爸爸和叔叔的名字也是老师取的。爸爸叫"宝三"，是出于《孟子·尽心下》中的"诸侯有三宝"；叔叔叫"省三"，是出于《论语》中的"吾日三省吾身"。当时认为女孩子只有姓就行了，有没有名字无关紧要，因此我们这些后辈都不知道她们的名字。

巫鸿：看来爸爸和妈妈的家庭背景真可说是"南辕北辙"，挨不上边。不但地理上相距千里，而且一个是办洋务"实业家"的女儿，另一个出身农村，父亲是半农半商的地主。他们两人最后能走到一起，真是个奇迹！

允明：实际上是"教育"把他们两人引到一起的。

祖父因为自己有一定文化，对儿子的教育也就比较重视，而且认为有文化才能避免乡村土豪的欺负，因此在父亲和叔父七八岁时，送他们去了行香乡的柘溪村小学上学。据说爸爸成绩很好，受到老师的厚爱。

巫鸿：我记得你曾经发给我一份《扬子晚报》剪报，上边的一份报道说，爸爸在 1994 年用他的稿费在柘溪村小学建立了"宝三奖学基金"，以表彰小学里的优秀师生。看来他一直记着这个把他引上学术之路的地方。

允明：是有这么回事，而且在这之前也曾多次捐款给学校添置桌椅等。但是我不清楚这个奖学金后来是不是用了这个名字，因为记得爸爸说不能用他自己的名字作为基金的名称。那个小学离马庄桥村相当远，因此爸爸从八岁到十二岁毕业，后来到县城读高小一直都住校。爷爷虽然把爸爸和叔叔送去读书，但实际目的是希望这两个儿子长大后回到马庄桥来继承他的土地和事业。可是生活在农村的父亲，亲眼看到了农户们的贫困、农民无端受到土豪劣绅的欺压和每逢旱灾村民因吃"观音土"而毙命……在心里便种下了一颗要解开"农民生活为何这样贫苦？"的种子。同时随着时代的变化，两个儿子的想法和父亲截然不同，他们都看到了外面世界的辽阔。两人通过在求学路上的奋斗，最后分别进入了清华大学和北京大学深造，脱离了务农经商的身份。

巫鸿：你记得爷爷的样子吗？我应该见过他，可是一点也记不起来了。

允明：我还记得。他身材十分高大，腰板挺直，爸爸和他的相貌十分相像。因为爷爷的两个儿子都不继承老家父亲的一摊，爷爷自己也渐渐年迈，就在南京解放前，他放弃了所有田舍，来咱们家一起住以享晚年。我就是这时候见到他的。他不善言辞，我印象最深的是他带给我们的见面礼，是一个不大的苹果，还让咱俩分着吃，当时我觉得他真够抠门儿的。

巫鸿：可能是因为习惯节省吧，而且苹果在当时可能也比较稀罕。确实，两个儿子都不务农了，家里也就没人继承他辛

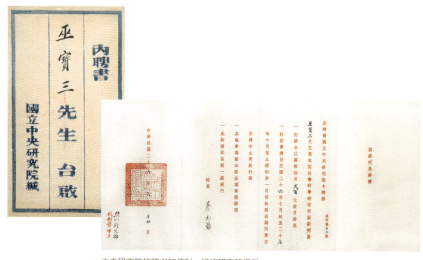

中央研究院的聘书和信封　经济研究所提供

辛苦苦挣下的土地了，这对他来说肯定是个极大的变化。

允明：当时叔叔在北平受到进步思想影响，1935年参加了抗日救国的"一二·九"运动。爸爸的学历要复杂一些，反映出当时学术机构不断变迁的不稳定状态。他先是在1925年进入吴淞政治大学，但这所学校只维持了一年就停办了。爸爸当时虽然才二十岁，但已经对经济学，特别是对中国的农民问题产生了非常大的兴趣。当《东方杂志》在1926年征集关于中国农民生活境况的文章时，他就根据自己对家乡句容农村的了解撰文《句容乡村社会经济状况》应征，所写的文章后来被选中，在《东方杂志》1927年第24卷第16号上发表。文章中他介绍了句容农民的分布和生产收入，以及金融流通、农民教育、农民组织等情况，也揭露了土豪劣绅、贪官污吏对农民的压榨。①

① 缪德刚：《巫宝三：中国"国民所得"估算担纲人》，载《中国社会科学报》2022年9月13日，第6版。

1931 年春季落成，位于北平文津街 3 号的
社会调查所办公大楼

爸爸的译著《农业经济学》 经济研究
所提供

在这一年他考入了南京中央大学，1930 年又转学到清华
大学经济系，受教于陈岱孙先生。1932 年从清华毕业后
随即到南开大学经济学院做研究，第二年被聘入设在北
京的中央研究院社会调查所。这个研究所在 1934 年并入
了社会科学研究所，爸爸先在那里担任助理研究员，后
来升为副研究员和研究员。他对农村经济的探讨运用了
实地调查的资料，比如发表在《社会科学杂志》1934 年
第 5 期上的《华洋义赈救灾总会办理河北省农村信用合
作社放款之考察》就是一个例子。他翻译的英国经济学
家乔治·欧伯利昂（George O'Brien）写的《农业经济学》
于 1935 年由商务印书馆出版。中央研究院翌年选派他赴
美国留学，为他创造了进入哈佛大学深造的机会。也就
是在那里，他遇见了妈妈。

幼年的妈妈

妈妈和爸爸的相遇

巫鸿：等一下。你先说说妈妈在遇到爸爸之前的经历吧。

允明：妈妈七岁的时候，姥爷因为积劳成疾，在去北京办公务
时因突患脑溢血去世，她是遗下来的八个孩子中最小的
一个，也是大家公认最聪明的一个。妈妈从小就接受中
西合璧的教育，在天津中西女学（Keen School）上学时
成绩非常出色，而且开始对戏剧发生兴趣，与三姐孙家
兰一起用英语演出过《公主与樵夫》，还和同学一起试着
用英语排演莎士比亚的剧作。1933 年她被保送进入燕京
大学的西洋文学系后，对莎剧更为关注，还留下了一张
与同学一起排演莎翁剧作后的照片。

1936 年，也就是爸爸前往哈佛大学的那年，两人当时还

妈妈（右）和三姨在天津中西女学用英文演出《公主与樵夫》

妈妈（前排右起第二人）和燕京大学同学排演莎士比亚剧作后合影

一 滴 水 映 照 的 历 史

我 们 家

并不认识。妈妈获得了美国的奥雷利娅·S.哈伍德奖学金（The Aurelia S.Harwood Scholarship），插班进入加利福尼亚州米尔斯学院（Mills College）三年级，攻读16至17世纪英国戏剧文学。除了选修有关欧洲文学和戏剧的课程之外，她又利用暑期去加州伯克利大学英文系，跟莎学学者威廉·爱德华·法纳姆（Willard Edward Farnham，1891—1981）教授上了研究生课程"伊丽莎白时期的戏剧"。她于1937年取得了学士学位，随即进入美国的第一所女子学院、当时负有盛名的蒙特霍留克学院（Mount Holyoke College）的英国文学和戏剧系，从此正式走上了莎学研究的道路。在这段时间里，为了增加实践经验，她参加了哈佛大学暑期学校的剧本创作班，学业训练包括撰写独幕剧。当时国内的情况非常紧急，日本侵略军在制造卢沟桥事变后占领了北平、天津和华北地区。妈妈心急如焚，就以日本侵略给民众带来的苦难为内容，写了题为《富

妈妈获得硕士时的照片

士山上的云》（*Cloud Over Fuji*）的剧本。

巫鸿：这里我可以补充一些情况。不久以前，康奈尔大学的陈超女士发给我一批她收集的有关妈妈在美国学习的材料。其中几份显示妈妈希望以最快的速度完成所有学业要求，在一年内取得蒙特霍留克学院的硕士学位。她的愿望得到了系主任珍妮特·马科斯（Jeannette Marks）教授的大力支持，在写给学校的一封信里说妈妈由于其"异常杰出的记录"（unusually brilliant record）完全能够达到这个目标；她还尽力为妈妈争取到了 1938 年到 1939 年的资助，使她能够继续在美国深造。

哈佛剧本创作班也称为"47 号工作坊"（47 Workshop），起源于哈佛大学英语系教授乔治·皮尔斯·贝克（George Pierce Baker）在 20 世纪初设立的一门课程，在美国戏剧界十分有名。根据陈超女士提供的材料，1938 年那期的指导教授是著名戏剧批评家约翰·布朗。他在当时的

在美国留学期间的妈妈

一篇采访中告诉波士顿媒体，暑期创作班的四十名学员中妈妈的得分最高，并说他本人在班上朗读妈妈写的《富士山上的云》之后，大家的掌声不息。他还告诉记者在创作班的历史上，一份习作获得这样鼓掌仅是第二次。这份报纸随后以《看了两出戏的中国姑娘在哈佛剧作班独占鳌头》（"Chinese Girl Sees Two Plays, Tops Harvard Drama Class"）的标题报道了妈妈的事迹，结尾时引了妈妈的话："对我说来，中国的主要力量，存在于中国人民的深厚道德之中。"妈妈的母校蒙特霍留克学院的学生于1939年春把《富士山上的云》搬上了舞台，但此时妈妈已经回国了。

我还必须提到另一个有意思的情节，那是我在哈佛大学任教以后，90年代初回国时和妈妈谈起她那年在哈佛的

Chinese Girl Sees Two Plays, Tops Harvard Drama Class

A young Chinese girl who has seen just two English plays in her life, and who began her English "ABC" seven years ago, has taken Harvard's top honors in playwriting this summer, her fellow students learned today.

Out of forty students working in a course under John Mason Brown, New York critic, Miss Dora Chia-Hsiu Sun, twenty-two, received the highest honor mark on the final examination. On the strength of five short plays, written on assignment in the last six weeks, Mr. Brown said Miss Sun has an "instinctive feeling" for the theater.

Miss Sun said today she was afraid at first to take the course, because of difficulties with English. Prepositions and certain grammatical rules and the use of subjunctives have bothered her a long while, she said.

Away for Three Years

She has been away from her home in Tsientsin for three years now, and in that time has taken an A.B. degree from Mills College, California, and an A.M. from Mount Holyoke. She has majored in English literature, and the folks back home have thought that an academic career was indicated. But Miss Sun has been dreaming for some time of the theater, and this summer was to be a test of the dream.

What she wants to do, she confessed, is to go home and help introduce English stage forms into China. Western drama is a much more effective medium, especially for education, than the traditional Chinese forms, she said. In her own plays she wants to deal with the life of Chinese country people, farmers and peasantry.

"Much of the strength of China," she said, "seems to me to lie in the deep virtue of our country people."

HUNTINGTON
SCHOOL COLLEGE PREPARATORY
● Five Forms ● For Boys ●
OPENS SEPT. 21 — REGISTER NOW
Send for catalog. 220 Huntington Avenue, Boston

《波士顿晚报》 1938 年 8 月 31 日版

情况时她告诉我的。她说那篇波士顿报纸上的报道发表以后，一天有人来访，开门一看是个两米来高的黑人男士，自我介绍是波士顿地区的劳工领袖，在读到有关她写这个剧本的消息之后，希望代表波士顿的工人们向妈妈表示对中国抗战的支持。妈妈说她当时只是个 22 岁的瘦小中国女孩，对着这个山一样高的黑人男子，只能结结巴巴地说"多谢、多谢"。

允明：那个暑期还发生了妈妈生活中的一件头等大事：她在此时认识了爸爸。据妈妈说，那是她在参加剧本创作班期间，到哈佛大学附近一个小餐馆独自用餐，碰巧见到在哈佛大学经济系攻读博士学位的爸爸。爸爸当时很惊奇，因为当时在美国留学的中国女学生不多，而且哈佛大学当时还不正式招收女生。他邀请妈妈共进晚餐，得到了同意，此后就是二人不断加深相互理解和建立感情的过程。当父亲在 1938 年获哈佛大学硕士学位并通过博士生资格考试，前往柏林大学经济系进修时，母亲也拿到了自己的硕士学位，迅速前往柏林与父亲汇合。

还有一件很有意思的事，记得在你 1980 年出国去哈佛前，爸爸曾经让你到哈佛后去找找当年他经常光顾的那家小餐馆。说过这件事后，家里人谁也没放在心上。但后来你居然来信说找到了这家仍在营业的餐馆。爸爸为这事十分兴奋，虽然他当时没有说什么，但是我想：可能这家小餐馆就是他和妈妈最初相识的地方。

巫鸿：我想他们计划经过欧洲回中国参加抗战，是约好了的。由于战事，当时已经没有美国到中国的客船了。在一个偶然的场合中，妈妈看到美国人拍的日寇屠杀南京老百姓的纪录片，非常愤慨和激动，决定放弃已经取得的奖学金立即回国。看来她是在匆忙之中做的决定，甚至没来得及正式通知蒙特霍留克学院就急急前往纽约，在 1938 年 4 月 26 日那天乘船前往德国。临行前她托一个名叫夏洛特·德·伊芙琳（Charlotte D'Evelyn）的朋友告诉学校，她的目标是通过香港回中国内地。

允明：这样的话，时间就接上了。就在妈妈到达德国的一个月后，她和爸爸于 1938 年 5 月 20 日，在驻德国柏林的中国大使馆举行了婚礼。我听爸爸说，他们在柏林的时候看到

结婚时的妈妈

希特勒高举手臂、检阅军队的场面。此时的纳粹德国已经吞并了奥地利和捷克苏台德区，第二次世界大战即将开始。喜欢照相的爸爸顺手举起相机拍了一张，没想到遭到党卫军的呵斥并被带走。幸而有惊无险，在父母二人的解释下，党卫军只是销毁了胶卷。

巫鸿：不久前读爸爸原来的学生朱家桢写的一篇纪念爸爸百年诞辰的长文，文中也谈到爸爸和妈妈结婚时的状况。当时德国警方要求他们出示祖先非犹太血统的证明，才能够被允许结婚。爸爸十分憎恶法西斯的无理要求，因此寻求中国驻德大使馆的帮助，得以在使馆成婚①。我想他们在那个时候急急结婚，肯定也是因为那样两人就可以一起结伴回国。在那个时代，未成亲的年轻男女一起做长达数月的跨国旅行，还是不可能的。

---

① 朱家桢：《永远的学者风范——纪念巫宝三先生百年诞辰》，载《经济研究》2005 年第 7 期，122-128 页。

昆明和允明的出生

允明：是啊，40 年代的旅行速度和现在完全无法相比。当时没有飞机，跨越大洋只能乘慢得多的邮轮。为此，他们两人先从德国去了意大利，再从那里乘船前往香港。那时走这趟线最快的远洋轮船，正常航行时间一般也要四十多天，因为处于二战时期，一切就更难说了。最后他们好不容易到达了香港，但是如何从那里前往抗战大后方又成了问题。他们的目的地是昆明，因为爸爸将去陶孟和领导的中央研究院社会科学研究所就职[①]。那个所不久前刚刚完成了前往大后方的长途跋涉：1937 年 8 月底离开南京首先迁往湖南长沙，12 月到达了广西的桂林、阳朔，最后于 1938 年 12 月到达昆明。

巫鸿：爸爸是中央研究院选派赴美留学的，因此在他心里仍属于社会科学研究所，虽然身在国外也一直继续与所里合作。我不久以前读到，他和张之毅合著的《福建粮食之运销》一书，是作为社会科学所丛刊中的一辑于 1938 年

---

① 1926 年 7 月中华教育文化基金会社会调查部于北京创办，1929 年 7 月改组成为社会调查所。1934 年 7 月，社会调查所与 1928 年 3 月创办的中央研究院社会科学研究所合并，称为社会调查所。1934 年 7 月，社会调查所与 1928 年 3 月创办的中央研究院社会科学研究所合并，称为中央研究院社会科学研究所，1945 年更名为中央研究院社会研究所。

《福建粮食之运销》封面 1938年

5月出版的，那时他还在哈佛学习。

允明：爸爸妈妈决定去昆明而非重庆，肯定是因为社会科学研究所和许多高等院校都迁到了那里，妈妈当时可能也已经与国立西南联合大学建立了联系。他们和陶孟和先生早就认识，陶先生肯定会给予帮助。但在不断扩大的战火中，怎么从香港去昆明呢？日寇在几个月前占领了广东，封锁了广东沿海，并且计划向南推进占领东南亚，因此无法从香港去昆明。但幸好那年夏季日军还没有入侵越南，爸爸和妈妈因此决定取道越南回国。

经过多日联系，他们最后买到了从香港前往越南北部最大港口海防的船票，再次开始了长达570海里（3166.92公里）的海上旅程。妈妈经过一路颠簸，晕船呕吐不能吃东西，下船时已不能站立和行走。然而从海防到昆明的路程遥遥千里，二人先从海防去到河内，180公里的路程只能乘坐人畜共处、门窗紧闭的闷罐车，途中还要换乘两次摆渡，每次时间长达半天多。他们继而从河内到云南省的河口入境，然后再前往九百多公里外的昆明。当时去云南没有火车，父母别无选择，只能在路况极坏的公路上乘汽车前往。至于多长时间能够抵达目的地，这个问题他们连想都不敢想。

巫鸿：是啊。不少有过类似经历的人都说起这段旅程的艰苦。当时也在社会科学研究所工作的罗尔纲曾经回忆说，"去昆明的行程是'关山迁播'，汽车经常抛锚在荒山野岭上"；到了昆明之后则是"通货膨胀，吃马铃薯稀饭充饥，老鼠在砍回来做柴火用的树枝上跳来跳去，鼠蚤咬人，晚上疟疾蚊虫成群吮吸人血"[1]。

允明：因为是从海外回来，爸爸妈妈经历的磨难更加严酷。实际上，在绕经半个地球，迢迢前往抗战大后方的万里行程中，他们几乎变卖了携带回国的所有东西。庆幸的是在历经千辛万苦后，终于到达了由陶孟和先生领导的社会科学研究所——那时已迁至昆明市郊黑龙潭落索坡。爸爸后来在一篇纪念陶先生的文章里回忆："落索坡是离黑龙潭约三里地的一个乡村，村内有一唐家祠堂（唐继尧墓庐），院落甚大，那时西南联大教授吴晗等及社会所研究人员汤象龙、梁方仲等都住在那里。再旁边不远，是龙头村，中研院历史语言研究所在该处。我们是住在

---

① 见罗尔纲：《生涯六记》，贵州人民出版社，1991 年。

爸爸和妈妈在昆明上下班的村野小路上

办公楼后的一户农家中。"①

当时的办公条件极为简陋，战争之中的生活也很拮据，但是爸爸感到能够重归祖国、与志同道合者一起工作，是最愉快的事。他写道："昆明是当时西南联大所在地，加上云南大学和中研院几个所，可说是文化人荟萃之地。当时物价暴涨，物资短缺，空袭频繁，大家生活非常清苦，居城内者，有时逃避空袭，奔赴郊外，疲惫不堪，但是大家精神上则很愉快。特别有陶先生坐镇和他的表率作用，社会所同仁都能安心工作。"②

巫鸿：我记得他们留下来一些照片。一张中爸爸穿着长衫，戴着礼帽，用当时叫"文明棍"的拐杖在肩上挑着书包，另一张是妈妈穿着一件挺洋气的风衣。两人分别站在路中间，好像是行走中停下来拍的。

---

① 巫宝三：《纪念我国著名社会学家和社会经济研究事业的开拓者陶孟和先生》，载《近代中国》，第5辑，1995年6月，383—384页。
② 同上，384页。

允明：这应该是他们在上下班的路上。那时，爸爸妈妈每天清
　　　早都要徒步上班。爸爸去社科所，妈妈去西南联大教书。
　　　从落索坡到位于城边的西南联大要走二十二里的田埂路，
　　　但他们的心情非常愉快，从相片上的欣喜容貌也看得出
　　　来。他们约好每天下班后在回家的路上汇合，然后一起
　　　回家。所谓的"家"，就是爸爸提到的那个"办公楼后的
　　　一户农家"。那是一座干栏式木楼，底层架空，用来堆放
　　　工具、养牲畜，上层住人。

巫鸿：你是不是就是在那座木楼里出生的？

允明：就是啊！那是 1940 年 11 月 9 日，爸爸妈妈在这里安家
　　　后大约一年多。为了照顾妈妈和襁褓中的我，奶奶和咱
　　　们的二姨孙家莹，也就是妈妈的二姐，分别从句容和天
　　　津赶来帮忙。那时日寇不时空袭，迫使人们随时都需要"跑
　　　警报"，逃到镇子外很远的乡间开阔地去。奶奶因为是小
　　　脚，不愿意跑，就躲在厨房的桌子下面。我的体质不好，
　　　总是腹泻，妈妈和二姨抱着我跑就更加艰难了。但是爸
　　　爸仍然天性乐观，在我们"跑警报"中敌机远离的间隙，
　　　用他不舍得变卖还保留下来的相机，给我和妈妈、二姨
　　　留下了一张在农民家大草垛边避难情景的照片。

巫鸿：我不了解这个情况，还真不知道这张照片这么珍贵。你
　　　稍大之后，是不是对云南地区的风土人情有所了解？我
　　　问这个，是因为后来你从事民间舞蹈研究的时候，对云

爸爸抱着出生不久的允明

"躲警报"中的妈妈、二姨和允明

南少数民族的原生态舞蹈和文化做了很多调查。是不是
在你小时候就已经埋藏下了种子?

允明:昆明虽然是个大都市,但郊区的落索坡村是个彝族聚居的
村落。记得在我稍长大一些的时候,妈妈告诉我村子里住
的人是"罗罗",但至于为什么这么称呼她也回答不出来。
这个疑问直到四十年后,我在做民族舞蹈文化的调查和研
究中才知道云南确实是个拥有众多民族的省份,而且对
于"罗罗"也得到了解答:彝族是个自古崇拜老虎的民族,
彝语"罗罗"就是"老虎"的意思。彝族人认为所有的族
民都是老虎的后代,把成年男女分别称为公老虎"罗颇"
和母老虎"罗摩"。此外,他们还相信宇宙中的日月星辰
和自然界里的万物也都源自老虎全身的各部分。

上面说起过的那个褐色封皮大相册，在当时已经存在了。里面有几张照片中，身穿长裙、戴着大包头的女人和穿大裤角长裤的男子围成圆圈一起跳舞，可能就是爸爸那时拍的当地风俗。我还问过妈妈他们为什么要围成圆圈，妈妈也回答不上来。还是后来在调查和研究民族舞蹈的工作中，我才了解到那是彝族民众在传统节日或农闲时集合到一起，围成圈跳"踏脚"舞蹈进行自娱。

四川六载

（1）李庄

巫鸿：我读过一篇记述妈妈那时经历的文章，说她在抗战时期的西南地区换过好几份工作，先在西南联大担任英语系讲师，后来又在位于四川李庄的同济大学当英语教授，之后又去到乐山的武汉大学任教。他们为什么从云南搬到了四川？

允明：那是因为爸爸的单位从昆明搬迁到了李庄。1940 年秋季，

中央研究院社会科学研究所旧址和说明牌，
中国李庄门官田

因为昆明频频遭受日军轰炸，当时的国民政府就命令文化教育机关从昆明疏散。社会科学研究所接到迁往四川省南溪县李庄的通知，当年9月开始做搬迁准备工作，10月便把常用图书分批陆续运往四川。除了在昆明留守和准备押车的人以外，全体人员都在10月中旬开始向李庄搬迁，12月1日便在李庄恢复了正常工作。父亲后来在一篇回忆文章里写道："李庄是在叙府（宜宾）下，长江旁的一个集镇，同济大学已先迁到此镇，中央研究院的社会所、史语所、人体所，还有梁思成主持的营造学社，则分布在附近乡村。另有中央博物院筹备处亦在镇上。可以说，李庄亦当时一小文化区也。"①

从时间上看，我从出生到离开昆明，实际在云南只待了三个多月。但迁到四川后却在那里生活长达六年之久。

---

① 巫宝三：《纪念我国著名社会学家和社会经济研究事业的开拓者陶孟和先生》，载《近代中国》，第5辑，1995年6月，386页。

社科所办公室外

社会科学研究所所在李庄的办公室内部　1943年6月　李约瑟　摄　经济研究所提供

我的很多记忆因此和这个地方有关。

巫鸿：这也是爸爸工作的社会科学研究所一个很重要的时期。

允明：从老照片上看，这个所在李庄落户以后，条件仍然十分艰
苦。直到1943年，研究所的办公处仍是借用村里的一处
老宅院。木质房子的墙板四处开裂，窗子没有玻璃，糊着
破损纸。但就是在这个极为简陋的办公处，陶孟和、徐
义生和爸爸共同接待了英国著名科学史家李约瑟（Joseph
Needham, 1900—1995）。李约瑟把当时拍摄的两张照片留
给了所里，使后人得以了解当时的一二。也就是在这里，
全所研究人员用装运图书资料的大木箱代替办公桌椅，但

爸爸在抗战时期发表的两种研究成果封面　经济研究所提供

没有一个人因为条件差而有丝毫怨言。在陶孟和先生领导下，大家都精神饱满地从事着各自的学术研究。

巫鸿：据我后来了解，在抗战的这个阶段，爸爸在十分艰苦的条件下积极从事对中国国民所得问题的研究，在国内外重要刊物上发表了不少这个方面的文章，产生了重要的学术影响。据中国社会科学院经济研究所中国经济思想史研究室副主任缪德刚先生介绍，爸爸在 20 世纪 40 年代初的一份《国立中央研究院职员调查表》中，在"个人未来事业之计划"栏目里填写了两项研究计划，一是"中国国民所得及国富研究"，一是"农业国家经济发展的理论"，后者是 1938 年爸爸通过哈佛大学博士生资格考试后拟定的毕业论文题目。他在抗战期间陆续发表了《农业与经济变动》（1941）、《战时物价之变动及其对策》（1942）等文章以及《国民所得概论》书稿（1945），其中《农业与经济变动》获得了中央研究院

陶孟和（中）爸爸（左）和其他的社会科学所同事　李约瑟　摄　经济研究所提供

爸爸、妈妈和允明　1942 年

杨铨纪念奖。此外还有《论我国农业金融制度与贷款政策》、《论农村人口过剩》、《中国战时粮食问题》（"Food Problem in War-Time China"）等文。同时用英文写的《预期储蓄与灵活性偏好》（"Ex-Ante Saving and Liquidity-Preferences"）一文，刊载在英国著名的《经济研究评论》杂志 1943 年冬季号上，得到当时国际经济学界的重视和引用。

允明：妈妈随父亲搬到李庄后，开始一段时间没有工作单位，随后从 1941 年到 1942 年担任了同济大学的英语教授。她一直没有放弃对戏剧的研究,因此能够在 1943 年的《当代评论》第 13 期第 3 卷上发表题为《论历史剧》的文章。住在李庄的人虽然不少，但小孩子不多。艰苦的生存环

允明和玩伴　1942 年

允明和她的洋娃娃

境彻底改变了母亲从小习惯的优越生活，一切都要自力更生。包括我所有的单衣、棉服和来回翻织的毛衣毛裤，都是出自母亲之手；而且她还给我特制了一个"洋娃娃"，成了我爱不释手的唯一玩具。

巫鸿：看来爸爸在那个阶段给你拍了不少照片。这个和你在一起的男孩子是谁啊？黑黑的皮肤，像是个华侨。

允明：这个男孩叫丁玫。他总来找我玩儿，但仗着比我年纪大一些，总是欺负我。而且在我眼里他长得一点也不好看，所以我并不喜欢他来找我玩。至于他是谁家的孩子，我也不清楚，只是一直记得他的母亲有洁癖，造成他们家每天每顿都吃洋葱头，他母亲总和人说因为洋葱头有很多层皮，所以是蔬菜里最干净的。这是住在附近的人都知道的事。

四川冬季的温度还是很低的，如果能买到木炭的话，就在家中屋里的地面上架起一个三十公分左右高的炭火盆，用来烤火取暖。听大人们讲，我当时虽然刚能蹒跚行步，但已经非常自信，毫不畏惧和羞涩。常常哼哼唧唧地一边唱歌一边拍手、顿足、旋转、跳跃，好像是乐不可支地迷醉在这种用肢体表达的欢乐中。实际上，为了进行这种谁也不明白的"舞蹈"，我不知摔过多少跤，碰破过多少次鼻子，但我从不在人前流泪。三岁那年给大人们表演，我在忘情的舞动中一下跌坐在取暖用的炭火盆上。幸亏"得救"及时，只烧焦了花棉裤……从此我在居住区里就得到了"舞蹈家"的外号。

巫鸿：你那时三四岁，应该能够记事了。那时还有什么具体事情给你留下特别深的印象？直到现在还在脑子里特别鲜活？

允明：一个记得特别清楚的方面是四川的天气。当春季转为夏季，李庄的雨水就渐渐多了起来，村中的小路也变成了泥泞不堪的泥塘。一到雨天，父亲上班时就把平时穿的鞋子包起来放进书包，换上一双特制的"雨鞋"。为了不陷入烂泥，这双鞋的底部前后装了十多根又粗又长的铁钉，此外还要带上一把大号的油纸雨伞去上班。记得一次天晴他不穿这双雨鞋时，我就对它进行了一番研究。那双鞋的鞋帮是用很密的针脚在黑色布面上缝纳的，所以又厚又硬；鞋底也是布纳的，只是鞋底上从里向外穿过去了很多铁钉。为了防雨，整个鞋的外面还刷了厚厚的一层桐油，所以乡里人也把这种鞋叫作"油鞋"。我仔细看了之后试着把这双鞋套到脚上，结果几乎无法行走。原因是钉子在砖地上踩不下去，所以站不稳，同时"油鞋"也太重太大，使我根本提不起脚来。当然干这些调皮事，我从来没让爸爸和妈妈知道。

此外还依稀记得去江边玩的事。在我的印象中，李庄这个村子离长江边不远，我家又是在离江最近的地方，因此到江边玩也就成了常事。每到夏天，店家会在江边搭起茶棚，供人们日落后前来纳凉，除了供应茶水还卖特别香甜的芝麻糊。记得父母发明了一个游戏，以背诵唐宋诗词来决定谁买芝麻糊请大家解馋。输了的人，就要在当天晚上到江边茶棚请客。为了能够参加这种"赛诗"活动，我学会了生平掌握的第一首唐诗——李白的《静夜思》。当然，小小的我就是输了，也是不用请大家吃芝麻糊的。

美味的芝麻糊一旦吃完，大人们的谈话对我就再没什么吸引力，河边的草地是我更向往的地方。月色下的河滩上，除了席地乘凉的大人和小孩，也有放牧的羊群在漫步吃草。看着大大小小的羊都十分和顺，什么都不怕的我就选了一只比较大的山羊骑了上去。它开始时还不太介意，继续低头吃草，但当我用力抓住它脖子上的长毛，

乐山文庙的"棂星门"

还吆喝着让它往前走的时候，它便突然奔跑起来，把我
从羊屁股上重重地跌在草地上。赶羊人看到了非但没过
来扶我，反而大笑不止。这一幕我没有向爸爸妈妈报告，
但却深深地印刻在脑子里。

除此之外，母亲还在长江边上教我学会了游泳。那一段的
江水不急也不深，妈妈教我学的是仰泳，虽然说不上姿势
有多么标准，但我确实掌握了可以仰面漂在水上的本领。
遗憾的是一次游泳后我头上长满了虱子，妈妈无奈之下剃
光了我的头发，在长江边游泳的事也就从此作罢。

（2）乐山

巫鸿：这应该都是你五岁以前的事情，因为你五岁时，也就是
我出生的那年，咱们家已经搬到乐山去了。

允明：搬往乐山是因为妈妈得到国立武汉大学的聘书，去那里

国立武汉大学旧址　　　　　原武汉大学男生宿舍

教英国文学和戏剧，那所大学在1942年搬迁到了离成都不远的乐山。这年秋天她开始在那里教书，奶奶和我也随着搬去了。爸爸的工作地点还是在李庄，只是在假期才能来乐山看望我们。听妈妈说，当时从李庄到乐山一段的水路经常发生土匪抢劫的事情，因此每次父亲往返时她都提心吊胆，幸好不曾发生意外。

武汉大学借用了乐山当地文庙中的"贤关"作为校舍，又在"龙神祠"为男生开辟了宿舍。可想而知校内的设施非常简陋。当时在校任教的有一百一十四位教授，其中只有五位女教授，而二十八岁的母亲是她们之中最年轻的。她的课一直受到学生们的好评，有时候因听课的人太多教室坐不下，上课地点就移到院子里，大家坐在草地上继续听。武大离家的距离不近，晚上上完课，母亲都是一个人举着火把，从漆黑的小路走回家，她的胆量受到不少人的称赞。

巫鸿：我在武汉大学新闻网上读到当时就读武大的一个学生写的关于妈妈讲课的一篇回忆，相当生动。他写道：

学生们对新来的老师尤其是女老师总爱评评点点。1943 年 9 月 28 日，她（注：妈妈）第一次走进我们的小说选读课教室。在当天的日记里，我记下了对她的初次印象："她非常男性，衣着穿得像个医生，声音低低的，可是很纯粹好听，态度爽快干脆，可仍旧很和气，我想我们会喜欢她的。"这个极粗浅的印象，奠定了我对新老师的好感和依赖。她担任了英文、英国戏剧、英国小说选课程。她性格活泼开朗、热情豪爽，很容易和学生接近。而她教课又极认真负责，对学生要求很严，仔细评判和修改学生的作业。记得她指导我们读的第一本小说是《傲慢与偏见》。她手捧着书，用极富戏剧性的语调，朗读了开篇那段班内特先生和太太的著名对话，一下子就把我们吸引到书里，领略了奥斯丁那洗练俏皮的散文风格。上她的课，对我是一种愉悦、享受，在不觉间深深获益。

孙先生的活动不仅限于系内。她发挥自己的专长，给同学们（以及外来的中华剧艺社）做文学和戏剧讲座，有托尔斯泰、契诃夫、曹禺等的作品。讲托翁那次，是在 1943 年 12 月 26 日的下午，由女生自治会出面邀请。那天来听的各院系同学格外多，原定的团契室容不下了，便改到院子里，大家坐在草地上听。她滔滔不绝地讲了两三个小时，担任记录的冼德秀和我手都记酸了。有一晚，女生宿舍请她讲曹禺，讲完已 10 点多，同学要派人送她，她辞谢了，独自打着火把穿过整个乐山城，走回半边街她的寓所，没想到火把灭了，差点儿掉到江里。孙先生之所以深受学生欢迎和爱戴，不是偶然的，这是她来武大前对知识的积累和对知识不懈追求的结果，也是和她热情豪爽的性格分不开的。[1]

允明：我们在乐山的家坐落在一座基督教教堂的院子里，院里还有一所规模很小的幼儿园——这是我最初接触到的学校。幼儿园只有一个老师，教堂中的牧师有时也过来给我们讲故事，使我知道了天上有一个叫耶稣的神。我们的房子建在院子里的一个高坡上，坡上只有我们一家。在坡的另一头有一棵高大的柚子树，中间的空地就是我家独享的院子。这里的一切条件都比李庄好很多，唯一的缺憾是不能再像在李庄随时可以看到滚滚的长江。

巫鸿：我记得爸爸和妈妈说过，当我 1945 年出生的时候，奶奶也在乐山。

[1] 《乐山最年轻女教授孙家琇》，转载自《北京珞嘉》总第 3 期。

1946 年奶奶在句容老家

允明：是啊，奶奶在我出生后没有返回句容，而是跟着妈妈来
　　　到了乐山。在四川，只要家里有人坐月子，早早地就要
　　　用洗衣盆大小的大瓦盆做上一满盆香喷喷的江米酒，作
　　　为产妇月子里的唯一营养——醪糟卧鸡蛋。那时已是秋
　　　天了，为了能使江米能更快地发酵成酒酿，就把做醪糟
　　　的大瓦盆放在灶台上。记得江米酒的香甜气味时时从厨
　　　房中飘出来，把我馋得再也忍不住，便趁大人们都在午休，
　　　搬了个凳子爬到灶台边，费了不少气力把做江米酒的大
　　　盆拉近到身边，一勺勺地吃起来。没想到因为吃得太多，
　　　竟吃醉了趴在灶台上睡着了，直到奶奶发现，才把我从
　　　灶台上抱了下来。

巫鸿：奶奶是个什么样的人？记得我看到过一张她的照片，但
　　　不是很清楚，照片里的她已经是个老太太了。

允明：她个子不算太高、性情温和，对我也挺好，从来没有大
　　　声说过我什么。但让我感到不舒服，甚至使我不再喜欢她，

是因为家里床铺有限，奶奶和我睡一张床，她看我个子小，就把我的铺盖往下移了一些后，把她的便盆放在了我的头顶上。我虽然不高兴，但也只能把这个不愉快憋在肚里。直到后来搬家到乐山的另外一个地方，我才有了自己单独的床铺。

虽然我们家在乐山的环境要比在李庄好很多，但坡下放牧的牛羊随地拉屎撒尿，加上很长时间没有人清扫，来自江南的奶奶难以接受这种气味。她便自作主张地从街上买来香味扑鼻细长的白兰花，一个鼻孔里插一朵。我觉得她这个样子特别像在图画书中看到的大象。

爸爸和妈妈给你起名叫"鸿"，大概是觉得你是一只飞来长江边上的鸿雁。我当时虽然只有五岁，但对这些事已经开始有自己的思考，觉得我当时的名字"允"听起来不怎么响亮。而且爸妈的好友、经济学家陈振汉的夫人崔淑香阿姨，总是把我的名字叫成"乌（巫）鱼儿"，使我耿耿于怀。那时候，一位名叫洪深（著名剧作家，1894—1955）的叔叔，是母亲在美国的同学，会常来家里和母亲谈戏剧。在我和他慢慢熟了以后，便告诉他我觉得自己名字不好听的事。他说"允"这个字的意思很好啊，有诚实守信、正直可靠、光明磊落、待人允执的意思，只是这个字属上声，确实不太响亮。他建议不然再加一个字，叫"允光"吧。我还是不太喜欢，就提出

商务印书馆 1944 年版《复国》封面与版权页 李钟天 摄 芝加哥大学图书馆提供

叫"允明"。他觉得挺好，而且和明代大书法家祝允明同
名。父母对这事也没有意见，就这样我的名字便成了"巫
允明"，不同于两个弟弟的单名，此后便称我为"允明"，
称两个弟弟为"巫鸿"和"巫谦"。

巫鸿：我太小，对这段时间的事情不太清楚。但有一件事在我
脑子里有很深刻的印象，因为后来听妈妈说过多次，也
在别处读到过。那就是她在乐山时期写了一个叫《复国》
的剧本。你对这个经过清楚吗？

允明：我也是后来听妈妈说的，就是在那个期间，她希望用一
个熟悉的历史故事激发起民众的抗日爱国之心，就选用
了梁辰鱼的《浣纱记》做蓝本，改编出了五幕历史剧《复
国》，也叫《吴越春秋》。爸爸为了节省妈妈的精力，每
晚在李庄居室的小油灯下，不辞辛苦地帮助誊写剧本。
誊完后拿给陶孟和先生看，经过陶先生的推荐由商务印
书馆于 1944 年出版。听说发表后《复国》曾在成都公演，

激起许多人的爱国情绪。

巫鸿：有一件有意思的事：我和九迪（注：巫鸿夫人蔡九迪）任教的芝加哥大学的一个研究生，前几年在学校的图书馆里发现了这出戏最早的铅印本，知道是我母亲写的，就从图书馆借出来拿给我看。剧本最前面有妈妈写的前言，里面说：

> 西施和范蠡的故事，不但是尽人皆知，而且也有人已经把它编成剧本。我又把它拿来重用，并不是因为我们历史上缺乏不朽的人物同事迹，更不是因为我对此类已经编成的作品感觉不满，简单的原因就是忽然这故事同其中的人物抓住了我的想象，而且紧紧抓住，终于使我不得不借着他们表达出一些我对于祖国的热诚同对于世界和平的渴望。

整出剧共有四幕，从越国被吴国击败开始，到反攻得胜告终；同时贯穿着西施和范蠡从相识、相爱到最后泛舟而去。在表达抗日必将胜利的信心之外，好像也隐含了她希望和爸爸共同享受平静生活的愿望。《东方杂志》在当时这样介绍了这个剧本：

> 《复国》（又名《吴越春秋·四幕剧》)，作者孙家琇以勾践复国故事为题材，而适当地将对祖国的热诚

同对于世界和平的渴望表达出来。全剧叙述西施范蠡如何通力合作，在完成了辅佐越王恢复祖国的伟大任务后终于相偕远隐。情节高雅，结构曲折，台词简洁绮丽，热情中不失理智，严肃中参有谐趣，令人心情一张一弛，极合上演之用。

这出戏于 1944 年由神鹰剧团在成都春熙大舞台公演，由万籁天导演，著名演员李恩琪饰演西施。

允明：这段时间里还有一对夫妇和我们家关系比较密切，就是美国著名历史学家费正清（John King Fairbank, 1907—1991）和他的夫人费慰梅（Wilma Cannon Fairbank, 1909—2002），咱们家都叫她"威尔玛"。爸爸妈妈在美国上学的时候就和他们相识了，妈妈回国前夕还在他们家里住过。抗战时期，费正清作为美国驻华大使馆的官员，从 1942 年到 1943 年在重庆工作。费慰梅那时在华盛顿

费正清和费慰梅

的美国国务院文化关系司里担任对华关系处文官，她是
接近抗战胜利时来到四川的，身份是美国驻华大使馆文
化参赞，1945 年 5 月到达了重庆。当时应该是妈妈告诉
了费慰梅已经怀了你这件事。

巫鸿：我从很小就听到一个故事，说费慰梅听到妈妈即将分娩，
就派了美国大使馆的医生开着吉普车来乐山给我接生。
但不知道是日期搞错了还是别的原因，他来的时候我已
经呱呱落地了。

允明：我倒不清楚这回事，但想起母亲曾讲过的关于费慰梅和
你的一个"笑话"。我忘记是因为什么事，你出生不久之
后母亲必须去重庆。因为事情比较急，在费慰梅的帮助下
联系到了一班可以搭乘的飞机。没孩子的费慰梅特别喜爱
你，所以一路上都由她抱着。在到达目的地时，母亲忽然
觉得近两个小时你怎么既没有哭闹也没有任何其他反应，
别是被闷死了吧？情急之下二人赶紧打开包裹你的小被

褥,竟然发现是向上的两只小脚！原来这一路你是"倒立"着飞过来的。他们赶紧把你倒转过来，而你从头到尾却一直都在酣睡，引得两人一阵大笑。后来你去哈佛读书又见到了费慰梅，她来信告诉妈妈说：她看到面前一米八五的大个子时，惊奇地喊出来："哎呀！那个当初我抱着的'小豆芽'，现在竟然长成了一个巨人！"

（3）乌尤寺和乐山大佛

巫鸿：我是抗战胜利以后生的，咱们家在这之后不久也就离开四川回南京了。你看看在乐山的这段时间，还有没有值得回忆的事情？

允明：那段时间实际上搬过一次家，大概是为了离母亲任教的武大近些。这个家在乡下，出门可以看到大片的田地，而且离长江更近一些。由于奶奶一人照顾我们姐弟俩负担太重，于是请来了一个叫牛嫂的中年妇女，帮助做饭和做一些杂事。她个子不高、身体强壮、满面红光，是个说话、干事都很快，习惯打赤脚干活的人。牛嫂的丈夫是个不爱说话、谨小慎微的男人，他不在咱们家工作，但跟着她住在咱们家。我经常到牛嫂的房间里去玩，看到他们床上总有一个铺盖卷是卷起来的，好像随时要搬走的样子。我感到很奇怪，就问牛嫂："为什么你的铺盖总是铺开的，而叔叔的

乌尤寺老照片

铺盖总要卷起来呢？"牛嫂毫不迟疑地告诉我："我们这儿都是女人当家，担负下大田种庄稼、挑粪积肥，或是所有能挣现钱的事儿，男人通常只在家里带孩子、做饭……只要是女人不满意，随时都可以把男人轰走，所以男人的铺盖天天都要卷起来，做好走的准备。"在这之后，我总有点担心她丈夫是不是会被撵走。后来，当我从事民族文化研究之后想起这件事，感到这像是一种母系社会的习俗，竟在四川农村直到20世纪40年代还如此浓厚地遗留着。

还有一件值得回忆的事，就是去乌尤寺的旅行。我不断听到爸爸和妈妈说这个寺如何好、如何有历史价值等等，但是因为一直没去过，这个名称对我来说也就完全没有意义。终于有一天，母亲和她的一群学生决定出去游玩一天，计划先去乌尤寺，然后再到江边乐山大佛的坐落处。我听到这个计划兴奋极了，向母亲发出连珠炮似的问题。她的回答使我知道乌尤寺原来叫大觉寺，是因为建在了乌尤山上才有了现在这个名字。而大佛所在的凌云山与乌尤山并列，都是在乐山的东岸，相互离得也不算太远。

记得我们一行人是坐摇橹的木船渡江的。那天风和日丽、江面平如止水。从乐山乘船，沿长江支流顺水而下，很快便抵达了对岸乌尤山的西南码头。可能是为了走近道，在学生们的带领下我们一直走在坑洼不平的田间和山路上，不多时眼前便出现了一座寺庙的黝黑山门，上面挂着写有"乌尤寺"三字的牌匾。寺中好像没有人看管，我们跨过高高的门槛，最先看到的是四个十分高大的天王像，分立在左右两边。四个人的面貌恶善不一，穿着不同颜色的铠甲，手中各自拿着琵琶、宝剑、大伞和一条赤色的小龙。大人们对这些天王好像不太感兴趣，继续向寺院里面走去，我就一个人在一座座佛殿里寻找感兴趣的东西。记得让我最感兴趣的，是在寺院最后面的大雄宝殿里，除了中间供奉的释迦牟尼佛以外，两旁还有十八个泥塑的罗汉像。他们每个人的表情和动作都很有意思，其中有的罗汉伸着超长的手臂，有的生着长长的白眉毛，还有一个不好好坐在座位上，而是趴在房梁上……妈妈告诉我，如果这个寺庙足够大有"五百罗汉堂"的话，就可以做从任何一个罗汉开始，按顺序数自己的年龄，最后到达的那个就是你未来从事的工作或事业的游戏。虽然在乌尤寺无法做这个好玩的游戏，但我却将此牢牢地记在了心中。

沿江看乐山大佛老照片

直到在北京上初中后，一次全家到香山碧云寺的"五百罗汉堂"游览，我和妈妈共同尝试地做了"数罗汉"游戏。没想到我变换了几次位置"数罗汉"，数到和我年龄相等数目的罗汉时，竟然他们都是手拿纸笔或乐器，眉目清秀且面相善良的样子。现在想起来，是否当年数出来的这些手拿纸笔从事写作的罗汉，真有预卜未来事业的能力？

离开乌尤寺后，我们又重新走进了没有道路的村野。记得沿途经过一个灯泡厂，大家因为好奇就进去参观。也就是在这里，我知道了玻璃灯泡是工人用一根长长的吹管，蘸起一点融化后的玻璃液慢慢吹起来的。我眼看着这个玻璃泡变大之后，被放在一个可以开合的模子里由工人继续吹。到吹不动的时候，工人就打开模子，拿出连在长吹管上的灯泡，然后剪断吹管，制作玻璃灯泡的第一步就完成了。虽然我对这个过程极有兴趣，还想多看，但拗不过大人们的督促只好离开，赶往大佛坐落的地点。

最后我们来到江边的一块空地，眼前有一个像小台子一样的石座，四边看看也没发现什么有意思的东西。但随着大人们的目光抬头看去，才发现把头抬到不能再抬的时候，看到了头顶斜上方，倚靠着长满树木的山崖，端坐着一尊巨大的石刻佛像，而我面前的石头台原来是他的一个脚拇指。到了下午，大家仍旧坐木船渡江回来时，我竟然发现江边岩石上刻着一些不大的佛像，像是漂坐在水波上的仙人，目送着我们离去。

（4）沙坪坝

巫鸿：抗战胜利后，所有战时搬迁到云南和四川的大学和学术机构都要返回原地，我们家也随着回到南京。当时是怎么回去的？是跟爸爸的社会科学研究所，还是跟着妈妈任职的武汉大学？

允明：是跟爸爸的单位走的，社会科学研究所从 1946 年 1 月开始做准备，从李庄迁回南京。翻看家中的旧照片，其中有几张显示搬迁过程中，我们家曾在重庆的沙坪坝暂时居住过。但是在中国社会科学院经济研究所（社会科学研究所是其前身）的所史里，却没有记载在沙坪坝停留的事情。我曾向所里有关人员询问为何我家去了沙坪坝，他们说迁回南京的时候，除了工作人员需要搬迁之外，大量书籍与资料也必须运往南京。可能父亲是负责押运这些材料的人员之一，先到重庆处理有关事情。

记得当时我们乘坐了一只很大的木船，沿着长江前往重庆。那时父亲已经在重庆了，此行中只有抱着你的母亲、奶奶和我一同乘船前往。我们开始时坐在可以透气的船舱甲板上面，沉重的大木船在进入长江航道前，必须通过一段离岸前往江心的浅滩，这一段航行不能靠船夫撑篙前行，而是由河岸上的一行人背负着与大木船相连的绳索俯身拖船，一名船夫同时用下端装有铁箍的长篙杆全力撑船。母亲告诉我这种在岸上拉船的人叫"纤夫"。不久，船老大前来告诉母亲马上要过三峡了，女人和孩子必须都下到舱里面去，否则会招来晦气，不好行船。面对这种不容商量的命令，我们只好顺着木梯下到船腹中黝黑的大通仓里，找到可容身的地方坐了下来。刚下去的时候眼前一片漆黑，过了好久才依稀看到满船舱都坐满了大人和小孩。

到达重庆时父亲已在码头等候，之后便来到一个临时性的招待所，要到第二天才有车前往沙坪坝。这一晚和前往沙坪坝的情景我真是一生难忘。当时提供给我们过夜的是一间空荡荡的屋子，除了一张单人床和一把椅子之外没有任何家具。一家三代五个人该如何过夜？奶奶坚持说她坐在那把椅子上休息就可以了，其他人经过爸爸和妈妈的"设计"，由他们二人头脚颠倒地睡在床的两边，把你我二人夹在中间。这种安排如果每个人完全不动还行，但谁也没法翻身。再加上饥饿的蚊虫不断袭来，全家都难以入睡。父亲干脆起来，坐在床边为大家轰蚊子，同时也空出一点地方使我们几个人能睡得舒服些。

结束了这个难眠之夜，全家一大早便赶到前往沙坪坝的长途汽车站。我们坐的是一辆没有棚子的卡车，为了让母亲能带着我们俩坐进"司机楼"里，少受些颠簸和拥挤，父亲多付了司机不少钱，他和奶奶两个人坐在后面的敞篷车斗里。我原来以为一路上可以惬意地观看景色，但是由于只能坐两人的"司机楼"现在装了四个人，我旁边的大胖司机挤得我喘不上气来，再加上在坑洼道路上行驶的颠簸，使我再没有欣赏风景的兴致。

我们在沙坪坝歌乐山的住处不在城里，而是在郊区一处树木葱郁的院子里。离我们家院子不远处有大片的草地和不太高的山丘，为我每日在草地上尽情撒欢提供了理想场地。但不久一个邻居告诉母亲：在草坡子上玩可以，但千万不要翻过小山，曾经有小孩跑到山那边，不知为什么就再没能回来。每到夜深人静时，我们总会听到从远处传来一阵阵的敲梆子声，白天有时会闻到一股股的硫黄气味。这些事我曾经询问过母亲，但她从来没有明确回答，只是严格限制我在外面玩耍的范围和地点。直到60年代初工作后，读了罗广斌写的《红岩》一书，我才知道书里

1946 年在沙坪坝

巫鸿和奶粉罐头

所写的人间魔窟"白公馆"和"渣滓洞"就坐落在歌乐山，书中也提到了看守人巡夜的"梆子声"。我完全被震惊了，这应该就是邻居告诉我们不能越过小山去玩的原因吧。

巫鸿：这么一想确实让人后怕。我查了一下，"白公馆"和"渣滓洞"属于国民党军统在重庆设置的监狱，从1946年到1947年监禁过几十名共产党员和进步人士，包括从贵州息烽监狱转来的杨虎城将军。

关于这段时间，我有一张照片是不是在沙坪坝拍的？照片里的我看来是一岁左右，坐在一个铺着白布的桌子还是台子上，面前摆着一个写有英文商标的大罐头。

允明：这是个美国进口的KLIM牌奶粉罐头。你出生在抗战结束后真算是幸事，能喝上全家节约度日，用高价买到的这种奶粉，不用再重复我小时候因为妈妈没有奶，只靠喝黄豆粉熬的水，导致整天泻肚的经历。这也是为什么你从小身体就好，不像我在十三岁以前一直瘦得像根豆芽菜。

1946 年母亲和我们在宿舍楼外

南京

（1）搬进新家

巫鸿：我再大一点的照片好像都是在南京拍的了，有一张是妈
妈抱着我，你站在旁边，我手里拿着布玩具，你抱着家
里养的小狗。

允明：那是在南京成贤街，中央研究院宿舍的楼前。1946 年底
迁到南京以后，中央研究院给返回的人员和家庭安排了
住宿，我们家被分配到城中心成贤街 68 号的大院里。成
贤街是离鼓楼不远的一条不太宽的马路，这个院的面积
很大，主楼是间隔很远、南北相对而立的两座二层西式

我们家和赵九章家

楼房，院子西边紧靠大门处有玻璃屋顶的花房和负责维修的木工、瓦工房，最靠里面的东边是几排供一般职工居住的黄色平房。我们家和天文、地球物理学家赵九章一家同住在靠南楼房的第一层。他们家也是四口人，大女儿赵燕曾比我大不少，二女儿赵理曾年龄和我差不多，从此我们就成了经常来往的门对门邻居。

巫鸿：我记得有一张照片，就是我们家和赵伯伯家在一起，好像是坐在宿舍楼的台阶上拍的。

允明：到南京后，爸爸同事里我最熟悉的一位是他的领导陶孟和伯伯，另一位就是住我们对门的赵九章伯伯。爸爸和妈妈的好朋友，语言学家丁声树伯伯那时候去美国了，因此没有见面，但是他在新中国成立后成了我们北京家里的常客。其他原来在李庄熟悉的人，像梁方仲、严中平、徐义生等伯伯，因为住得较远而基本上没有太多的来往。社会所离家很近，因此不管是在家里还是到所里去玩儿，

陶孟和（1887—1960）

都经常可以见到陶伯伯。如果我和爸爸在一起的话，他
总是和颜悦色地先和我说上几句话，然后才和父亲开始
谈话。而赵伯伯家住同一座楼里又是对门，所以我和我
家的女儿们互相串门玩耍时，经常可以见到他。当时他
是中央研究院气象研究所的所长，而且还是设在南京最高
处紫金山上的天文台台长。让我记忆最深的，是一次他带
我去这个天文台参观。去那里的路程很远，出了中山门，
我们乘坐的车子就进入了两旁种满梧桐树的大道。因为时
间有限，司机选了经过中山陵和明孝陵的路。后来平整的
道路没有了，车子吃力地爬上了山坡，越走越慢。从南京
郊区远望紫金山天文台，看到的只是山尖上一个个发亮的
圆球。到了以后见到的却是占地非常广的一群建筑，那个
"发亮的圆球"也变得超乎想象的巨大。在我们进入圆球
下的房子后，赵伯伯请工作人员按动机关，房顶就从中间
向左右两边打开，屋子中间一个炮筒般的望远镜同时向外

紫金山天文台老照片

伸了出去。赵伯伯让我坐在它后面,从"炮筒"的末端观看天空。我不记得当时我看到了什么东西,因为我的全部注意力都集中在这架可以伸缩和转动的望远镜上了。

(2)爸爸和妈妈的工作

巫鸿:最近我查了一些档案材料,希望了解爸爸和妈妈当时的工作情况。抗战胜利后,妈妈离开了武汉大学,和爸爸一起去了南京,到金陵大学外文系任教。正在此时,国立戏剧专科学校的陈瘦竹教授受余上沅校长的委托,专程登门造访,聘请妈妈到剧专任兼职教师,讲授西洋戏剧文学及理论。从此,妈妈的教学方向从一般性文学史转移到戏剧教育的专门领域。就和乐山的时候一样,她在课堂上用原文朗诵英国文学和戏剧名著。1947 年考入国立剧专,后来成了作家的李国文回忆说:"记得解放前

《中国国民所得（一九三三年）》封面

在南京国立剧专读书的时候，听孙家琇先生讲授莎士比亚课的情景，她朗读莎剧中那应该算是古文的英语，那铿锵的语调之美，接着，口译为中文，那华彩的文字之美，令我们这些学子，充分领会这位大师的艺术魅力。"[1]

如果说妈妈把大量心思放在教学上，爸爸则主要以研究为主。他被认为是最早研究中国农村经济和国民收入问题的经济学家。他在 1945 年完成了《国民所得概论》一书初稿，与之有关的英文文章下一年出现在芝加哥大学的《政治经济学报》。[2] 在此基础上他进一步联合其他研究人员，主编并在 1947 年出版了我国研究国民收入的第一部系统著作《中国国民所得（一九三三年）》上下册。《中国大百科全书》在有关这本书的词条下写道："作为奠基之作，该书一经出版就受到国内外广泛关注。1946 年，'美国国

---

① 李国文：《中国文人的活法》，人民文学出版社，2004 年，171—172 页。

② Ou Pao-San, "A New Estimate of China's National Income", *Journal of Political Economy*, Vol. 54, No. 6, December 1946, pp. 547—554.

民生产总值之父' S. S. 库兹涅茨（Simon Smith Kuznets, 1901—1985）被派往中国担任南京政府资源委员会顾问，曾索阅《中国国民所得（一九三三年）》书稿并写了一篇评论，随后巫宝三也撰文回复。费正清等主编的《剑桥中华民国史：1912—1949 年》概括了该书中的资料数据，同时也关注了该书之后的修正。迄今为止，中国学术界研究民国时期国民收入问题的论著，大多引用该书。"①

此外，爸爸还在中央大学经济系担任客座教授，讲授了题为"经济周期"（Business Cycles）的课程。据当时在那里读书、后来成为北京大学经济系系主任、经济学院院长的胡代光先生回忆，那门课为研究生系统介绍和讲解了西方经济学中的瑞典学派，在当时是很少见的。也是从爸爸那里，他第一次比较全面地了解了英国现代经济学家凯恩斯的经济理论。②

允明：那段时间里爸爸好像比妈妈忙得多，白天整天去所里办公，晚上和星期日除了吃饭，就是把自己关在书房里写东西。甚至有时候连饭也不吃，还不许别人敲门打扰。谁要是惹了他，那脸色可让所有人都害怕。记得有一次，书房的门连续关了好几天后突然开了，爸爸冲出屋门，

---

① 《中国国民所得（一九三三年）》，《中国大百科全书》，https://www.zgbk.com/ecph/words?SiteID=1&ID=20909&Type=bkzyb&SubID=56978.
② 胡代光：《深切怀念巫宝三老师》，载《中国社会科学报》2022 年 9 月 13 日，第 6 版。

裹在浓浓的烟雾里晃晃悠悠的，把正在吃饭的大家吓得目瞪口呆。但他却面带笑容，我们一下都明白他的工作完成了。现在想起来，那应该就是你刚说的那本《中国国民所得》。

巫鸿：爸爸在同事之间以正直和坚持学术独立著称。据说当中央研究院在 1947 年遴选第一届院士的时候，在讨论候选人名单时有过激烈的争议。有的人认为名单中列入郭沫若这样的亲共人士"恐刺激政府，对于将来经费有影响"。列席会议的父亲起立反对，认为"不应以政党关系，影响及其学术之贡献"[1]。

（3）孩子们的乐园

允明：实际上爸爸只要不是太忙，还是很注意在星期日安排全家共同活动的。大约你三岁以后，每当夏季，爸爸都常带全家去玄武湖游玩。那个湖很大，大家可以在湖边散步，我也可以捉蜻蜓和蝴蝶。此外，还可以乘坐由船夫用篙竿撑的大摆渡去湖中的岛屿玩耍。有时全家也租一只小船，由爸爸两手划桨在湖面上荡漾。玄武湖中有一个专为乾隆皇帝种植樱桃树的小岛，一直存活着很多樱桃树。后来知道樱桃熟的时候游客可以去亲手摘果，过秤购买。

---

[1] 《首届"中研院"院士为何缺了钱穆》，载《齐鲁晚报》2014 年 12 月 24 日。

1947 年的巫鸿

一个星期日的一早，爸爸宣布全家一起到玄武湖去摘樱桃。为此大家都高兴极了，妈妈准备了三只盛樱桃的篮子，还特地给你找了一个玩具小筐。到玄武湖后，我们乘坐大摆渡登上了小岛。根据规定，游客需要先选择一棵或几棵樱桃树，采摘的时候可以边摘边吃，最后带走的才过秤付钱。我们马上选定了一棵结满又黑又大果子的樱桃树，开始动手摘采。因为爸爸和妈妈知道这里的樱桃从不打农药，所以也没有反对我们一边采一边往嘴里填。你因为个子太小够不着树枝，干脆就坐在树下把别人摘下来的樱桃装满自己的小筐，然后再饱餐一顿。

巫鸿：我虽然不像你记得那么清楚，但也觉得南京那段的日子很快乐。可能因为抗战胜利搬回大城市，而且宿舍大院里有好多其他小孩吧。

允明：当时的中央研究院在南京的总部，设在市中心的鸡鸣寺路 1 号（现北京东路 39 号，中国科学院南京分院，2013

全国重点文物保护单位

国立中央研究院旧址

中华人民共和国国务院
二〇一三年三月五日公布
南京市人民政府立

"全国文物重点保护
位"中央研究院旧坦

1947年落成的社会科学研究所与中研院总办事处办公大楼

年"国立中央研究院旧址"被列为"全国重点文物保护单位")。地质研究所、历史语言研究所、动物研究所，还有爸爸所在的社会所都在那里办公。成贤街离鸡鸣寺不远，街两旁的树木茏茏葱葱，行人不多而十分幽静，因此成为咱们家晚上出来散步经常选择的地方。中央研究院的办公处很大，进大门后，隔着修整得很好的宽阔草地的是一座有中式屋顶的高大楼房。后面有一座不太高的小土山，动物研究所在土山上建了个很大的铁笼，里面养了许多猴子，这成了我到父亲办公地点来玩的主要原因。每次来这儿我都特别高兴，就像逛动物园一样。开始时我还站在离笼子比较远的地方，看猴子们跳上跳下、找寻食物。它们眨眼看我的样子显得很和善，引得我渐渐缩短了和铁笼子的距离。看到猴子们满处寻找和争夺食物，我决定下次来的时候一定给它们带些食物。

一天下午，我从家里的厨房拿了一些馒头，来到了猴笼前。猴子们大概因为对我已经熟悉了，并没有理睬我。但当我把馒头掰开扔进笼子时，立刻引起它们的蜂拥抢夺，使我非常高兴地向不同方向扔馒头，指挥猴子们抢夺。但过了一会儿，几个猴子注意到了馒头的来源，便向我走过来。开始时我还大胆地把一块块馒头扔给它们，但不多时更多的猴子扑了上来，纷纷伸出爪子穿过铁丝网来抢我怀中的馒头。这时我害怕了，因为猴子们并没有因为馒头已经没有了而离去，而是用爪子抓住了我的毛线连衣裙，还打算抓我的脸。幸亏裙子的弹性很大，我用尽力气往后退企图离开笼子，但猴子们的力气也很大，使我无法挣脱而吓得大哭起来。我的哭喊声引来了不远处的工人们，把我生生地拽离了猴笼。虽然我没有被抓伤，但毛线裙子却完全被抓烂了。从此以后，我再没有到小土山去看这些猴子，至今去动物园的猴山时仍心有余悸。

巫鸿：我不记得这个猴子笼，但记得就在咱们自己家里，好像是紧贴着墙壁，放着一排高大的柜子，里面都是动物标本。其中有各种各样的鸟，还有泡在玻璃瓶里的虫子。那些鸟虽然都是死的，可是圆圆的眼睛像活的一样。那时我小，总不好好吃饭。母亲就把一只鸟的标本放在桌上，让我一边看着它玩，一边把饭一口口填到我嘴里。在所有的鸟里我最喜欢一只猫头鹰，它也就成了我的"最下饭"的玩具。

允明：这些标本是动物研究所暂时存在这里的。我也记得妈妈拿那只猫头鹰帮你"下饭"的样子。但是你对猫头鹰很快就失去兴趣了，妈妈就又发明了一个可以给你喂饭的游戏——抓一把家里存的干玉米粒放到桌面上，一会儿摆成一条鱼，一会儿摆成一只小鸟……以此达到让你吃饭的目的。但有一天给你喂饭的时候，妈妈照例伸手去抓大铁桶里的玉米粒，却大叫一声把桶打翻在地。大家一看，原来里面有一堆还不会跑的粉红色小老鼠。妈妈被吓得坐在椅子上，很久才缓过来。这件事不但终止了这个喂饭的游戏，而且家里也再不储存干玉米粒了。

你从小就喜欢到处乱画，记得一岁时就在纸上画了大大小小的圆圈，而且画得还挺圆。爸爸妈妈的一位客人看到了，说能够这样专心致志地把圆圈画得这样圆，将来肯定会成个大画家！家里人当时没有太重视，只是随你去画，只要不捣乱和影响大人做事就行了。

巫鸿：是不是有一幅画还发表了？

允明：是在《小朋友》杂志上发表的。那是一本家里给我们订的上海出版周刊，内容有带插图的小故事、科学知识，而且隔一段还会刊登小朋友的绘画作品。大家都觉得你越画越好，忘记是谁就把其中一幅投给了这个杂志，出乎大家的意料，不久竟然被选上并刊登了出来。只可惜在后来的不断搬家中，载有这幅作品的那期《小朋友》遗失了，那应该是在 1948 年。

《小朋友》第1000期纪念专号（1950年）

巫鸿：对另一件事情我还有些印象，就是有一年夏天我们的院
子里到处都是水，小孩成天在水里跑来跑去，特别高兴。

允明：那应该是1947年夏天的那次发大水，大街上、院子中间，
连平房宿舍里都是水。工人在院里用木板搭起跳板供人
行走，可是大院里的孩子们哪里理解水灾给人带来的不
便，反而觉得是件能让他们快乐玩耍的事情。我们站在
跳板中间上下蹦，看谁能让板子最有弹性；还在跳板上
追着玩，看谁能够不掉进水里……这些都成了每天玩不
够的游戏。而这种玩耍竟让我在一天中掉进水里三次，
跑回家换衣服时受到了母亲的斥责。

更好玩的是抓鱼。宿舍大院的一面墙外有条人们平时不
太留意的水沟，这次发大水沟里的水漫了出来，通过大
院的排水口涌进了院子。住在黄色平房里的孩子说看到
屋里搭起的木板下有鱼游动，我们也发现大院的积水中
有鱼。不久，由年龄比较大的孩子领头，从此各家捞面

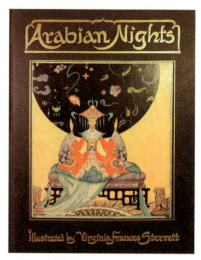

《一千零一夜》封面

条的笊篱、买菜的竹篮和各种筐子，都被当成捞鱼的工具。我们想出了一个方法，用笊篱堵住楼房外面一头的下水口，另一些人在"上游"用家伙去轰，其他人赤脚下水堵截。结果还真抓到了几条小鱼，虽然不大，但是大家极有成就感。这个抓鱼活动也成了那个夏天主要的乐趣来源。

（4）讲故事和看书

允明：通过那个夏天的这些活动，院内的小朋友们都变得熟悉起来，直到我们离开南京前，每天晚上都聚到一起玩耍。大家轮流提出如何游戏，或是猜谜语，或是用手指挑绳玩"翻花"。轮到我提建议时，我提出了给大家讲故事，把妈妈每天晚上给我们俩讲的《一千零一夜》和《格列佛游记》里的故事再复述一遍。因为妈妈是按照英文本给我们讲的，我想其他小朋友肯定不知道这些故事。

《格列佛游记》插图

巫鸿：我特别清楚地记得《格列佛游记》那本英文书，是一本
非常厚，好像是皮面的大书。最吸引我的是里面的插图，
是整页整页彩色的，画得特别细。其中一幅我看了不知
多少遍，画的是一个躺在地上的巨大的年轻人，旁边围
着无数像蚂蚁那么大的小人，其中有许多拿着武器的士
兵和骑马的将军。用绳子把这个年轻人牢牢捆在地上，
几个人还架起梯子爬到他的身上，好像是在喂他吃东西。
妈妈告诉我们这张插图画的是格列佛出海乘坐的船在风
暴中沉没了，他在昏迷中飘到了一个小人国的岛上，那
里的居民长相上和一般人类没有区别，但身材特别小。
他们趁着格列佛昏睡的时候把他绑了起来，后来还把他
送到皇宫里，在那里他成了国王和公主的客人。我对这
幅画着迷得不得了。以后咱们家搬到北京，我还是不断
要求妈妈拿出那本书，给我看这张插图。

允明：在南京的时候，每天晚饭后母亲都会抱出那本或是《一千

来看书

零一夜》两本沉甸甸的英文书，给我们绘声绘色地讲述里面的故事。你当时三四岁了，也听得津津有味。直到离开南京前的相当长的一段时间里，我们每日都盼着母亲给我们开辟的这个"章回小说"节目。我把听来的一些章节转述给大院的孩子们听，其中包括"阿里巴巴与四十大盗""阿拉丁神灯"和"格列佛在小人国"，等等，此后，大院里的小朋友们就总是让我接着讲故事。当我把从妈妈那里听来的都讲完了后，大家还是不让更换游戏要继续听故事，我便不得不把看过的别的书和一些道听途说的事情添油加醋地编成新故事，从而进入了一个自编自讲的阶段。

巫鸿：我对书发生特殊兴趣，应该也是从这个时候开始的，常常不是在大床上就是在桌子上翻阅有图片的大书。现在留下来的几张照片就是爸爸在我看书时抓拍的。一张是我正刚把书搬到床上还没翻开，另一张是我举起手，招呼照片外的你，说你也过来看吧！所以又有了第三张咱们两人一起

允明和巫鸿　1948 年

在大书后面的合影。

对，我还记得你当时特别受小朋友欢迎，总有一群小孩整天围着。

允明：小朋友们当时愿意和我玩还有一个原因，就是我有一个自制的小药箱，是用家里的铁皮点心礼盒做的。里面装着红药水、碘酒、紫药水，棉签、纱布、绷带、橡皮膏，还有小剪刀、镊子等工具。哪个小朋友摔跤磕破了皮，或者被蚊子咬了大包，都会来找我"看病"，而且特别信服我的操作和所用的药，就和去真的医院一样。至于我有这个小药箱，是因为我当时身体不好，母亲常带我去医院，我对医生、护士们的操作很有兴趣，就希望模仿他们。但对我有同样吸引力的，是护士的白制服和燕子似的护士帽。

但这个小药箱是治不了真正大病的。记得你有一次突发高烧，烧到昏迷不醒。妈妈抱你直奔当时南京最大的医院，经过检查是得了急性肺炎，最有效的治疗方法是打盘尼西林针剂。可是那时候正是解放战争时期，这种药不但是进口的，而且当时属于管控物资，医院里和市面上都没有的卖。爸爸放下一切工作去四处打听，得知可以通过黑市买到但价格极贵。为了抢救命在旦夕的你，他一面联系人帮忙购买，一面尽力筹集经费，最后在难以凑到足够资金的情况下，只好到当铺去典当了家里唯一值点钱的东西——他的德国蔡司相机。这架相机曾经记录了咱们家在云南落索坡和四川李庄的情景，多次生活困难时也没有舍得卖掉。但幸好，用相机典当来的钱换来的几瓶盘尼西林，保住了你的性命。

（5）小学

巫鸿：到了1947、1948年，你已经是上学的年纪了。我记得你和同学一起排队走路、唱歌的情况，当时非常羡慕。

允明：我在南京就读的第一所学校是南京中央大学附小。这是因为这个学校离家特别近，从咱们家住的成贤街68号，隔着马路斜对过就是当时南京中央大学的后门。中大附小里所有班级的教室都集中在一幢多层的大楼里，楼下是个很宽敞的院子，竖着一根旗杆，各班的体育课和每天早上全校的晨会都在这里进行。

我当时班主任的名字叫师霞——她在新中国成立后被评为全国优秀教师。师老师除了教语文外，还时常讲些我们从未听过的故事，而且对同学们的态度特别亲切、和蔼，谁有了困难她都会帮助解决，所以大家都特别喜欢她。有一件事使我至今难忘，是师老师经常在上课之余给我们讲一些"好人打坏人""劫富济贫"的故事。那时候社会上有许多谣言，像"共产党都是红鼻子、绿眼睛，专门吃小孩"等。师老师知道后告诉我们，这些话都是编出来吓唬人的，你们不要相信。

南京中央大学在校园中央有一个圆形屋顶的大礼堂，里面可以坐特别多的人。记得有一次我们附小开大会，全校的师生都进去了还没有完全坐满。爸爸虽然在社会所工作，但也在中央大学讲课或做演讲。有一次我听说他要在这个大礼堂做报告，就约了班上的一个同学放学后去探个究竟。结果到了那里竟然不让小孩进去，里面传来的阵阵掌声更增加了我们的好奇心，非想办法听听不可。结果我们绕到大礼堂一侧的大窗户下，踏上叠起的砖头爬上了窗台。我们俩人很舒服地在大窗台上倚窗而坐，通过敞开的窗扇可以看见父亲的身影。但是听了一阵之后我发现他讲的内容一点意思也没有，也搞不明白为什么听众还不停地鼓掌，只好爬下窗台悻悻而归。爸爸回家以后，我问他为什么人们对你讲的那么多没意思的事情还鼓掌，他说如果我想弄明白的话，就得在将来上大学后就读经济系。

（6）解放前夕

巫鸿：我知道爸爸 1947 年的时候又去了一趟美国，但又在南京解放前匆忙地赶了回来。1991 年还是 1992 年，我已经在哈佛大学教书，在回北京探亲的时候，曾经问过爸爸当时去美国的原因。他说是在抗战全面爆发时急于回国参加抗日，他的博士论文拖到 1947 年才完成。那时正好洛克菲勒基金会提供了一笔奖学金，使他能够去美国提交论文，因此在 1948 年才正式获得哈佛大学经济学博士学位。我问他论文的题目是什么，他说是 "Capital Formation and Consumer's Outlay in China"，翻译成中文就是《中国资本形成的消费支出》。

允明：当时出国是个大事，所以父亲离开前全家人去照相馆拍了一张全家福。那时中美之间还没有航班，需要从上海乘坐长达数十天的轮船才能到达纽约。临行前，妈妈、你我二人，还有爸爸单位里的一些同事一齐到下关火车站给爸爸送行。火车开动时我哭了，妈妈说："哭什么，爸爸又不是去打仗！"这句话当时我不太明白，但却牢

1947年"全家福" 南京

牢刻在了心里。

虽然那时我不到八岁，但也开始感到时局的不稳定。有一次母亲让我跟她一起去金陵大学去帮助她"领工资"，随身竟然带了两只装面粉的大口袋，让我很奇怪。结果当从财务处窗口递出来的工资，居然是用麻绳捆起来的好多捆金圆券，我这才明白妈妈为什么要带两只面口袋，还让我去帮忙。在这之后，我也看到商店里物价的暴涨，买一个烧饼要五十万元，人们扛着大捆的金圆券在咱们家斜对面的米行抢购大米。每到黄昏后，街上就是走来走去、手里敲着银元的兑钱人……眼前的这些从未见过的事情，让我慢慢变得懂事了。

幸好，爸爸在南京解放前夕回来了。听说他在拿到博士学位后原本可以在美国多待一段时间做研究，但他看到全国面临解放的局势，担心中美关系发生变故将导致他难以回国，便自作主张立刻购买了回国的船票，甚至没能与当地的单位和朋友告别。只是把一个小箱子寄存在丁声树伯伯的夫人关淑庄那里——她当时是联合国雇员，然后就像平常上班似的踏上了归国之旅，回到南京与家人团聚。爸爸果断回国的决定肯定是正确的，关淑庄阿姨就是因为当时未能及时回国，造成了丁声树伯伯一家人长达三十余年天各一方的悲剧。从这件事以后，我更体会到一家人能在一起生活的快乐和幸福。一天父母的一位朋友到家里做客，在院子里为我们全家留下了在当时十分罕见的彩色合影。

巫鸿：我们两人的另一张照片是不是也是那个时候拍的？我们一人拿着一个玩具，那应该是你我最心爱的玩具吧？

允明：我的那个玩具是个躺下能闭眼、坐起来能睁眼的洋娃娃，而且四肢可以活动，名字叫"爱丽丝"。她彻底取代了妈妈在李庄给我制作的玩具，成为我的挚爱，一直保存到20世纪60年代的"文化大革命"时期。你身旁的大象也是你最喜欢的玩具，名字叫"嘟嘟"，是用红底绿格子布做的。我经常给"爱丽丝"换衣服，你也非要给"嘟嘟"穿件衣服。母亲只好找出了一件你穿不下的套头衫，算是让"嘟嘟"也有了衣服。从这时起，无论到那里去玩，我们俩都会形影不离地带着"爱丽丝"和"嘟嘟"。这张照片是1948年11月我们两人过生日的时候，去照相馆留下和这两个心爱"宝贝"的合影。

1948 年的全家合影

1948 年姐弟合影

巫鸿：照片里的你坐得直直的，对着照相机微笑，看起来特别
　　　懂事；我则是嘟着嘴，歪着头，一副不情愿的样子。有
　　　点像是对两人性格的预示。

<h3>（7）解放</h3>

巫鸿：我在南京有一段忘不掉的记忆，就是有一天晚上醒过来，
　　　忽然看到爸爸和妈妈没有睡觉，而是坐在窗户前面喝酒，
　　　好像在庆祝什么事情。我当时觉得我是不是在做梦？忘
　　　记后来是谁告诉我的：他们在庆祝南京即将解放。

允明：爸爸和妈妈完全是怀着热忱的爱国之心，在全民族抗战
　　　爆发初期不远万里回来报效祖国。在新中国诞生前，他
　　　们也是渴望着一个光明时代的到来。妈妈在乐山写的《复
　　　国》剧本在 1946 年再版发行，1948 年她和南京戏剧专
　　　科学校的一些热血青年计划把它搬上舞台，我还依稀记

得他们当时一起在操场上排练的情景。参加排练的学生中有焦一明、余乐庆、傅晓航等大哥哥们。他们一直到五六十年后还和我有联系，有的竟然成了我的同事。这个剧是否真的公演了我没有印象，根据当时的时局估计很难上演，而且后来听说母亲因为带领剧专师生排练这出戏，被国民党政府列入了黑名单。幸好南京解放的速度超出了意料之外，使她和参加《复国》排练的师生们逃过了一劫。

说起你那段"忘不掉的记忆"，事情是这样的：4月22日深夜，从南京西北方传来了从稀少到密集的隆隆炮声，咱们家面对下关方向的窗户映照出一阵阵的闪闪红光，引起我极大的好奇心。虽然父母安排你我两人赶快睡觉，但他们表现出来的兴奋和窗外的声响和红光，都使我毫无睡意。我便悄悄地爬起来，通过父母卧室的门缝看他们究竟在做什么。出乎我意料的是他们并没有在工作，而是各拿酒杯在对酌吟诗。一夜炮声终止后，解放军在4月23日凌晨渡过长江，进入了南京市。我记得很清楚，天不亮院子里就传来了从未有过的嘈杂声，人们纷纷涌向大门口。当时我也随着大人跑出大门，挤在人群中，要看看共产党和解放军到底长得是什么样子。等到早上六点半左右，果然等到了身穿浅黄色军装、面貌和常人一样的解放军战士，列队经过成贤街向"总统府"

方向走去。随之出现在眼前的是为欢迎解放军入城而表演的"腰鼓舞"和"秧歌舞",使住在城市里的人大开眼界。铺天盖地的鞭炮声,伴着腰鼓声和口号声延续了很久,给人们带来新社会从此到来的巨大欢乐。

巫鸿：朱家桢在回忆爸爸的那篇文章里提到了一个有意思的情节,就是爸爸在南京解放后的第一天见到了陈毅司令。在这之前,国民党政府为了准备逃窜,把图书馆珍藏的善本图书和故宫博物院里最精美的艺术品都先后搬去台湾,对此,以陶孟和先生为首的社会研究所同仁表示坚决反对,在《大公报》上发表文章斥责搬迁行径。爸爸拥护陶孟和的立场,坚决反对把中央研究院全部迁往台湾的命令,积极地参加了护院和护所的行动,等待解放的一日。南京解放次日,陈毅司令员布衣军服,来到社会所看望陶先生和全所人员,爸爸回忆说初见还不认识,只是在互道姓名后才知是陈老总。[1]

（8）离开南京

允明：随着南京的解放,戏剧专科学校被并入中央戏剧学院的前身"华大三部",不久得到了迁往北京的命令。父亲所

---

① 朱家桢：《永远的学者风范——纪念巫宝三先生百年诞辰》,载《经济研究》2005年第7期,122—128页。

在的中央研究院还没有正式收到北迁的通知，但大家都知道这是迟早的事。爸爸和妈妈因此决定我们俩随着母亲的学校先去北京，爸爸随后再来。

当时的车辆极为紧张，剧专只联系到了"绿皮车"的半截硬座车厢，只提供给每个大人一个座位。大家为了让随行孩子们能够有坐处，都尽量地挤着坐。当时从南京到北京的火车不但开得很慢，而且走走停停。一路上车厢内非常拥挤，迫使一些个子小的学生轮流爬上行李架去躺着休息。由于天气炎热，所有靠窗坐的人无不把头甚至半个身子伸到窗外，享受迎面吹来的凉风。结果一夜下来，火车烟筒冒的煤烟合着伸出车窗的汗脸，便画出了各种不同样子的"脸谱"，在清晨引来了车厢中大家的爆笑，而当事者却还蒙在鼓里。

这次搬家大家只携带了最必要的生活物品，但学校照顾带着两个孩子的妈妈，批准可以携带三只箱子。因此，我们心爱的玩具大象和洋娃娃、故事书《一千零一夜》和《格列佛游记》，还有一台可能比妈妈年岁还大的英制手摇缝纫机，也都随我们一起去了北京。

火车像老黄牛般地走了两天多后，终于到达了天津站。因为妈妈尚不清楚剧专到达北京后的安排，就把我们俩交付给了天津的姥姥、姨母和舅舅照管。我们因此在天津站和妈妈分了手，由来接我们的九舅带往姥姥家。

第 二 部 分

家 的 成 长

2

年轻时的九舅

天津的家

（1）第一印象

巫鸿：我记不太清我们在天津姥姥家住了多久，大概有一年左右吧。对于这个家，我记得最清楚的有两点：一是九舅，二是那所大房子。

和母亲分别后，九舅叫了一辆双人座的三轮人力车，拉我们前往姥姥家。他的名字叫孙家瑃，长得圆头圆脑的，样子活像庙里的阿弥陀佛。接触之后发现他脾气特别好，见人总是笑呵呵的。他是个画家，一生未娶但特别喜欢小孩，所以我们和他很快就熟悉起来。

姥姥家是一座独门独户的西洋式楼房，在我眼里显得特别大。两层楼的门面很宽，屋顶上好像还有窗户。临街的大铁门是为汽车进出用的，人们都从旁边的小门出入，进门后是一个很大的院子，整个地面都铺着花纹方砖，显得特别干净。院子一头是个没窗户的房子，九舅说是原来的车库，现在不用了。车库前面搭着一个特别大的藤萝架，下边的石头桌椅上散落着掉下的叶子。整个地方既宽敞又安静，我第一眼就喜欢上了这个环境。

天津常德道 8 号旧址

允明：那个楼的地址是天津和平区常德道 8 号。常德道这条路是 1929 年修建的，原来是英租界里的科伦坡道（Colombo Road），如今已经作为历史文物保护起来了，去了还能感到一点当年的样子。

记得进屋以后先去见了姥姥。她是一个满头白发的老太太，面目十分慈祥，盘腿坐在一张两头有铜栏杆的大床上。住到姥姥家之后我常来到屋里来看她，也越发熟悉她屋子里的物件。大床床头放着一个带小抽屉的小红木匣子，是姥姥每天梳头用的"梳妆台"，旁边一个竹条编的小管箩里盛着针线、剪刀、木尺等缝纫工具。有一次我看见管箩里有一个长方形的白方块，便拣出来一看，原来是一枚象牙印章，那时我已能认出上面刻的是"孙阮维贞"几个字。我很好奇为什么姥姥的名字是四个字，就向她询问，才知道过去女子嫁到夫家后，要在自己的名字前面加上丈夫的姓，所以这个印章上，姥姥的名字前面加

今日的常德道 耿涵 摄影

上了"孙"字。那时姥姥是掌管这个大家庭的家长，时常要接收挂号信，把印章放在身边的笸箩里就可以方便地信手拈来了。

巫鸿：我也记得她坐在那架大床上的样子，但实际上，我从不记得她曾下来过。我当时想可能是因为她裹着小脚，行动不便吧。有一次我去她屋里，她正在床上裹脚，因为我是小孩也不忌讳。记得以后即使我们到北京生活了，妈妈也连续好几年在过年时带我们去看望姥姥和天津的亲戚们，每次姥姥都坐在大床上，笑呵呵地看着儿子辈和孙子辈的孩子们一批批给她拜年，好像世界上没有比这个更让她高兴的事情了。

允明：姥姥房里的许多东西都非常有意思，都是我没见过的。例如房屋四面的墙上都镶着比我还高的木板护围，边上雕着很好看的花纹。离大铜床不远处立着一个摆放黄铜脸盆的架子，横梁上搭着毛巾，旁边摆着带盖的肥皂盒

姥姥的银质肥皂盒

与漱口杯。姥姥保持着过去的习惯，不愿去卫生间而要在卧室里梳洗。那个椭圆形的肥皂盒特别吸引我的眼睛，一次姥姥看我那么好奇，就让我拿起来观看。我发现盖顶中央的把手做成了非常精致的豆角形状，托在一片有纹理的叶子上。掀开盖子，盒底有一个镂空的隔板，为了保持肥皂干燥，还把镂空隔板刻成"双钱"图样。九舅告诉我这个肥皂盒和漱口杯都是银质的，是姥姥结婚时的陪嫁，几十年一直都在使用。

大概十几年后我上高中时，意外地发现这个银质肥皂盒与漱口杯被母亲沿用，还看到盒底上刻着"老庆云"三个字，应该是银器店的名称。那时姥姥已经去世，看来这是妈妈所保存的姥姥留下来的遗物。到60年代我结婚时，正是"三年困难时期"，咱们家虽然属于高知家庭，但在生活上也十分拮据。妈妈为了表示一点娘家的心意，拿出了这个银质肥皂盒，作为唯一的嫁妆交到了我的手里。我喜出望外地接过这个从童年时代就喜爱的宝贝，以后从来不曾舍得使用。相信这个已有二百多年历史但仍然闪着银光的小盒子，会再次作为"嫁妆"传到咱们家第四代人的手里。

巫鸿：天津的那个洋楼，对将要五岁的我来说简直就像个迷宫。虽然在那里住了不少日子，但我从来也没弄清楚一共有多少个房间，那些屋子都是干什么用的。对楼下一层的印象深一点，因为咱们两人在一层睡觉，姥姥、大姨和九舅也都住在这层。从姥姥的屋子隔着过道，是个很漂亮的大厅，桌子上放着很多摆设，记得有罩在大玻璃盒子里穿着各种不同的服装的绢人，还有玉雕的"如意"和"三彩马"，等等，可能都属于古玩。

允明：那间客厅最吸引我的，是一架我只在画报上看见过的黑色钢琴。记得一天我悄悄掀开钢琴琴盖，看到黑白间隔的琴键那么好看，就不由地按了下去，发出来的声音把我吓了一跳，赶紧盖上了琴盖跑出了房间。

巫鸿：后来你也开始学弹琴了，是吧？我记得你之后在那架琴上弹过曲子。

允明：实际上就是住在天津的时候，有一回妈妈从北京来看望我们，一天我忽然听到客厅里传出了好听的琴声，赶紧跑进去，看到竟然是妈妈在弹奏。我不知道她弹的是什么曲子，但太羡慕她能够有弹钢琴的本事了。后来知道二舅的三儿子孙骅声从三岁就开始学琴，五岁就参加了公开演奏和比赛。一次他来姥姥家的时候，我就要求他弹琴给我听，他弹了一首肖邦的奏鸣曲，这是我第一次现场听人演奏这支名曲。看到他双手手指在琴键上飞舞，我立刻便对他产生了由衷的崇拜。从此客厅里的钢琴就成了我的至爱，住在姥姥家的一年多时间中，在没人教我弹琴的情况下，我自己试着用单手和双手弹音阶，用一个指头弹自己会唱的歌。直到上了女十二中初中后，我才开始跟着老师学习：这个学校的前身是贝满女中，有不少架钢琴可供学生练习。

巫鸿：记得二姨一家三口住在楼上，他们的孩子戴宏慈算是我的表哥，但好像没有和他玩过很多，因为他只爱唱京戏，对其他什么也不感兴趣。更吸引咱们的是楼房后面一片不小的"庄稼地"，里面的葡萄架在夏天挂满了紫色的葡萄，还有高大的玉米秆子、藏在叶子下面的黄绿色南瓜之类。有的时候还能看到野兔和地鼠，但这些小动物跑得太快，常常来不及看清楚就跑走了。

允明：夏天院子里的那个大藤萝架盖满了密密麻麻的枝叶，变成了一个巨大的绿色天蓬，坐在下面的石凳上面乘凉特别舒服。藤萝架下、离石桌不远的地方有一个方形的柜子。一天早上，有个工人送来一些冰块，放进柜子下部的一个大盘子里，关上柜门后就急急走了。我先是在一旁观看，等他走了以后就开始"研究"起这个几乎和我一样高的柜子。上面柜门里分成两层，我看见下面冰块向上冒出的冷气，突然想到这可能就是大人们说的"冰箱"吧。以后让我高兴的是，只要吃的东西有些热，就可以把它放到冰箱里变凉。而且我还制作了把长在藤萝架下背阴处的薄荷叶子洗干净，放到冰箱里冰镇，然后送给姥姥去顶替她额角上贴的普通薄荷叶。她为此非常高兴，夸奖我聪明。

（2）妈妈的哥哥和姐姐们

巫鸿：那次去天津让我最糊涂的，就是妈妈家里有那么多亲戚，每个人的称呼都有个数字打头。妈妈的兄弟姐妹包括大姨、二姨、二舅、五舅、九舅（他们都管妈妈叫"四妹"）。但一次过节又来了另外几个亲戚，妈妈让我叫他们"六姨""七姨"和"十舅"。我试着按照"一、二、三、四……"的顺序把他们排起来，但怎么没有三姨和八舅，他们在哪里？妈妈告诉说，这两个人"不在"了，而且让我不要问姥姥。

八舅在美国留学

后来我逐渐知道了，这里隐藏着这个家庭的伤心事。妈妈说八舅孙家珂是兄弟姐妹中最招人喜欢，既聪明又心地善良，因此也是姥姥最疼爱的孩子。他是学工科的，在美国留学的时候有一次和朋友们出去玩，他在前面负责开车，一个坐在后排的朋友跟他开个玩笑，就伸手拉了一把前面的制动器，结果整个车跳了起来，翻到旁边的沟里，八舅也因此遇难。这个悲剧发生后没有人敢告诉姥姥，因为知道她会受不了。每次姥姥问八舅怎么不回来看他，大家总是说他在美国，因为两国没有外交关系无法回来也不能写信。因此姥姥直到去世一直被蒙在鼓里，也可能她猜到了但不愿意相信是真的。

三姨孙家兰的事情就更悲惨了。我出国以前听到过一些，

孙家三姐妹（右边是妈妈，中间是二姨孙家莹，左边是三姨孙家兰）

但只是在 90 年代回国问妈妈她家历史的时候，她才比较完整地告诉我。她说因为三姨的年龄和她最近，她们两人也最亲密。四个姐妹中三姨最漂亮，也最浪漫而不通世事。她爱绣花，爱读书，在南开大学读书的她总是对未来有很多的幻想，但她患有严重的心脏病，神经也比较脆弱。日本侵略军进攻天津后，在 1937 年 7 月 29 日对很多地方包括南开大学进行了长达四小时的狂轰滥炸，整个校园被淹没在火光之中。三姨悲痛欲绝，引起心脏病发作，最后不治身亡。妈妈说那时她正在美国上学，直到后来才知道这个悲剧，当时她几乎被击垮了，简直不能相信这是真的。

允明：二姨的丈夫戴艾桢也受到过日军的残害，他被日本宪兵当作共产党同情分子抓了起来，使用极其残忍的刑法逼他招认，以致丧失了生育能力。家里人对日本侵略中国时的这些惨事肯定都不会忘记。但 50 年代初大家都在为和平的终于来临而欢庆，因此还是欢乐的时候多。就拿二姨孙家莹说吧，她毕业于家政专业，因此很会收拾家和做各种好吃的。为了大家能不出门就吃到冰激凌，一天她搬出了一个大约五十公分左右高的老旧木桶，桶里有一个金属罐子，盖子上有两个齿轮，可以带动伸到罐子中间的螺旋形搅棒，可以通过摇柄转动搅棒。紧接着，她把牛奶、糖、冰激凌粉和香精熬成稀米糊样倒入罐中，还往放在罐周围的冰块上撒盐以减缓冰块的融化。几个大人接下来便轮流摇动冰激凌桶的摇柄，大概用了四十多分钟，二姨打开冰激凌桶的盖子，冒着香草气味的黄色冰激凌出现在我们面前。后来在你我回京时，母亲便把这个不知道有多少岁的冰激凌桶一起带回了我们北京的家。

巫鸿：我对二姨家最深刻的记忆是他们书房桌子上的一套西式文房用具，特别是有一只细长的黑色钢笔，晶亮晶亮的，斜插在一个固定在大理石基座上的笔套里。我爱不释手，就把它拿到自己屋去了。后来妈妈看到，赶紧送回去并向二姨夫妇道歉，我也非常不好意思。

关于二姨的姐姐大姨孙家玉，她对我也很好，但感到不是那么亲近。一次她带我，不记得是不是也有你，在一个星期日去教堂做弥撒。这是我第一次去天津著名的"老西开"教堂，里面的画和雕塑都很吸引我。然后我看到一些男孩子被叫到前面，由一个穿白长袍的神父往他们

孙家四姐妹

嘴里放什么东西。我很好奇，问大姨我是不是也能去吃。她说只有"在教"的孩子才能上去，使我对这个活动一下丧失了兴趣。最近我看到一份资料，称大姨为"教育家"，说中国天主教三所大学之一的天津工商学院在1943年9月加设女子文学系时，她是该系的主事人，一次就招收了90名新生。[①] 后来她在50年代中后期嫁给了一个好像有些声望的老头，搬到北京东城史家胡同一个独门独院居住。可惜大姨夫不久得了肺癌，我和妈妈一起去看过他们，大姨不再像往日打扮得那么光鲜，而是忙里忙外地服侍躺在床上咳嗽吐痰的丈夫。出来后听妈妈说，大姨身世很不幸，原来年轻时有过一个恋人，但死于战争。她岁数不小才成家，但还没几天就变成这个样子。说时连连叹气。

允明：和孙家的姐妹们不同，咱们的舅舅们都跟随姥爷进入了科学技术领域。妈妈的大哥孙家玺——我们称为二舅的，是个学习化学专业的长辈。他于1923年获得美国普渡大学学士学位，继而在麻省理工学院学习化学工程。回国后在天津高等工业专科学校（1929年改名为河北省立工业学院）任教，担任这个学校的学报编辑并在上面发表了多篇文章。1949年新中国成立后他被任命为天津化工厂厂长，后曾调到北京化工学院任教。

妈妈的二哥孙家琦是个电业专家，他在所有兄弟姐妹中的

---

① 《中国天主教三所大学之———天津工商学院及其他》，载《信德报》第260期。

20 世纪 40 年代二舅孙家玺全家　　　　20 世纪 40 年代五舅孙家琦全家

总排行是第五，所以我们都称他为五舅。他家住在黄家花园，对着马路对面的火力发电厂，五舅就是那个电厂的厂长。我记得当时站在五舅家门口，可以看到街对面三四层楼高的发电厂窗户不停闪耀着红光，房顶上大烟筒也不停地冒着浓烟。一天五舅提出带我去参观电厂，在下层房间里先看到的是墙上的一块块仪表，工人们在小本子上记录指针显示的数字。然后五舅领着我顺着梯子进到了在街上可以看到闪红光的车间。这个屋子非常大，而且很热，我们只能靠在边上远远地看着。只见屋中间有一个张着嘴的特大炉子，工人们不停地往里面添着大块煤炭。烧了之后怎么样了？"电"到底是怎么产生的？五舅大概觉得难以回答这些复杂问题而没有言语，我也就知趣地闭上了嘴。但这次参观总算让我明白了"电"是靠烧煤制造的，而大烟筒冒出的黑烟也是因制造"电"燃烧煤炭才冒出来的。搬到北京不久之后，就是1950年的国庆节了。母亲告诉

九舅作品《奔马》

我因为当时北京石景山发电厂发的电不够，为了保证节日晚上天安门广场所有建筑物的轮廓灯都要发光，就把五舅那个电厂发的电通过长长的电线输送到北京进行支援。从天津到北京二百多公里的电线，沿线每隔一段就有工人在荒野中的电线杆下为"保电"站岗。这件事使我深受震撼，感到身为发电厂厂长、不多讲话的五舅担负着多么重大的责任啊。

巫鸿：比起别的亲戚来说，九舅孙家琇——母亲的第四个哥哥，和我们的关系很特殊。本身就像大孩子的这个舅舅是个没有固定单位的自由画家，他在一楼的住室和姥姥的差不多一样大，里面除了一张床铺之外到处都是大大小小的画，有画在纸上的和帆布上的，也有画在木板上的。有的画装在框子里，有的还立在画架上，桌上堆着牙膏一样的颜料筒。墙边立着的一块木板上面画着四匹烈马，像是为挣脱着什么拼命向前跑。虽然我看不懂其中的含

九舅的油画《夜航帆船》

意，但是因为我爱画画而特别被它吸引。后来当我逐渐长大，九舅就成了我的"画友"。先是他带我去看展览，记得曾经去北京劳动人民文化宫，参观那里的苏联油画展，他还在现场临摹了列维坦的一幅风景画，我就在旁边看着。后来我中学毕业那年去天津画画，九舅就高高兴兴地主动为我扛画箱，一副很自豪的样子。

允明：一次我在他屋里翻看他的画本，其中一幅小画画的是一艘老帆船正航行在月夜的大海中，让我一下回忆起妈妈讲过的《一千零一夜》里"巴格达航行"的故事。他看我特别喜欢这张画，就把这张创作小样送给了我，一直留到今天。

但更让我惊奇的是他屋里有一架小型电影放映机——我从来没想过能在家里放电影和看电影。为了让我们高兴，九舅拉上了窗帘，在墙上挂了一块白布做"银幕"。不一会儿，放在桌上的放映机便从我们身后射出一道光亮映在银幕上。我记得影片是卓别林主演的，但由于是英文版又是无声的，我们的兴趣很快就消失了，觉得还是去电影院好。

（3）马场道和黄家花园

巫鸿：那时候九舅天天陪着我们玩。他好像知道天津的每个角落，认识周围所有的人，包括拉三轮车的车夫、菜市场和食品店的老板、剧院的负责人、演戏的名角，娘娘庙里的道士，都和他关系很好，我们到哪里都很方便。

允明：出家门向右走比较远的一个地方叫作"马场道"，九舅说这个名字来自原来在那里的一个赛马场，这引起了我的好奇心。然而当他带我们去马场道上最热闹的佟楼的时候，我只看到两边高高低低、样式不同的洋楼，绝无赛马场的影子，原来这些设施早已被拆掉了。九舅为了让我们不觉得白来一趟，就在当地一个很有名的面包店里给我们每人买了一个冰激凌蛋筒。从此在我心里，马场道和佟楼面包房就成了这个地点的标志性组合。

20 世纪 30 年代的黄家花园

我们住的常德道是一条十分幽静的马路，出门向明园方向走去，不久就到了黄家花园。好几条街道在那里汇聚，沿街布满大小商铺，但周围却没有花园的踪影。原来在百余年前的清末，来自广东的清朝官员黄荫芬选择了这个地方修了一个两亩多地、包括花园的住宅，当地人们便把这个地方叫作"黄家花园"。民国后，黄家宅子连同花园荒废和消失了，这个岔路口便逐渐形成了一个偌大的交易市场，不但有各种服装百货商店、菜蔬鱼肉市场、字画古玩店铺，而且老字号饭馆和小吃店也不在少数，可说是物种齐全、应有尽有。母亲每次来天津看我们时，这里便成了我们必去的地方，主要是因为出行的最后总会去一家特别有名，叫作"四品香"的冰激凌店。天津人大概没有不知黄家花园四品香的，因为那里五颜六色的冰激凌不但各有名称，而且味道也互不相同。我们每每想出各种理由去黄家花园，目的都是为了能吃到四品香的美食。

（4）剧院后台

巫鸿：还有在天津的一个特殊经历，是跟九舅去看戏，还去了后台。这是我第一次去后台，发现舞台后边居然还藏着一个这么奇异的地方。

允明：那个剧场离劝业场不远。我们到的时候戏还没开始，场中没有几个观众，九舅就带我们从剧场前部一旁的太平门出去，上几步台阶就到了剧场的后台。这里地方不大但所有的人都在忙碌着：有人在穿戏装，有的在给自己画花脸，还有的在发髻上插戴各种绢花和头饰……都太有意思了！记得你对一个正给自己脸上画花纹的人特别感兴趣，一直站在旁边观看，舅舅说这个演员在戏中将要扮演《钟馗嫁妹》中的钟馗。这个屋子中间的桌子上还放着一个神龛，里面供着身披铠甲战袍的红脸关公。那位"钟馗"在开场前来到这儿，不但往香炉里插上香，还恭恭敬敬地作揖行礼。事后我才知道这是主角代表全体演员，为保证演出的成功而求助关老爷佑护。

（5）春节

巫鸿：那年最让人难忘的可能是过春节了，咱们家以前也过节，可是从来没有那么多人，也没那么热闹。

励慧良饰演《钟馗嫁妹》 王建民 摄影 王馗 提供

允明：这个我记得特别清楚。姥姥家在春节前好多天就忙碌地
　　　开始准备了。我注意到楼后边平时总锁着的一列平房，
　　　此时有几间屋子的门突然打开了。我赶紧跑去侦查，发
　　　现最左边屋里的桌上摆着一排灵位，两旁还有些可以插
　　　蜡烛的银色蜡扦和深色的香炉，桌前的地上放着一个圆
　　　形的垫子；另几个房间里堆着各式各样的红灯笼、各种
　　　颜色的绢花，还有一些叫不上名字的东西。家里人随即
　　　开始打扫灵堂，擦拭银器，准备过年的饭菜。忙碌的热
　　　闹气氛让我第一次感到传统大家庭中的过年氛围。
　　　大年三十这天姥姥家并不热闹，只是住在楼里的人们一
　　　起吃了饺子。然后九舅带着我们两人和戴宏慈一起到院
　　　子里放鞭炮和烟花。记得放的炮仗有挂鞭、小鞭、钢鞭、

麻雷子、二踢脚，还有名叫钻天眼、太平花、耗子屎等烟花。你们两个人还太小，只是站在一边看。我在九舅的指导和帮助下，壮着胆子试着去点燃炮仗，然后赶紧跑到远处等着炮声响起。接下来燃放烟花时，我们的胆量都大了起来。尤其是看到点燃的"耗子屎"只在地上带着火星团团转、"钻天眼"和"太平花"一点就会窜上天时，你们俩人也都拿起燃香试着点，只要成功就连连欢呼跳跃。

大年初一姥姥家的热闹是我从未见过的。吃完早餐把姥姥屋打扫干净以后，姥姥便盘腿坐在大铜床上仔细梳好头发，因为过年在耳朵边破例地插了一朵红绒花，显得非常精神。这天是大家来给姥姥拜年的日子，因为我年龄小，母亲又不在身边，便让我在大铜床靠里边坐着，和姥姥一起等人们到来。等到姥姥的大儿子二舅一家到了，拜年的儿女们马上按长幼顺序排好，先是直系的儿子辈和孙子辈，然后是非直系的儿、孙辈，一批批进屋给姥姥磕头拜年。姥姥也从身边的一个大纸盒子里拿出一个个红包发给拜年的人。我们俩收到红包后马上高兴地打开，一看原来是钱。也是从这次开始，我才知道给长辈拜年能得到红包"压岁钱"。

虽然大年初一过得非常高兴，但初二这天我可特别不开心。原因是按规定这天家里要祭拜姥爷和各位祖先的在天津"天后宫"

天之灵，所有直系亲属都到后面平房里对着他们的灵位行"磕拜礼"。由于我不会行这种礼，又觉得行礼姿态太难看，就说什么也不做，被九舅追着在院子里跑。幸亏还是姥姥心疼我，免除了这项礼节。

（6）娘娘庙和劝业场

巫鸿：隐约记得过年时九舅带我们去了个庙会，特别热闹，可是不记得在那里了。

允明：那是天津最有名的"娘娘庙"，正名叫"天后宫"。因为大年初一到初四所有商铺都关门，我们是初五去的。又因为那天举行"皇会"，所以有很多表演节目。九舅带着我们奋力地挤过层层的拥挤人群，离得挺远就听到响亮的锣鼓声。娘娘庙前的广场上围着里三层外三层的人群，完全挡住了我的视线。幸好仰着头还能凑合看见一

"皇会"上的民间表演

一滴水映照的历史　我们家

些个子很高的表演者们，个个身穿彩衣、画着不同的脸谱，有的摇扇子，有的甩着腰间的彩绸，还有个头戴草帽、留着白色长胡子的老汉拿着船桨，一起踩踏着锣鼓点绕圈走动。你骑在九舅脖子上，看得特别高兴。九舅告诉我们这些表演叫"高跷"，每个演员的腿上都捆着长木棍，所以站在较远的地方也能看得见。他们表演的都是古代的故事，如《打渔杀家》《白蛇传》，等等。除了这些，院子里还有别的"皇会"表演。我们费了九牛二虎之力才挤到了"娘娘庙"的里院，只见院子里有几十个头扎红巾、打着绑腿的男子，双手击打着明晃晃的大铜镲，在带头人的指挥下来回跑动，变换队形。旁边一个院子里还有人在肩膀上挑着花灯，边走边唱。因为太挤了，而且天色还早，我们就转向了劝业场，去那里使用我们刚刚得来的"压岁钱"。

劝业场两边街道上的店铺很多，最近的一个商店出售姥姥头上戴的那种红色绒花。进去一看太让人震惊了：大大小小的彩色绒花，制作成凤凰、老虎、花枝等各种式样挂满了墙壁，让人看得爱不释手。最后我选了一支不大的"梅花"，也学着姥姥的样子戴在头上。你挑中的是个用"马粪纸"压成形后，涂上油彩的红脸堂、黑胡须的关公花脸。九舅建议再配上一把关公的青龙偃月刀后，就把你的"压岁钱"用光了。我还有点钱，想着再买点什么。这时看到隔壁玩具店里的一个店员正在抖空竹，一会儿让空竹在手拿的竹竿上旋转，一会儿又把它抛起来接住再继续抖动。他表演得太精彩了，引得我决定买一个。店主看我是个女孩又是第一次玩空竹，推荐先买一个中间有轴的"双轴"空竹，而且当场演示，教我怎么抖动。我试验了两三次后，居然可以歪歪扭扭地抖起来，并发出了不大的声响。回到家里我们俩向姥姥汇报了怎么用的压岁钱，你还戴上花脸，手提大刀在屋子里走来走去。姥姥看着一边笑着说好，一般赶紧叫你停下，生怕你看不见脚底下摔跤。

扎根北京

巫鸿：从 1950 年起，北京就成了咱们家的所在之处，至今已经
70 余年。弟弟在这里出生，爸爸和妈妈终老于此。你在
这里上学、工作、结婚生子。我在这里完成硕士学业后
于 1980 年出国。但从 1990 年开始，基本每年都能和全
家一起在这里居住一段时间。毫无疑问，这个城市是我
们三代之家的"扎根之地"，以至我在美国填写履历时，
常常在 "native place"（故乡）一栏中径直写上"北京"，
而不是祖籍江苏句容或出生地四川乐山——前者我从来
没有去过，后者在襁褓之中就已离开。

（1）棉花胡同

允明：确实是这样。虽然你现在的户口不在这里，但前些日子
我去后海大翔凤胡同所属的派出所办事情，你的名字还
在他们保存的户籍档案里。
当妈妈的单位在北京安顿下来后，我们就从天津搬回来
和她一起，住在中央戏剧学院宿舍——我们在北京的第
一个住处。那时，由全国各地集中来的有延安鲁迅艺术

20世纪50年代位于棉花胡同的中央戏剧学院大门

学院、部队文艺团体等单位组成的"华北大学文艺学院",简称"华大三部",加上后来的南京国立戏剧专科学校,于1950年4月正式成立了中国戏剧界的最高学府中央戏剧学院,毛主席亲笔为学校题写了校名。从1949年秋季起,原来北洋政府总理靳云鹏的宅第,北京东城区棉花胡同12号,也就是现在的东棉花胡同39号,成了这个新学院的校址,胡同里的另一个院子被用作职工家属宿舍。据那时从南京过来的学生傅晓航回忆,第一批新生是二百个"普通科"学员,目的是为全国文工团培养演出人员。在这之后学院逐渐建立了更全面的教学体制,其中的戏剧理论教研室包括中国戏曲史、话剧运动史、戏剧文学、外国戏剧史、日本戏剧史五个教研室;妈妈

在操场上搭起的"中央戏剧学院成立大会"主席台

担任戏剧文学教研室组长。到1953年成立戏剧文学系后，妈妈被任命为这个系的主任。

来到北京后我们先住进了棉花胡同12号的学院本部。这个院子很大，西边是一个大操场，北边和南面是平房，只在离校门不远的最东头有一座木结构的二层小楼。小楼上下层各有三个房间，楼上靠南的一间便是母亲和我们的新住所。从天津姥姥家的独门独户搬进这个住着上百人的大院，见到的一切都特别新鲜。为了迎接新中国诞生一周年，学院里的所有阿姨和叔叔整天都在排练《人民胜利万岁大歌舞》。这个歌舞表演包括十个段落，由著名诗人光未然写作歌词、当时担任华大三部舞蹈队队长的戴爱莲与徐胡沙（原名徐茂庭）担任总导演。首场演出在中南海怀仁堂举行，毛泽东等中共中央领导和各民主党派知名人士出席观看。我们从早到晚待在大操场上，好奇地看着穿着不同民族服装的阿姨叔叔们排练歌舞，他们说的语言我们常常听不懂。我因为从小就喜欢跳舞，此时被一些舞段深深吸引，不由自主地跟在演员后面模仿，几乎成了舞队的"编外人员"。而且还把学会的舞蹈第二天就教给班里的小朋友，在学期结束时我们为全校同学做了表演。也在这个时候我认识了几乎不会讲汉语的戴爱莲阿姨和表演队中的一些大哥哥、大姐姐。有意思的是，三十年后我进入中国艺术研究院舞蹈研究所工作的时候，闲聊中竟然认出了当时参加表演，而现在成了同事的隆荫培老师。他开玩笑说："虽然咱们现在是同事，但我认识你的时候你还是个黄毛丫头，应该叫我叔叔才对。"回想起来那时我还不足十岁，他们也还是不到二十岁的"大人"。

不久调整房子，我们搬进了斜对面的棉花胡同 22 号院。这是一座有多进院的宿舍大院，因为父亲还没有跟随他的单位搬到北京，妈妈带着我们两人只分到一间房，与作曲家马可一家四口共用二进院的东厢房。两家在一个屋檐下朝夕相处，大人和孩子很快就熟悉起来并成了好朋友。身材高大的马可叔叔脾气特别好，经常被调皮的小女儿海星坐在背上当马骑。即使小海星催赶他爬着在地上行走，他也从来都是笑呵呵地顺从。

20世纪50年代的马可教群众唱歌

（2）北戴河之旅

巫鸿：我对马可叔叔的印象特别清楚，因为他对我总是特别和气。而且后来妈妈告诉我说他是个特别棒的作曲家，好多有名的歌曲和歌剧，像《南泥湾》《咱们工人有力量》《白毛女》《小二黑结婚》等，都是他作的曲。

当时我还和另外一个叔叔关系特别好，就是做舞台美术设计的王韧。他当时特别年轻，好像还是个学生，有一次妈妈说我应该叫他大哥哥。好像是在1951年吧，妈妈的单位在暑期组织了一个去北戴河的活动，王韧叔叔也参加了。记得那时候一有空我就坐下画画，他常常过来看，有时候还指点一下。直到回到北京以后，你我还经常到他住的大院宿舍去玩。

允明：那次去北戴河是自愿报名，最后去的二十来人中，一半都是十岁左右和更小的孩子。北戴河海滨那时候没有现

20世纪50年代的北戴河海滨

在这样的旅游设施，需要单位自己租房、旅行者自带被褥。我们从前门火车站出发，乘硬座绿皮车走了六个多钟头才到达目的地。北戴河车站是个只停车一分钟的小站，车站是个白墙红顶的平房建筑，在这里下车的只有我们一行人。不久，妈妈单位打前站的同事接我们去了住的地方，是一座绿色大别墅，有很宽的廊子，看来是哪位富人遗留下的产业。

除了天气不好的时候，大家每天基本上都在海滩上度过，有人下海游泳，有人在海滩上晒太阳。妈妈喜欢在各处捡拾有花纹的石子，你我二人最感兴趣的是在沙滩上捉小沙蟹，办法是先找到它们寄居的小洞，然后用干沙子把小洞灌满，顺着白色的干沙往下挖，不久就能找到藏在深处的小蟹。当大人们和当地渔民逐渐熟悉后，就提出跟着渔船一起出海赶早潮，希望及早买到刚打上来的海货。渔民同意之后，第二天天还没亮，四五个学生再加上背着妈妈

很像 1951 年北戴河的那个海葵　　棉花胡同 22 号中戏宿舍

的我，一起登上了一只不大的渔船，随着两位渔民出海。大概半小时后，渔船抛锚停在了前日撒网的位置，迅速地把渔网拉上船。只见其中的海货种类繁多，有好几种不知名字的鱼、伸着大钳子的海虾、长成五角形的海星，还有用卷曲尾巴挂在网上的小海马……靠岸之后，我捡了一只别人不要的海星和两只小海马，跑回家放在盛着海水的玻璃瓶里。一只海马没过两天就死了，另一只用尾巴拖着它在瓶里游泳。我感到很伤心，赶紧抱着瓶子跑到海边把它们放回到海里，希望那只小海马能够活下去。

巫鸿：我记得王韧叔叔还带给我一只白色的海葵花，装在一个小瓶子里。它下边像是个半透明的口袋，上面围着一圈半透明的触手，在水里轻轻飘动，特别好看。我高兴极了，一有空就盯着它看，还对着它画了好几张"静物写生"。记得当时我还把它带回了北京，可是因为没有办法更换新鲜海水，这个海葵还是死了，为此我非常伤心。后来王韧叔叔为了安慰我，又送给我了一个会摇头的瓷质"小黄牛"，一直保留到了"文化大革命"时期。

允明：快乐的暑期很快结束了，回来后你进了22号院内中戏内部的幼儿园，我上了离家最近的私立宏仁小学三年级。第一天的第一节课，是我从未听说过的"珠算课"。上课前班长把一个叫"大毛算盘"的教具——有很多竖排珠子的木框，挂在了黑板上。铃声响过，一位穿长衫的中年男老师手握一根戒尺，背着手走进了教室。我很奇怪他的这身打扮，怎么还和解放前在南京街上兑换银元的商人一样。宣布上课后，老师在黑板上写了一道两位数的加法题。可能因为我是新生，就叫我到前面去用"大毛算盘"演算。我哪里会用这个初次见到的教具，只好通过心算迅速写出了结果。没想到这位老师勃然大怒，一边用手中的戒尺敲打讲台，一边喊着：你是什么学校转来的？怎么不会用珠算运算这么简单的加法？他叫了另一个学生上来用这个算盘运算，没想到这位同学也没算对，便引来了老师更大的火气，厉声道："把手伸出来！"只见那个同学忍着泪水，伸出的左手掌被戒尺重重地击打了几下，看来这种惩罚方式在这里已是惯例。我当时被吓坏了，便不顾一切地拎起书包从教室夺门而出直奔家中，哭闹着说绝不再到这个班去上课。经过了解，这个学校从二年级下学期已开设珠算课。为了躲避这门课程我甘心降了一级，重新就读二年级。

结果从南京到天津再到北京的一年半中，我竟重复读了三次二年级，因此每门功课的成绩总是在全班名列首位。

（3）家人重聚

巫鸿：爸爸在 1950 年也来到了北京，但开始时没有和我们一起住。查阅中国社会科学院经济研究所的记载，他当时所在的社会研究所在那年 4 月 6 日被正式纳入中国科学院。次日，也就是 4 月 7 日，他和所里的其他十个同事收到通知，被派去参加华北人民革命大学的政治学习。当时建立的这个简称为"华北革大"的短期干部培训学校，即现在中国人民大学的前身。主要目的是使国统区来的知识分子、青年学生等人员接受马列主义教育和思想改造，成为新中国需要的革命干部。

"革大"位于北京西郊的西苑，父亲和其他社会研究所的同事被编入第八班，于 1950 年 12 月前后结束学业，并拿到毕业证书。也就是在学习期间中，爸爸得知自己被任命为社会研究所副所长，所长是陶孟和，任命时间是 1950 年 5 月 31 日。在这之后，社会研究所终于在 1952 年 2 月搬到了北京，办公地点在地安门东大街南湾子胡同甲 13 号。这年 11 月，中国科学院决定把社会研究所改名为经济研究所，下一年爸爸被任命为代理所长，但

华北人民革命大学毕业证书　经济研究所提供

不久就又回归到副所长位置。根据朱家桢的回忆，其原
因在于爸爸认为经济所必须由一位党员经济学家，而不
是由他这样的非党员群众来领导，才能推展对现实经济
问题的研究。对此陶孟和也同意，为此党员经济学家狄
超白被任命为所长，爸爸任副所长。[1] 也就是从这个阶段
开始，爸爸把主要研究方向从国民经济现状逐渐转向经
济史和经济思想史方面。他先是整理和编辑中国近百年
的经济史料，然后是研究中国古代经济思想的发展。

允明：一家团圆后的一个星期天，爸爸提议到闻名北京的东安市
场去看看。记得当时的东安市场，有按照贩卖物品种类排
列的上千个摊位。其中最吸引我的是出售"绒花、绢花"
和供摆设的"玻璃"玩意儿的"琉璃制品"摊位。因在天
津过年时曾买过"绒花"而使我更想比较一下两地"绒花"

① 朱家桢：《永远的学者风范——纪念巫宝三先生百年诞辰》，载《经济研究》
2005 年第 7 期，122-128 页。

的不同。用彩色玻璃烧制的一组"老母鸡带四个小鸡"、一条张牙舞爪的"龙"和"十二属相",还有仿照宫廷"翡翠白菜"烧出的微型"大白菜"……更是琳琅满目,让人难以离去。但让爸妈驻足更久的是一望无际的"旧书摊",他们不一会儿便选了一堆,如获至宝般地抱在怀中。当到中午吃饭时,离逛完整个市场还差得很远,爸爸便带全家来到了市场的北门,那里是各种小吃和饭店的集中地。首先映入眼帘的是"东来顺",铺面很大,一张张八仙桌周围坐满了人,紧靠它旁边的是有二层楼的西餐馆"起士林"。讨论之后,还是决定听从爸爸的意见,去尝尝北京人都热衷的"豆汁、油炸圈、马蹄烧饼、辣萝卜丝"等小吃。一家四口在一张桌后坐好后,爸爸就叫了四份小吃。妈妈看到邻桌灰绿色的"豆汁"时顿生怀疑,便立刻把四份小吃中的"豆汁"减半,但外加了两只空碗。不一会儿伙计用大托盘给我们送来了小吃,妈妈给每人分盛了半碗"豆汁"后开始用餐。"油炸圈、马蹄烧饼、辣萝卜丝"被我们很快分食而且吃得津津有味,只有"豆汁"除爸爸为了礼貌喝完外,妈妈和咱们俩都拒绝了。在以后几十年的北京生活中,虽然得知"豆汁"的营养价值很高,但全家都再没有尝试过。在此之后,我们于1951年春季离开了棉花胡同22号,搬到后海南岸一条弯来弯去、叫作小金丝套胡同的9号。爸爸在"革大政治研究院"学习结束前每个周末回都回家居

小伙伴王瑞霖

住，家庭重新充满了温馨。

（4）后海湖畔

允明：为了迎接父亲单位迁到北京，结束多年来的动荡和奔波，使全家从此能够住在一起，爸妈终于决定要找到一个属于自己的"家"。于是我们在 1950 年秋季离开了棉花胡同 22 号，搬入了小金丝套胡同 9 号的里院。9 号院里外由一扇木门相隔，成为两个独立的小院，只要关上隔断门，我们便有了一个可自成一体的家居环境，也可以少和长着一张麻饼脸、脾气怪癖的老处女房主吴小姐打照面。小院里的房间不多，只有三间北屋和一间东屋相连，西南边还有一间独立的房子作为我们的餐厅。我和你住在北屋的最西间，中间的客厅兼做父母的书房，最东边是父母的卧室，对于我们当时的四口之家就十分宽敞了。

定居之后，最常来家里玩的小朋友是住得很近的王瑞霖和王瑄霖兄弟俩。我们不但会玩包括几个娃娃和毛绒动物参加的"过家家"，而且还玩"到医院看病"。我当然总是充当医生，用真的体温表和听诊器给你和他们两人"看病"。同时用真正的注射器给扮演"孩子们"的玩具在胳膊和屁股上注射清水……但在小金丝套胡同住了不长时间后，我们就们搬到了距离不远，也是位于后海南岸的大翔凤胡同7号。

巫鸿：我记得爸爸和妈妈带我们去看过大翔凤胡同的房子。这条胡同是南北向，直通后海边上离水边只有一分钟路程。那是个不大的三合院：进了大门后是个直筒形的窄窄外院，走到一半跨过右手边一道砖砌的二道门，就进了内院。内院方方正正，北边高台阶上是正房，两侧夹持着矮了许多的东屋和西屋。我的第一印象是房子相当老旧，北屋进门后，两侧的雕花屏风像是两堵隔断墙，把室内空间一分为三，使屋内显得更加昏暗。但屋檐下的廊子相当宽敞，两头的墙壁上还装饰着彩画，吸引了我的注意力。后来听说这所房子当时价钱是二百斤小米。那时靠薪水养家的爸爸和妈妈没什么积蓄，买房的款子是由比较富裕的大姨帮助提供的。

允明：当时这个地点属于北京城里比较贫困的北城，周围的邻居多属于平民阶层。一个有意思的事，是我们搬入大翔凤

与大翔凤胡同 7 号相似的院门　况晗　铅笔纸本画

胡同后，有些邻居以为父母两人都戴眼镜是为了"时髦"，直到后来才知道是因为他们都是近视眼，才打消了误会。

巫鸿：我们在有了这所房子后，就开始按照自己的理想重新修缮。父母做的最大的决定首先是安装西式卫生间，因此这个院也就成了这条胡同里第一个配有专用自来水和抽水马桶的家庭。一个连带的决定，大概也是胡同里的首举，是在东屋一端的洗手间里，安装了一个硕大的西式搪瓷澡盆和烧热水的锅炉。由于这个地区在当时还没有公共的地下污水管道，爸爸和妈妈就请人在院子中间挖了一个下大上小的深井，供院内污水、污物积存。上面铺上地砖，便成为这个院子自备的污水处理处。

此外，我还记得一个星期日他们带我们两人去了一个建材市场，给北屋挑选铺地的花砖，最后选了灰蓝色方格纹、比较朴素大方的一种。他们还让人在正房的后墙上开了两个窗户，移走了室内一边的屏风墙，又把原来的纸糊顶棚改成了高高的灰顶，这些改动都使得这个房间一下子高大和敞亮起来。改造之后，北房的右间——也就是保留下来的那道屏风隔墙的东边，作为爸爸和妈妈的卧室，外间用作客厅和爸爸的书房。西屋和东屋改变不大，还保留着纸顶。西屋是餐厅和母亲的书房，我们两人合住东屋。外边小院的西头是厨房和保姆马玉林的住室。后来在院子里又种了两棵树，东边一棵杏树，西边一棵紫丁香。至此，这个院子的改建就基本完成了。

允明：说起马玉林，她在随后的十来年里成了咱们家的一员。她丈夫姓李，咱们因此都叫她"李妈"。她非常讲究礼节，遇到熟人都会"打蹲"问候。原来她不单是满族人，而且属于清代"八旗"的后代。她的父亲在清代末年的皇宫里管库，所以她小时候家境还比较富足。但后来随着父亲染上了吸鸦片的恶习，家境频频下滑，以至沦入贫民阶层。她经人介绍到我们家来当保姆，因为你我二人平时和她朝夕相处，所以常听到她讲述小时候家里的事和她父亲在清宫当差的故事。记得我上五年级的时候，有一次她拿出自己曾经穿过的绣花鞋给我看。这是我第一次看到这种中间有高跟的鞋，这是过去满族贵族女性在正式场合穿的。鞋底中部安了一个中间细、上下粗的"中跟"，因此被称作"花盆底"。我很好奇穿上它会是什么感觉，就在李妈的同意下试着穿上，在她的搀扶下小心翼翼地试着迈步。

外间客厅兼爸爸书房

由此我才明白为什么她走路时总会挺直腰背。

巫鸿：现在想起来，爸爸和妈妈在那段时间真是满怀希望地营
　　　造他们两人第一个真正的"家"，却有点太理想主义、不
　　　切实际了。就拿那个洗澡房说吧，澡盆旁边的锅炉必须
　　　用烟煤烧热水，产生的一氧化碳对人非常危险。

允明：没错，有一次冬天我在里面洗澡，洗了很久李妈也不见
　　　我出来。结果打开门一看，我因吸入煤气晕倒在屋里。
　　　为此请了几天病假休息，老师还到家里来看过我。这事
　　　发生后家里不敢再用这种危险的方法烧热水洗澡，而是
　　　改为到街上的公共澡堂去洗澡了。那个锅炉在"大跃进"
　　　时期，也作为"废铁"贡献给了"大炼钢铁"运动。

1950—1954：工作和生活

（1）爸爸和妈妈的单位和工作

允明：爸爸的办公地点在地安门东大街，离当时还没拆的地安
　　　门不远，俗称"二号院"。50年代初的周末或年节，这

个院子里经常放映电影或组织其他活动。每逢这时，父亲总会带我们两人前往参加。举行这些庆祝活动时，一个常规项目是由工作人员的孩子表演节目。记得为了准备一次活动中的演出，我教你在学校学的新疆舞，以便同台表演。我还把你妆扮成了一个维吾尔族小姑娘，穿了我的长到脚面的裙子，戴上缀有假辫的维吾尔族小圆帽。不久后在举行的晚会上，我们一起表演了维吾尔族舞蹈《我的青春小鸟》，赢得了在场人们的热烈掌声。只可惜当时没有留下照片。

巫鸿：我记得你教我怎么旋转手腕，让我贴墙站好，两手按着我的肩膀，上身不动地朝左右两旁移动脖子，我居然学得还不错。那个阶段我正好上辅仁大学的附属幼儿园，也参加过另一场演出，是在离咱们家不远的辅仁大学大操场表演《拔萝卜》小歌舞，歌舞的中心思想是人多才能力量大。记得我演的是小歌舞里的那个大萝卜，当时我被装在一个纸糊的大萝卜里，唯一的动作是最后被参加表演的小朋友们"拔"了起来。这些演出应该都是爸爸参加"土改"以后的事了：他从"华北革大"毕业之后，曾带领社会所的部分人员前往广西参加农村的土地改革运动。当时广西的土匪十分猖獗，为破坏"土改"，一天深夜曾向爸爸的铺位打黑枪，幸亏爸爸外出未归而幸免。上面说到的社会所在1953年改名为经济所。那时，爸爸

《中国经济思想史资料选辑（先秦部分）》封面

开始认识到通行的经济思想史著作只包括古希腊、罗马和西欧的经济思想，很少提及中国和别的东方国家的经济思想，因此提出整理和撰写中国经济思想发展史是一个重要的任务后，受到了当时所长孙冶方的大力支持。自此他开始着手对中国经济思想史的研究，第一步是掌握一手资料，因为只有通过对史料的仔细收集和缜密分析，才能总结出各个历史时期经济思想的特点及其演进脉络。他那时便花了很多钱买来了商务印书馆出的照排版《二十四史》等书。经过几年的努力，他主编的《中国经济思想史资料选辑（先秦部分）》终于在 1959 年问世。经济所在中关村办公时间不长，就搬到三里河国家经委大楼办公，从此爸爸回到后海的家居住，我也开始了一〇一中学的六年住宿生活。那时经济所的业余生活还挺丰富，不分老少和职位高低都一起学习歌唱革命歌曲，

经济所工作人员排练大合唱（后排左三：狄超白，左五：巫宝三，后排右三：汪敬虞，右一：桂世镛） 经济研究所 提供

居然留下了 1958 年包括狄超白、汪敬虞和爸爸等人参加排练的照片。

允明：妈妈在新中国成立初期也非常活跃。中央戏剧学院建立之后，她先后担任了编译室室主任、西洋戏剧史论教研室室主任、戏剧文学系主任等职务。当中央文化部电影局表演艺术研究所，也就是北京电影学院的前身在 1950 年 6 月成立时，妈妈和许多著名文学艺术家，包括夏衍、周扬、冯雪峰、俞平伯、丁玲、艾青、老舍等，都到学校去进行专题讲授。同年 10 月，中央文学研究所，后来改称为中国作家协会文学讲习所成立后，妈妈也为学员做了关于莎士比亚剧作《奥赛罗》和《李尔王》的讲演。这是新中国成立后第一个系统讨论莎士比亚戏剧的大型学术项目。除了妈妈的讲座之外，曹禺主讲了《罗蜜欧与朱丽叶》，吕荧主讲了《仲夏夜之梦》，吴兴华主讲了《威

妈妈翻译的《十二个月》封面

尼斯商人》，卞之琳主讲了《哈姆雷特》。当时为了提高各地剧团的话剧导演水平，特地办了一期"全国导演进修班"。记得妈妈除了讲解莎士比亚和西方名著外，还协助导演系和表演系老师们，为"全国导演进修班"的学员们排演了一批著名剧目。其中让我最难忘的是由李丁主演的《一仆二主》和由澹台仁慧主演的《上海屋檐下》。为了一个不落地看这些演出，位于交道口小经厂的中央戏剧学院实验话剧院便成了我经常骑车奔赴的地方。

巫鸿：从 50 年代初期到中期，所有人都在向"苏联老大哥"学习。妈妈从新中国成立初期开始学习俄语，以便阅读苏联的戏剧书籍和学术论文。她的一个学习方法是把一出俄文儿童剧当故事讲给我们听，每天讲一段，等故事讲完了，她把剧本也翻译成中文了，这就是《十二个月》译文产生的经过。这个剧本的作者是马尔夏克（С. Я. Маршак，1887—1964），故事的内容是一个骄横的小女王在狂风暴雪的冬季忽然想要春天才开的雪球花。为了得到奖赏，一个狠毒的后妈和她的亲生女儿二妞强迫继女大妞到黑暗的森林去寻找这种花。善良的大妞得到了森林精灵的帮助，让四季的变幻和大自然的魔力帮助了她，同时也惩罚了后母、二妞和任性的小女王。妈妈的中译本由上海三联书店和中国青年出版社先后出版。她之所以选择这个剧本，不但是因为马尔夏克被认为是"苏联儿童文学的奠基人"，也可能是由于这位苏联作家早年曾去英国留学，还翻译过莎士比亚的十四行诗，因此更有"同道"之感。

允明：记得妈妈带咱们两人去了当时建在东华门大街上的"真光剧场"，观看由后来儿童剧院的演员们演出的《十二个月》。我特别感兴趣的是，森林精灵惩罚狠毒的后妈和二妞时，舞台上的夏季突然变为大雪纷飞的冬季，冻得瑟瑟发抖的后妈和二妞央求森林精灵："哪怕给我们一件狗皮大衣也好！"当她们穿上狗皮大衣后，不一会儿便变成了两只拉雪橇的狗。记得你看到这里时，竟高兴地站起来拍手叫好。

20 世纪 50 年代，许多单位都请来了苏联专家，中央戏剧学院也是如此。记得妈妈常常说起的一位叫"列斯里"（P. V. Lesli, 1905—1972）的专家，他的地位很高，不仅是戏剧大师斯坦尼斯拉夫斯基的学生，而且任莫斯科艺

在花纱布公司挑花布　20世纪50年代

术剧院的导演和莫斯科国立戏剧学院的教授。他在1954和1955年应中国政府邀请到中央戏剧学院任艺术顾问，并在学校里组办了导演干部训练班，妈妈当时是负责接待他的系主任。我记得还见过他，他身材很高大，不很年轻，妈妈用俄语把我们介绍了给他。

巫鸿：妈妈和她的女同事们，在那个时期都按照苏联女性的样子烫了头发，穿起了称作"布拉吉"的连衣裙。我在《豹迹》那本回忆录里说了我陪她去鼓楼大街上的一家叫"怡乐也"理发馆"做头发"的经过，也说到跟她去不远一家新开的"花纱布公司"买衣服料的情况。那里一卷卷的布和绸子在柜台后边排成长列，展示着各种颜色和花样。妈妈请店员把中意的料子拿下来，铺在柜台边上仔细看布纹和印花的质量。

刚建成的北京苏联展览馆

这个"苏联热"里的另一个大事件，是北京兴建了苏联展览馆，于1954年终于建成，开馆后展示了苏联在各个方面取得的伟大成就。当我朝着有金色尖顶的主楼走进展览馆时，感到两旁的柱廊像是弧形长臂把我拥抱进去，广场中间的巨大喷水池在阳光下闪烁着万点光芒。面对着这个奇观，我完全被震惊了。

允明：对，爸爸在开幕后的第一周就给全家找到了票，而且还在馆里的莫斯科餐厅吃了饭，在后边的露天剧场观看了苏联大马戏团为庆祝北京苏联展览馆落成进行的演出。记得表演中一位金发女郎竟敢把自己的头伸进雄狮的口中，吓得我当时连气都不敢喘。最有意思的是，两只大狗熊头上扎着彩色三角头巾、身穿俄罗斯长裙，伴随着音乐跳交谊舞，憨态可掬的模样令全场掌声雷动。

（2）我们的学校和生活

允明：为了能进入较好的学校学习，我转入了当时辅仁大学附属小学的三年级，你则进入了辅仁大学附属幼儿园。这个幼儿园在离龙头井不远的辅仁大学女部里面，而附小却在相隔一站多路的刘海胡同。因为两处路程都离家不近，家里又没有人送，母亲便包租了咱家胡同里的一辆三轮车，每天早上先送你去幼儿园，再送我去小学。放学后时间比较充裕，我就接了你一起步行回家。你当时个子不大，穿着绣着蓝色"辅大附幼"标志的白色围裙，见了我的同学总是害羞地躲在我身后，因而得了个"小尾巴"的绰号。至今我的一些老同学们聚会时谈起往事，还有人会说起你小时候的样子。辅大附小的老师几乎全都毕业于辅仁大学，教学水平与原来的宏仁小学相比简直有天壤之别。在这里再看不见穿长衫、手拿戒尺的老师，校园生活一下变得轻松和快乐。

家旁边的什刹海每年冬天都会结上厚厚的冰，有许多人到那里去滑冰。虽然那时还没有正规的冰场，但旁边有不少私人设立的换鞋和存放衣物的小摊位。来北京后的第一个冬天，母亲就答应了我们的要求，在出售二手冰鞋的摊子上为我们两人各买了一双冰鞋。此后每天我们总是背着冰鞋去上学，放学后径直去滑冰。刚开始时摔

什刹海冰场 20世纪50年代

跤是必然的，好在穿得很厚，摔了也不疼，很快我们就可以不用互相搀扶各自滑动了。那时候像你这样年龄的孩子大部分是盘腿坐在木制冰车上，用锉成尖头的铁棍撑着冰面滑行。而你穿着真正的冰鞋滑冰便成了稀罕事，被围观者议论和赞叹。以后什刹海开办了售票的滑冰场，每天晚上有专人泼水，冰面变得更为平整光滑而便于滑动。记得一次父亲提出一起到冰场滑冰，我们既高兴又惊讶，因为不知道原来爸爸和妈妈都会滑冰。母亲因为心脏不好不滑了，但是爸爸上冰以后，脚一蹬便滑出去好远，然后做了个旋转停顿，等待我们滑过去。这是唯一一次和爸爸一起滑冰，我们两人一起滑冰的活动也在1954年之后中断了。那年，你随爸爸搬到海淀区中关村的中国科学院新址去住，我们家因此也就分成了两部分。一件让大家都非常紧张的事，是你进入辅大附小一年级后一天突然昏睡不醒，到医院检查才知道是得了能够致

被巫鸿剪成单人的照片

命的乙型脑炎。虽然马上住院治疗，但能不能治愈？即使康复是否会落下呆傻的残疾……这些都成全家极为担心的事。幸好你住了一个多月医院，出来之后没有留下任何后遗症。

巫鸿：这次生病给我留下了几个较深的印象。一是病中迷迷糊糊的，好像周围很多人都在着急地说话，但我完全听不懂他们说什么。还有一个印象就是到了医院以后，两个护士使劲把我的上身尽量向前弯曲，一个医生在我弓起来的脊背中部打针，比以往打针要疼得多，后来才知道是在抽骨髓。还有一个记忆是妈妈每次来看我都带来冰糖煮的梨汤，我特别喜欢喝。这场病和回家后的休养使我必须请长假，因此要重读一年级。这件事让我特别不高兴，觉得别人会认为我是"蹲班生"。爸爸和妈妈为了照顾我的感受，给我办了转学。也因为我们家门口正好有个叫"慈德小学"的私立小学，我就到这个学校做了插班生。

整修之前的什刹海周围

允明：我还记得你二年级时，从班上同学那里学会了用纸折叠
　　　"相机"。之后你拆散了田字格练习本充当材料，又为了
　　　让这个土造"相机"真能拍出"照片"，便把家里大相册
　　　中的几张全家合影给剪成了单人头像。拍照时只需拨动
　　　一根橡皮筋，"快门"的盖子即刻被掀起，露出提前插在
　　　"相机"中的照片。我当时没有把你这个十分得意的创作
　　　告诉妈妈，她发现时已经是很久以后，因为时过境迁也
　　　就没有发火。

（3）什刹海周围的世界

允明：50年代的什刹海——这是前海和后海的总称，那时还是
　　　个天然的水塘。为了避免潮湿，所有的胡同都距离湖边有
　　　近三十米远。夏季的雨水有时会将湖畔变成大泥潭，但晴
　　　天总多于阴雨，偌大的空地就成了孩子们的游玩场地。

记得一年春季的周末，父亲下班后带回来了一套放风筝的东西，包括一只用竹篾做骨架，宣纸裱糊成名为"沙燕"的风筝和一个带摇把的竹制"绕线轮"。这突如其来的玩具，让咱们俩喜出望外地几乎跳了起来。第二天上午便急不可待地催促着爸爸，到湖畔空地去教我们如何放风筝。爸爸首先让我双手反向高举"沙燕"下端，跑出一定距离，在一声"放手"的命令后，他便自己拿着"绕线轮"向远处奔跑起来。只见"沙燕"乘着迎面的气流立刻摇摇晃晃地飞了起来。你站在一旁看得又是拍手，又是欢呼。但是当我接过"绕线轮"后，企图模仿爸爸拉拽线绳的样子让"沙燕"能够飞翔，想不到风筝不但没有飞高，而是很快一头栽了下来。原来是我拉线的力度不够，风筝得不到足够的气流所以飞不起来。在这以后就由你举风筝，我手拿"绕线轮"边快跑边放线，经过几次练习后，"沙燕"终于在我们手中能够放飞了。但不久纸做的风筝就被摔坏了，而商店里风筝的价格挺贵，我们也只好学着邻居小朋友用六根竹篾做起简易的"屁帘"风筝，再用筷子和缝纫机线轴做成"绕线轮"，一套自制的"风筝玩具"便问世了。因为"屁帘"风筝个头小，放起来不费力，不久就成了由你放飞的专用玩具。

也就是这年的夏季，从河北省来了一个马戏团，在后海边上用苫布围出了一块地，里面安置的三层看台围绕出了中间的表演场。这个演出队的到来一时成了后海周边人们热议的话题，都希望能尽早观看他们的表演。我们早早地买了票看上了头场。在喧天的锣鼓声中，演员们有的骑着马，有几人共骑着一辆自行车，还有一只猴子骑在山羊背上……进行绕场一周的亮相。之后的表演包括走钢丝，是一位男演员在高约三米的钢丝上来回行走，劈叉、翻跟头，让人们为他捏把汗。接下来一个男演员骑着一匹黑色小马绕场飞奔，表演马上站立、镫里藏身等技巧。在此之后，最有意思的是一只头戴小帽的猴子牵着山羊出场了，猴子在场地中央向众人行了举手礼，然后跳上山羊的脊背，一边驱赶着山羊绕场奔跑，一边在山羊背上站立和倒立，一点不比刚才的马术表演逊色。此外还有女孩子表演的柔术、两个老演员表演的魔术戏法等，一个半小时的演出在人们热烈的掌声中结束了。

这个马戏团引来了四面八方的看客，使出售灌肠、炒肝、茶汤的小吃摊位应运而生。此外还有游走在人群和摊位之间，身背冷箱的小贩出售冰棍和汽水，后海湖畔在这年夏天一下子热闹了起来。

巫鸿：我印象更深的是一个走江湖耍把式的表演队，表演内容既有传统武术也有西式体操。他们在后海边上支起了一架双杠，一个穿着紧身白背心的健壮男子在上边做倒立和其他动作，然后给观众讲解这是刚时兴的健身锻炼，

什刹海游泳场"蘑菇池"

巫鸿游泳证照片 1952年

他还说为了练习双杠，必须把胳肢窝下面的腋毛剃掉，我听了觉得非常新奇。

但那段时间最让我们兴奋的，是北京的第一个公共游泳池在什刹海旁边开放了，为我们提供了暑假中最好的游玩之处。游泳池里有供孩童玩耍的"蘑菇池"、初学者用的"练习池"、较深的"标准池"和配备了跳台与跳板的"跳水池"。我那时候六七岁，觉得自己不应该和蘑菇池里的小小孩混在一起，就尽量去练习池，甚至去标准池里游泳。

允明：什刹海游泳池每天白天开放三场，晚上开放一场，每场两小时。我们一般去下午场，但爸爸有时在周末会带我们去游七点至九点的晚场。在通明的灯光下游泳，有一种特别神奇的感觉。爸爸游自由泳和仰泳的水平挺高，而且经测试取得了"深水合格证"。当时获得"深水合格证"的人必须把塑料的"合格证"缝在游泳衣、裤的固定位置，作为一种高级标志被人们另眼看待。一次爸爸特别有兴致，提出要为我们表演跳水。经检验资格进入深水区后，只见他去到跳水池旁登上一米板，弹跳几次之后耸身燕式入水，上岸后还问我们他的双腿是否并拢和挺直。

那时每年都要办新的游泳证，为此我们就去照相馆拍照一寸照片。你七岁时拍的那张照片大家都很喜欢，我就用水彩给照片上了颜色。去游泳的时候我们常常约上我的同学王瑞霖和他的弟弟王瑄霖。为了能够尽早入场更衣，我们每次都提前一个多小时在场外排队等候。有一次因为中午天气太热，你竟然中暑晕倒。我情急之下在一旁的小摊上买了三分钱一根的冰棍塞进你嘴里，王瑞霖也把毛巾在卖冰镇汽水小摊的冰水里蘸湿后敷在你额上。不久你醒了过来，幸好没有不舒服，我们还照常入场游了泳。因为害怕爸爸和妈妈限制我们再去游午场，这件事我一直没有敢告诉他们和李妈。

巫鸿：在我和爸爸搬到西郊中关村住以前，什刹海边上还有两个地方特别吸引我，那就是离家不远的烟袋斜街和穿过斜街之后的鼓楼和钟楼。作为旗人，李妈喜欢星期日带我去鼓楼后边的早饭摊子喝豆汁，因此是她最早把钟楼、鼓楼介绍给我的。钟楼下边露天放着一口大钟，上面铸着很多文字，她就在那里给我讲了关于这口钟的故事，据说古时候的一个皇帝修了钟楼和鼓楼，是北京城里最高的建筑，为此也铸了一口最大的铜钟，挂在钟楼上面

北京的鼓楼和钟楼

报时。铸钟的工匠试了许多次也没法铸成，最后工匠的女儿听说必须用活人献祭才成，就在工匠用铜汁浇铸大钟的时候跳了进去。父亲急着拉住女儿，但只抓住了她的一只鞋。人们说这就是为什么铸好的钟敲起来时总发出长长的"鞋"的声音——因为那个女孩子还在找那只丢掉的鞋子。

现在的烟袋斜街充满了光鲜的旅游商店，可是远没有我们那个时候有意思。主要是因为在我们那个时候，这是个日常生活的真实地方。鑫源浴池是我们每周洗澡之处，妈妈和你去女部，爸爸和我去男部。离浴池不远是烟袋斜街东口，旁边高台阶上的烟袋店门前立着几个比我还高的烟袋锅，算是商店的招牌。这个商店现在还在，只是烟袋没了。

允明：那时候烟袋斜街的烟袋店可气派了，一排三间房子宽的铺面，屋檐上垂挂着店铺的招牌，每间门面隔断外竖立

钟楼前面的大钟

现在烟袋斜街烟袋店铺的门脸

着一人高黄铜烟锅的旱烟袋，烟袋下面还垂挂着红布幌子。店铺里贴墙的玻璃柜里摆满了长长短短、有着各种质地烟嘴的烟袋，也成了一种风景。只是随着纸烟的兴旺，这家百年老店也不得不退出历史舞台。

巫鸿：烟袋斜街的中部有个书店，高高的青砖门面上雕满花纹，中间嵌着"金钟书局"四个字。虽然称作书局，可是它的主要营业项目是租借小人书。我是那里的常客，有时候一坐就是一下午，把整套的《三侠五义》《杨家将》或是《白眉毛徐良》全部看完。开书店的那个胖胖的中年妇人因此对我很好，有亲戚来串门就指着我说："你看那个孩子，特别用功。"

允明：对了，那个书店沿墙排着参差不齐的长凳和马扎，墙上贴满了编有号码的小人书封面，供人选择。当时小人书每本的租金是二分钱，没有时间限制。我们两人有时一起去，互相交换着阅读，觉得很合算。记得 1952 年左右的一个夏季，北京市组织了全民的"爱国卫生运动"，每个商家按规定需要每日上交若干只死苍蝇。那个书店老板娘告诉去看书的孩子们，可以用死苍蝇换小人书看，于是我们俩就想方设法地打苍蝇，甚至找李妈要些鱼内脏摆在外院，引来大群苍蝇。整个暑假中我们就用苍蝇换小人书看，既解决了老板娘的问题，也节省了我们的零用钱。

巫鸿：不少其他小孩和我们一样，每天给这个老板娘提供死苍蝇。结果当年她被评为了北京市的爱国卫生运动模范。

烟袋斜街的西口是银锭桥，是把前海和后海分隔成南北两部分的石桥。银锭桥旁边有一家叫"烤肉季"的老牌烤肉店，50年代时是一座临湖的二层小木楼，打开楼上的窗户就能看到西山。而且夏季来吃烤肉，打开窗户还能看到湖中的荷花，闻到飘来的阵阵清香，这便成了我家经常来光顾的原因。记得一次爸爸、妈妈请人在"烤肉季"吃饭，我们也去了。饭店内部非常狭窄，从窄窄的楼梯上到二层，屋里只有一张桌子。桌上放着一个圆形炉子，下部燃烧着松木枝，炉子上面扣着一个用一条条间隔的铁棍拼起来的大"平锅"。大人们一边在上面来回翻烤着蘸了佐料的羊肉，一边喝酒、吃肉一边聊天。后来我知道这种"平锅"叫"炙（zhì）子"，而这种吃烤肉的方法叫"武吃"，是指顾客自己边烤边吃，而"文吃"

烤肉季饭店里的饭桌　20世纪50年代

今日的银锭桥

则是由厨师把肉在厨房里烤好后端上来给大家吃。

允明：1952年国家启动了对什刹海、后海和积水潭"三海"的
整治计划。把湖水拦截、放干后清理了淤泥，周围砌起
笔直的池壁，又在岸边装上了以水泥方桩联起绿色的铁
栏。把湖边原来是"刮风是香炉，下雨是墨盒子"的土
路修成了柏油路，旁边还种上了杨树和桃树。自此之后，
这里不仅成为城市中难得的湖水荡漾之处，还可以东眺
西山，成了北京"银锭观山"的景点。后海管理处的工
作人员在湖里放养了很多鱼苗，并在湖边立起"禁止钓鱼"
的牌子。

巫鸿：可能是靠近水的缘故，湖边种的杨树开始时只有碗口粗，
但一两年后就长得又高又大。我记得用小刀在树皮上刻
了"1953"几个数字——我八岁那年。以后我每年都去
看那棵树，那几个数字变得越来越模糊，最后完全认不
出来了。

允明：虽然后海禁止钓鱼，但总能看到有人去钓，而且还能钓到近一尺长的大鱼。我也想试上一下，就买了几个鱼钩，牢牢地拴在一根长线上，再在线上拴上一个堵上塞子的小玻璃瓶充当浮漂，然后带上李妈做的鱼饵——用香油合成的面团。一切准备停当后，我就带着你翻过栏杆，坐在面对胡同口的岸边，把线的末段拴在栏杆上，把鱼钩抛入湖水中。剩下的就是一边盯着浮漂的动静，一边观看是否有"查湖"人员过来，准备一旦发现"查湖"人员时能赶快逃跑。就用这种极简单的方法，我们不但钓到过好几条鱼，而且发明了用竹篮捉虾的方法：在篮里放上几块吃剩的骨头和一块石头后，把竹篮沉到湖底等待佳音。很幸运我们从没有遇到过"查湖"的人。但只要是父亲在家，即使钓到了鱼我们也不敢拿回去，只能送到王瑞霖家给他们吃。

但我们钓鱼的事不知什么时候还是说漏了嘴。父亲听到了，就特别严肃地找我们俩人和李妈进行询问，我们只好承认。你最小，受到的批评也最轻；我算是主谋，挨骂也最重；李妈属于"胁从"，受到了警告。本以为挨一顿训斥就可以了事，没想到父亲坚持带我们俩到后海管理处去承认错误，也包括我们在春天偷偷折桃花的事。因为属于主动认错，外加家长管教有方，后海管理处没有对我们进行罚款。但我们钓鱼和捞虾的活动从此终止，同时也深深地领教了父亲的厉害。

一个家分在两处

（1）1954 年的变化

巫鸿：咱们家的一个大变化发生在 1954 年，那年因为经济所搬到离家很远的中关村，为便于爸爸上班，我随着爸爸搬到了现在海淀区中关村的中国科学院宿舍住，你和妈妈仍住在城里的大翔凤胡同 7 号。我们家因此一下分在了两处，只在周末相聚。这段直到我 1963 年高中学毕业前的事情，咱们慢慢再说。但在我离开后海以前，还有几件事给我留下了很深的记忆，好像都和死亡有关系，值得提一下。一是 1953 年斯大林去世，妈妈和你都佩戴了黑纱，还帮你制作了一个白色的花圈送到学校举行的追悼会上。第二件事，是一天下午胡同里忽然传来一阵从来没听过的喊叫声，我跑出去，正好看到一辆平板车穿过面前，上面平躺着两个一动不动的人，红色的血浸透了身上盖的白布，周围几个人一边哭一边跟着车跑。之后听李妈说刚刚发生了一场凶杀案，是胡同里一家邻居的姑娘先和一个警察谈恋爱，后来又结识了一个新的男朋友。那个警察今天径直来到姑娘家，二话不说就用枪把这个姑娘给打死了，然后也朝自己脑袋上开了两枪。第三件事是后海边上鄂老师家院里的一家死了人，办大出丧——在院里北屋门口搭起了一个大棚，从早到晚请和尚和道士轮番奏乐、念经，还唱流行歌曲，弄了好几天。家属个个披麻戴孝，在一边没完没了像唱歌一样地哭。我们和胡同里的孩子都挤到院里在旁边看热闹。

允明：1954 年对我也很重要，因为我那年进入了北京女十二中初中一年级。在这之前，我上的辅大附小和附近的私立德胜小学合并了，改为地方性的刘海胡同小学。在小学的最后几年中，虽然我因为身体不好免修体育课，但我天性好动，仍然在业余时间和同学一起踢足球，为养蚕爬树摘桑叶，五年级时还参加了由班主任许嘉琦组织的"腰鼓队"，聘请了她当时还在上高中的弟弟许嘉璐，来负责教打腰鼓。我们因此学会了"打虎式""紧三槌""行进路鼓"等多种腰鼓花样和技巧，还排练出了一套在三名男生击打大镲和钹的节奏下表演腰鼓各种花样的套路，我的健康情况也渐渐好转。1953 年春，全国开展选举第一届全国人民代表大会代表的活动，其中基层选举成为当时各街道工作的重中之重。为了烘托气氛，我们腰鼓队伴随投票箱走遍了学校所在的管辖地区，这大概是我参加的第一次"社会活动"。小学的经验对我非常

1953 年全家在后海院子北屋前留影

20世纪50年代的中关村

重要，由于校长刘筠以及顾之惠、许嘉琦等老师的教导，我们班同学之间的关系十分亲密，老师们健在时，我们班的同学们常常集体去探望他们，老师离去后同学们仍然彼此保持着联系。

（2）保福寺小学和女十二中

巫鸿：听说"中关村"原来的名字是"中官屯"，再以前是"中官坟"。"中官"就是太监，这块地方在明清时期是太监们的坟场。确实，此地在50年代初期划归为中国科学院的用地，开始建造十几个研究所的办公楼和职工宿舍的时候，方圆几里地内到处都是被发掘出来的坟墓，不少棺材还没有腐烂，被拖出来放在墓穴一旁。我们这些城市孩子那里见过这种场面，因此总是好奇地簇拥在发掘现场旁，希望看到有任何稀奇古怪的东西被发现。

遗留下来的中国科学院中关村宿舍楼

中国科学院宿舍楼是一栋栋灰砖的苏式楼房，规规整整地像是在长方盒子上加了个斜坡屋顶。楼房按照室内面积和装修精度分成不同等级，最高级的是"特楼"，住户是中国科学院领导和归国著名科学家，然后是甲、乙、丙、丁四类，其中又有大、中、小之分，分配给不同级别的研究人员和职员。爸爸和我住在一栋"大乙楼"中，爸爸说如果我们全家都来的话会住在"甲楼"，但我们两人肯定用不了那么大的面积。确实，我们的二居室单元里除了基本生活用具和两个书柜之外，可说是"家徒四壁"，墙上没有任何装饰。爸爸和我也从不做饭，总是在食堂里和那些单身汉们一起用餐。有时我去爸爸的研究所找他，他的同事们就开玩笑地说："小巫见大巫来了！"有时吃完晚饭我们会去食堂旁的菜地，向种菜的农民买一个生长在地里的"心里美"萝卜。菜农当场会把萝卜切成一瓣一瓣的，我们一边走一边掰着吃。虽然这里没有后海那样的家庭活动，好在宿舍楼外边有一个操场般大小的院子，孩子们下学以后常聚在那里拍洋画、弹球、扔沙袋或玩别的游戏。我有时也去朋友家里，一起听收音机里的评书广播，最有名的是梁阔如说的《三国演义》和《杨家将》。这些课外活动使我开始喜欢上这个地方。

允明：有时候妈妈和我去看你们，整个单元又脏又乱，简直不像是个家，每次我们都要花不少时间帮你们打扫。那时候去中关村的车远比现在要慢，先要在市内乘车到达西直门，然后换郊区的 32 路车——现在是 332 路，在坑坑洼洼很窄的路上走很久。记得有一次去之前，爸爸和妈妈约好和赵九章一家见面——我们两家自从离开南京之后联系就不多了。那次妈妈特别经意地打扮了一下，赵九章的女儿们看到她都喊："巫伯母你真漂亮！"

巫鸿：当时中关村唯一的一个小学是建在一个破庙里的保福寺小学，我作为插班生进了四年级。每天上学要走上两三里的土路，中途回头一望，空旷的田地里散布着孤零零的中国科学院楼房和一个锅炉房大烟囱，此外没有一丝城市意味。那个小学坐落在一个黄土坡上，我们的教室由一座废庙的大殿改建而成，四周墙上还残留着壁画和泥塑，其中一个带兜肚的童子塑像，灌进水去会从下面尿出来。

学校里的学生分成两拨，一拨是城里来的中国科学院的孩子，另一拨是当地的农村孩子，彼此之间既好奇也很友善。我从农村同学那里知道了各种蟋蟀的名字和抓蟋蟀的方法，还用从家里偷带出来的白馒头和他们交换土疙瘩一样的酸枣面，酸溜溜的特别好吃。我上五年级的时候，一个姓贾的农村女同学得了重病，老师带我们去她家看望，她躺在一间乡舍的土炕上，脑袋肿得很大。我给她带去了一支彩色铅笔，她攥着朝我点了点头。后来不久就听说她死了。

允明：我的经历跟你很不一样。1954 年我进的中学是北京东城区的女十二中，现在叫一六六中。这个学校的前身是很有名的"贝满女子中学"，由美国基督教公理会派到中国的传教士艾莉莎·贝满夫人在 1895 年创立。我所在的初一（6）班的学生，大多数毕业于附近的培元小学——原来在 1864 年创立的"贝满小学"，或是家在附近的学生，我是仅有来自西城区的两个学生之一。当时的女十二中，无论是校舍教具等条件还是教师资质都属一流。有不少年纪较大、早年留学海外的归国教师们担任授课，都非常认真和严谨。每个班除了在自己的教室里上文科和理科课之外，其他的生物、地理、音乐、美术等课程都在专设的教室内进行，学校的"风雨操场"也保证了体育课不受天气影响。所有这一切，都大大增加了我的学习热情。

除了正式课程外，学校还成立了很多课外兴趣小组，鼓励学生掌握课本上学不到的知识和技能。由于妈妈时常说会木匠活是件很有趣的事，我便报名参加了学校的"铁木工组"，辅导员是学校的铁、木工师傅。两位年纪较大的铁匠师傅十分诧异居然有一个女生来报名，就不太理解和欢迎地说："哪里有女孩子学铁匠的？"但看我态度诚恳便无奈接受了。当时已进十月，师傅们开始打制冬季取暖煤炉用的铁皮烟筒，"打烟筒"便成了我的第一课。经过两个半月的学习，我知道了铁皮的种类，学着用大铁刀剪裁铅铁皮，在羊角铁砧台上用方形木棒把铁皮边缘敲打成直角，再把铁皮两端联结成不漏烟的"咬口"，做出了一根烟筒。在这个基础上，我又学会了制作难度更高的烟筒"拐脖"。

第二个学期开始学习木工，师傅也是学校的木匠。他先让我了解各种木工活的工具和它们的用场，包括"二虎头""净刨""长刨""大锯""手锯""凿子""墨线盒"，等等；以及不同的木料和木纹，熟悉这些之后才让我开始在实践中进行学习。经过一段训练，我独自设计和制作了一个可以分别放置白色和彩色粉笔以及一块湿抹布的"粉笔盒"，作为结束学业的作品。这段学习木工的时间不长，但成了我的一个终身爱好，以致在 60 年代"经济困难"时期，用废弃木材制作了一对带弹簧的简易沙发和一个小茶几，还把一个直径一米的木质大锅盖改制

20 世纪 50 年代建造的北京体育馆

成贴有塑料面的铁腿折叠圆桌，为自己初建的小家庭提供了必要的家具。80 年代为了把家里的家俱升级，我又在别人的协助下打制了一套组合柜，包括立柜、书柜共五件，至今仍在使用。

巫鸿：我记得你当时还成了运动员。印象特别深的是爸爸、妈妈和我一起去建在龙潭湖旁的北京体育馆的游泳馆，看你参加游泳比赛。那个馆是新建的，在我眼里非常雄伟高大，里面的游泳池又大又干净，我当时觉得你能在这里参加比赛，真是了不起。

允明：在女十二中的初中和高中生里，曾培养出了多位创造国家和北京市级游泳记录的运动员，市体校游泳队的教练因此每年都会来学校，在初一学生中挑选新学员。虽然我当时相当瘦弱，但在测试中咬牙游完了比赛池 50 米的长度被游泳队录取，两年后获得了国家二级游泳运动员资格。三年的初中生活，是我一生中开阔眼界、参与活

九舅　20世纪50年代

动最广泛、阅读外国文学著作最多的阶段。在学校宽松
的教学体制下，我受到多种趣味活动的启发，同时因住
校也获得了能参加各种活动更多的自由度。通过参加北
京少年宫民乐队，我体验了乐队指挥下的合奏演出；经
过在市体校游泳队的训练，我的身体健壮起来，永远告
别了"豆芽菜"的状态；在本校田径队的训练中，我开
始专门训练包括铅球、铁饼和标枪的"三铁"投掷项目，
为直到工作后十余年参加各级田径比赛获奖打下了基础。
这些活动虽然占据了几乎全部的业余时间，但使我觉得
生活特别的充实和有趣。

巫鸿：当时你还有一个非常让我羡慕的地方，就是爸爸和妈妈
　　　为你每天上学方便，给你买了一辆新自行车。原来你只
　　　能骑爸爸的老飞利浦车或是妈妈的女车，但这时你有了
　　　自己崭新的又高又大的外国造女车，别提有多高兴了。

允明：那是辆印度产的自行车，在当时也是很难得的。苏联展

览馆在 1954 年建成开放之后，组织过许多国家各种内容
的大型展览。当"印度成就展览会"开始后，听说对外
销售的展品中包括自行车，当时正好来北京的九舅就自
告奋勇地去通夜排队为我拿号，最后真的买到了一辆女
式自行车，我能不高兴吗？！这辆自行车一直陪伴我上
完高中，直到工作后的十多年。

巫鸿：记得那辆车前面立柱上的商标是一只红色腾空飞奔的鹿，
我觉得非常漂亮，还临摹过。在其他外国展览会中，捷
克斯洛伐克的展览也给我留下很深的印象，主要的原因
是，我们在展览会小卖部里不但买到了装在漂亮圆铁盒
里又好吃又好看的五颜六色巧克力豆糖，你还买到了拴
着一朵蓝色"勿忘我"玻璃花书签的纪念册。

（3）风雨前的平静

允明：现在想起来，我们家的生活直到 1957 年之前是比较平静
的。那是中苏关系非常密切的时代，一切以"苏联老大哥"
为榜样。大家唱苏联歌曲、欣赏苏联绘画，大量苏联文
学作品的译作上市，妈妈在中央戏剧学院教授的课程也
改为以苏联文学为主。为了研究和备课，咱们家的书柜
里增添了从俄罗斯古典文学到苏联现代文学的很多书籍，
除了大、小托尔斯泰的《战争与和平》《安娜·卡捷琳娜》

《复活》和《苦难历程》之外，还有陀思妥耶夫斯基的《罪与罚》《白痴》《伊尔绍兄弟》，契科夫的戏剧集，普希金的《叶普盖尼·奥涅金》和《黑桃皇后》，高尔基的《童年》《在人间》和《我的大学》……还有整套的《苏联大百科全书》，都深深地吸引着我。特别是《钢铁是怎样炼成的》《卓娅和舒拉的故事》《古丽雅的道路》与爱尔兰作家的《牛虻》等，可以说对我和我这一代人一生在性格、工作态度等方面都有着重要影响。

巫鸿：那一段妈妈也常常带我们去看话剧。由于她研究和教学的内容是戏剧和戏剧史，所以和当时的人民艺术剧院、青年艺术剧院、北京儿童艺术剧院都有密切来往。但我记不太清那一段看了什么剧了。

允明：她带我看的剧相当到多，有人艺的《龙须沟》《蔡文姬》《虎符》《茶馆》和《雷雨》等；青艺上演的古印度诗人迦梨陀娑写的诗剧《沙恭达罗》；还有中央戏剧学院试验话剧院排演的《一仆二主》《日出》和《上海屋檐下》，以及后来由母亲指导排演的莎士比亚名剧《暴风雨》《奥赛罗》和《麦克白》等。一有这种机会，不管距离多远我都会骑车前往，绝不落下一个。

此外，我也常去离女十二中不远、位于王府井八面槽的"国际书店"音乐和绘画专售部。绘画部的四壁上挂满了世界名画复制品，桌上摆着顾客可以随意翻看的"绘画小样"。

我们俩于 1959 年在颐和园

老式手摇唱机

新式电动唱机

音乐部不停播放着外国音乐，我和几个爱好音乐的同学把这里当成了午休的地方。因为这个地方顾客不多，一般都相当安静，我们和书店售货员逐渐熟悉起来，他们也会应我们的要求播放一些曲子。记得 1955 年左右，除了大量苏联的文学和音乐作品进入我国之外，富有异域风格的拉丁美洲音乐和歌曲一时也占有很大市场。为了普及国外的交响乐，中央乐团等机构在六部口的北京音乐厅开设了周日低票价的"学生场"，中央乐团为普及大型古典交响乐，演出了贝多芬的《田园》《命运》和《欢乐颂》等；还有著名歌唱家郭淑珍、刘淑芳等举办的独唱音乐会和"拉美歌曲专场"等，都是我绝不放过的欣赏机会。

巫鸿：听音乐是咱们全家的兴趣。家里原来有个老式的每分钟 78 转的手摇留声机，一张黑胶唱片转几分钟就结束了，而且需要不断摇动手柄上紧发条和换钢针。后来爸爸买了一个新出的电唱机，安装在一个扁平的绿漆皮小箱子里，能放每分钟 45 转和 33⅓ 转的密纹慢速唱片，因此可以听更长的协奏曲和交响乐，也不用常常换针。我们都高兴极了，开始收集唱片。

妈妈小时候学过钢琴，但一直没有自己的钢琴，这时终于在东单的一家拍卖行里找到一架苏联产、营口装配的立式钢琴，在工作闲暇时弹奏些熟悉的曲子。你在女十二中有了学琴的机会，回家也可以在这架琴上练习。爸爸从来没有受过什么音乐训练，此时竟突发奇想，提出要和我一起学习小提琴。为此他买了一把提琴，请了经济研究所一个会拉提琴的年轻同事，定期到中关村的住处教我们父子二人。但学了几次之后，他和我都觉得这个乐器太难，而且提琴不像钢琴，拉不好只能发出"杀鸡"般的噪声，让人受不了，因此这个实验不久就结束了。

允明：自从家里有了留声机和钢琴，我们就时常去国际书店购买外国名曲唱片，妈妈也不时演奏从国外带回一直不舍丢弃的《世界名曲钢琴谱》中的乐曲。我热心地阅读了贝多芬、李斯特、肖邦等名家传记及作品分析，甚至尝试自行谱曲，作为抒发情绪的一种方式。初二时，我被捷克作曲家德沃夏克创作于 1880 年的著名歌曲《母亲教我一首歌》和刘淑芳演唱的阿根廷歌曲《小小礼品》深深打动，而在 1955 年母亲 40 岁时买了一束鲜花，托住在我家对门的一名低我一级的走读生带回家送给妈妈。

可能因为年龄不断增长，我的思想越来越独立，不像过去那样"听话"了。1956年爸爸因为工作过度劳累突然中风，幸亏经过较长时间的治疗痊愈了。二弟巫谦同年诞生，爸爸和妈妈一方面非常高兴，另一方面因为发现他患有轻度唐氏综合征而痛心疾首，把大量精力和财力都放在了二弟的治疗和抚养上。

随着政治形势的发展，父母对我们两人的要求越加严厉，常常听他们说的是："即使周末回家住，星期日早上也必须六点半起床"；"不能从学校回来就靠阿姨，在家里也要劳动"；"女孩子不能总是疯疯癫癫地在外面参加活动""女孩子要有女孩的样子"，等等。他们也更注意自己的言行举止，尽量为孩子做出正确的榜样。记得有一次，我们俩顶着寒风步行回家，在烟袋斜街口上遇到爸爸乘小汽车回家。司机师傅向他建议："后海边的风很大，是不是带上他们姐弟俩一块回去？"话音未落父亲就严厉地说："这辆车是国家派给我用的，与家人无关。"

到了1957年我们俩都开始住校，在家里的时间就更少了。这年夏天小弟巫谦周岁时，全家到王府井大街的中国照相馆拍了一张合影。不久开始的反右运动将彻底改变了家庭中的气氛，这张照片也就成了全家人在50年代一起微笑的最后一张"全家福"。

1957 年夏全家合影

第 三 部 分

家
的
动
荡

1957 年后

巫鸿：从 1957 年开始，我国开始了长达二十年的动荡，不少事情都在 1957 年发生，在感觉上一下子觉得和 50 年代的前几年完全不一样了。

（1）进入一〇一中和女十中

允明：是啊，就从咱俩的经历来说，那年你小学毕业上了一〇一中，开始了住校生活。我也从位于东城区的女十二中考入了西城区的女十中，虽然地理位置上离家近了，但感觉上反而和家里倒疏远了。原因一是课程比原来多了，同时又参加了许多课外活动，时间明显紧张起来，而更重要的另一个原因是出于政治上的压力，和家里产生了距离。

巫鸿：上一〇一中确实给我的生活带来了巨大变化。这所学校建在清代圆明园的废墟上，在北京挺有名的。它原来是个干部子弟学校，但到 50 年代中期开始招收知识分子家庭和一般人家的孩子。记得那年夏天，我从位于中关村的保福寺小学毕业，当时全校有五六个同学报考一〇一中。校长就让我带队打着一面小旗子，走路去几里之外的一〇一中办理报名手续。到了招生办公室，也是由我先向那里的两个老师介绍我们几个人在保福寺小学的学习情况。招生办的老师对我的报告很满意，还特别表扬了我们穿过田野，徒步走来报名的独立性。

进入初中后，新生首先学的不是语文、数学之类的课程，而是这个学校的光荣革命传统。这所学校是抗战胜利后，在当时的革命根据地张家口建立的，随后在解放战争中辗转河北各地，1948 年在石家庄附近的柏林庄村与晋察冀边区行知学校的中学部合并，最后于新中国成立前夕迁入北京。经周恩来总理批准在圆明园遗址上修建校舍，1955 年正式定名为"北京市一〇一中学"。郭沫若为学校题名并撰写了校歌歌词，著名音乐家李焕之谱了曲。

我们那时见到的校长王一知，是革命家张太雷的夫人。她满头银发、相貌慈祥，但所宣布的学校纪律却如钢铁一般绝无通融之处。全体同学都住校，过严格的集体生活。一间宿舍里沿围墙排列着十几张上下床，所有人都使用一样的铺盖和搪瓷洗脸盆，吃的喝的以及作息时间也都完全一致。这是我第一次亲身体验这种群体生活，这也成了我此后十五个年头里的主要生活方式：从中学毕业后进入中央美术学院、其间去农村参加"四清"社教运动、"文化大革命"中被送到宣化部队接受再教育等，过的都是这样的集体生活。不过在 1968 年春天我被中央美术学

我们家

一滴水映照的历史

初中同学去颐和园春游　巫鸿（右旁第四人）

一〇一中《前进报》编辑部成员，前排左起第五人为巫鸿

院的"群众革命组织"关押审查之前，我还留有一个小小的个人空间，那就是我在后海边父母家里的一间侧室，周末和放假时可以回去。

允明：我当时在女十中担任了学生会体育部部长，因为特别喜好运动，一直在西城体校田径运动队训练和参加区级、市级比赛，由于取得多项优异成绩而在校内颇有名气。

巫鸿：进入一〇一中学后的第一年我感到什么都很新鲜，也开始显示出对美术和写作的兴趣，因此报名参加了"校报"《前进报》编辑部的工作。"校报"其实是立在教学楼前面的一块黑板报，每星期一换一次内容，我的职责是设计和装饰版面。

一〇一中当时特别强调劳动实践，学生们在校办的小工厂里学习机械加工和使用机器，到学校旁的池塘换水和养鱼，在果园里为果树剪枝喷药，还有到饲养场打扫猪

60 年代一○一中学校园的学生劳动队伍

何欣培等同学在公社养牛场修建护栏

同学刘宝成（左）、朱东（右）在学校小工厂车间劳动

圈、牛栏，等等。这些活计现在的中学生恐怕很少接触了，但当时是学校教育的重要方面。最近在网上看到当时的同学庄移山写的一篇对学校生活的回忆录，其中附了一些难得的老照片，一下带回了我的许多回忆[①]。

———————————————

① 庄移山：《中学忆趣选》。

师生修建校内游泳池

（2）"大跃进"

巫鸿：进学校后不久就赶上了"大跃进"运动，有一段时间基本是半工半读，甚至有时都不上课。在这期间师生们一起在校园后边挖了一个 50 米长的游泳池，游泳池的四壁、底部和旁边的平台都是用石块砌的，当我们看到池中涟漪的清水时都骄傲极了。我们这些初中学生也参加了"大跃进"运动，在校园旁边的庄稼地里营造了一块"高产田"。为了能多上肥料，老师指导我们把这块地挖成了一个两米多深的大坑，一层肥料一层土将其填满，然后撒上种子，算是种上了庄稼。结果因为肥料太多，小小的禾苗刚出芽没几天就被烧死了。

一〇一中学学生修建的游泳池

允明："大跃进"中的另一个重要项目是"大炼钢铁"。作为城市的中学，上级要求我们把化学课中学过的从炼"铁"到出"钢"的冶炼过程体现出来。然而"钢"是要先后经过"炼铁炉"和"炼钢炉"的分步冶炼才可以实现的，而在一个普通中学里既无真正的"炼铁炉"也无"炼钢炉"，如何能炼出"钢"来呢？全体师生便一起开始开动脑筋想办法。首先要去找修建"炼铁高炉"的"耐火砖"，然后再到各处去搜寻作为"炼铁"原料的破锅烂铁。同学们分成两三人一组，骑车前往可能有"耐火砖"的工厂，并在各自家中搜罗废铁。那时为了交流"炼钢"技术，各个工厂、学校都敞开大门随便出入。借着这个难得的"出游"机会，我所在的小组就曾逛过西直门外的新华印刷厂，深入过东郊塑料加工厂，最后居然在东郊焦化厂找到了几块"耐火砖"，交到由学校化学组老师成立的"炼钢指挥部"。然后我又把家里一只还在使用的铁锅，作为"废

ZUGUO ZAI YUEJIN
祖国在跃进

"大跃进"宣传海报

铁"交到学校，总算是完成了指定的任务。

通过全校师生的通力合作，几天时间里我们竟在操场上筑起了"小高炉"，并开始昼夜炉火通明的"冶炼"和人停火不停的三班倒。然而这种违背科学的"冶炼"，只是把破锅破铁融化成一坨坨毫无用处的废铁疙瘩，距离进入"炼钢"原料的"铁锭"和炼出"钢"来，还差着十万八千里。

巫鸿：我的经验和你差不多：我们的物理老师也带着学生，在校园后边修建了一排一人多高的"土高炉"，学生们从家里搜集来各种铁器作为炼钢原料，其中包括不少还能用的器具，结果都炼成了没有用处的铁疙瘩。刚上初中不久的我们只觉得好玩，可以不上课到处乱跑。

允明：那时候的另外一件大事，是在全国范围里掀起人民公社化运动。农村的乡镇都成立公社，公社下边有"大队""中队"等。公社化的村子里都办起了公共食堂，社员吃饭不要钱，土地、耕牛、农具全部都无偿入社。一时间真感到废除了私有制、共产主义已经降临。

虽然这个运动主要针对农村，但咱们家所属的街道居委会也很快就选定了离咱家不远的大翔凤胡同十二号私家宅院，作为大翔凤胡同的"公社食堂"所在地。并宣布以后每家不再做饭，要享受迈向共产主义社会的"公社"待遇，所有人都到食堂用餐。当时所理解的共产主义社会的标准很简单：楼上楼下电灯电话、土豆烧牛肉、吃饭不要钱，各尽所能按需分配。从此，全胡同的人便兴高采烈地一天三顿，各自拿着碗筷到食堂排队去领免费餐，享受"共产主义"待遇。咱们家也停了伙，每天由妈妈和抱着弟弟巫谦的李妈一起到食堂去打饭，然后端回家来吃。但由于粮食供应的短缺和经济来源缩减，巧妇难为无米之炊的"大锅饭"质量迅速降低，荤菜不久变为素菜，干饭变为稀饭，又没过多长时间便休业作罢了。

巫鸿：记得学校组织我们去北京郊区的四季青公社参观，进村就看到两米多高的"人民公社好"大标语，还有很多宣传画，到处写着"老人赛黄忠，儿童赛罗成，男人赛过赵子龙，妇女赛过穆桂英"等口号。

"大跃进"期间巫鸿在一〇一中学参加绘制的宣传画　庄移山修复

那时候我已经参加了一〇一中的美术组，跟着高年级学生一起画壁画。美术老师陈葆琨把我们分成了几个小组，分别负责不同的壁画。我参加的那组是在一排平房教室的侧面墙上画一幅大画，上面一排是工、农、兵，下面一男一女两个儿童张嘴唱歌。陈老师和高年级组员先起好稿子，然后使用方格网放大的方法画到墙上，我们这些年级较低的组员按照稿子在一个个方格里填颜色。我记得我填色的部分是下排中圆圆脸的女孩。过了许多年，我看到老同学庄移山发来修复过的这张壁画的照片时，一下就想起了她。

允明：也是在"大跃进"时期，国家发起了"除四害"爱国卫生运动，消灭老鼠、麻雀、苍蝇和蚊子。麻雀由于吃田间种植的粮食，成了首当其冲的消灭对象。一时间气枪、

"除四害"宣传画

弹弓、捕鸟笼、拴有长布条的轰鸟竿……一起出动。学校也把每天的课程改为每班各自想方设法地"打麻雀"，在班主任带领下立刻出现了"八仙过海、各显其能"的景象：有的站在屋顶上轰麻雀，有的拿气枪打麻雀，有的支起大笸箩捉麻雀……因为校内地小人多，一些同学分散到西郊的四季青公社、德胜门外的东升公社去打麻雀。当时人们还发明了一种打麻雀的方法：让各处的民众同时摇旗呐喊、轰赶麻雀，使麻雀没有落脚之地而活活坠空摔死。各单位争相"放卫星"，数日不停地捕杀麻雀，看哪个单位和个人捕杀得多。当时还开过一次"除四害成果展览"，我清晰地记得在一面墙上，挂着一件用麻雀羽毛制作的大披风。

巫鸿："大跃进"时期另一件让我记忆深刻的事是1959年的国庆节，因为那年是建国十周年而被特别重视。尤其当我们被告知全校学生都将参加十月一日的游行，要列队走过天安门广场接受毛主席的检阅时，大家都特别兴奋。美术组成员从九月初开始就投入了准备工作，主要的任务是设计和建造行驶在游行队伍中央的彩车——一个炮弹形状的银色火箭，象征中国人民征服宇宙的豪情壮志。我们在陈老师的指挥下，在学校仅有的一辆大卡车上装上了一圈圈的龙骨，然后用布包裹起来刷成银色，再画上一个鲜艳的红五星。火箭顶上有个活动拉门，游行时一男一女两个同学将上身探出"火箭"，向天安门方向摇动手中的鲜花。

那天游行回来，虽然已徒步了一天，但我和几个同学仍然感到余兴未尽，于是决定当晚再步行走回城里去看刚刚建成的"十大建筑"，包括人民英雄纪念碑、人民大会堂、革命历史博物馆、民族文化宫、北京新火车站等。这件事情我在《豹迹》那本书里讲了，这里不再重复。

（3）风口上的父母

允明：你刚进入一〇一中那段时间好像特别兴奋。可能是因为年纪小，而且因为住校，你没有注意到社会上发生的一系列重大事情，对咱们家影响特别大的，就是从 1957 年开始的"全党整风"和"反右派斗争"。那年毛主席提出艺术界百花齐放、学术界百家争鸣的"双百方针"，鼓励大家大鸣大放，给党组织和各级领导提意见，帮助他们更好地发挥领导作用。接着中共中央正式发出了《关于整风运动的指示》，在全党进行反对官僚主义、宗派主义和主观主义的整风运动。但随后掀起的"反右派斗争"被严重地扩大化了，许多曾给各级党组织善意提出意见的知识分子、爱国人士和党内的一些干部被划为了"右派分子"。"反右派斗争"的严重扩大化不仅影响了这些人以及他们的家庭和子女的命运，同时也给国家带来了巨大的损失。

咱们家也在这个运动中被推到了风口浪尖上。虽然爸爸和妈妈从来就是坚定的爱国知识分子，全民族抗日战争爆发后放弃了在国外工作和继续深造的机会回国参加抗日战争，新中国成立后积极投身国家建设，但他们此时却被视作"反党、反社会主义"的异己分子。特别是妈妈，她从来都在全心全意地投入教学工作，而且因工作出色、被学生爱戴被评为"全国三八红旗手"，大幅照片挂在北京市劳动人民文化宫的宣传栏中，但此时却被错划为"极右分子"。

我一直纳闷为什么妈妈会被人诬陷打成右派——她在学校的口碑非常好，而且特别受学生爱戴；她的文章中也没有一句话是攻击共产党的，要有批评也只是针对校内的干部。

巫鸿：爸爸虽然没被划为右派分子，但处境也岌岌可危。原因
是他在大鸣大放运动中参与撰写了一份意见书呈给党中
央。文章题目是《我们对于当前经济科学工作的一些意
见》，其他参与者还有陈振汉、徐毓南、罗志如、谷春帆、
宁嘉风五位。① 这几个人都是当时第一流的经济学家和经
济史学家，他们在意见书里指出当前经济研究缺乏必要
的条件，特别是研究者无法接触到实际资料，业务部门
的一些领导对经济这门科学不够重视；同时提出对西方
经济学理论要进行深入研究，批判地吸取可以利用的成
分，不应该一棍子打死，对马列主义经典著作则应采取
实事求是的态度，反对教条式的照本搬用。

这份意见书成了经济学界反右斗争的一个重点。意见书的
起草人，北京大学的陈振汉教授，以及徐毓南、罗志如、
谷春帆、宁嘉风几人都被划为资产阶级右派分子，受到点
名批判、降职降薪、监督劳动的处分。爸爸虽未被划为右
派，但被撤销了经济研究所副所长职务。直到进入 21 世
纪后，北京大学经济学院的官方网站才对这份意见书给予
了正式的"正名"。其中在一篇文章里写道："事情过去将
近 50 年了，今天我们重读这份带有独特意义的历史文献，
不能不对陈振汉先生和其他几位教授的深刻见解和勇气

---

① 　关于这几人当时的职务，陈振汉、徐毓南和罗志如是北京大学经济系教授，
巫宝三是中国科学院经济研究所副所长，谷春帆是中华人民共和国邮电部邮政总
局副局长，宁嘉风是中国人民银行干部学校副校长。

表示敬意。从整体来说，这份意见书对我国经济科学发展状况所做的分析是客观的，中肯的，其观点的科学意义以今天的眼光来看仍然是站得住脚的，而且对今天的经济科学研究工作都还存在着重要的启发意义。"[1]

允明：陈振汉和爸爸一样，也是以清华大学公费生身份留学美国的，两人都在哈佛大学经济系学习并获得博士头衔。他也和爸爸、妈妈一样，在全民族抗战期间取道越南回到祖国，就职于当时位于重庆的南开经济研究所和中央大学。抗战胜利后他北上担任北京大学教授，北平解放前夕坚决留在北平，是当时北大校园里的"进步教授"之一。在 1957 年之前，他们一家可以说是咱们家最要好的朋友，常常见面或一起出去郊游。咱们两人管陈振汉和他的夫人崔淑香叫"陈爸爸"和"陈妈妈"，他们的孩子和我们年龄相仿，在一块儿玩得也很融洽。

巫鸿：我记得有一次我们两家去颐和园玩，中午在湖边的一个亭子里吃带去的"野餐"。我在水边的石头台阶上扔东西给小鱼吃，由于台阶上长着青苔，一不小心滑到水里，把妈妈吓得够呛。救上来以后，崔妈妈说她的孩子带有多余的衣服，我可以换上。我记得我的个子比较大，虽然凑合穿上了小胖的衣服，但仍然是勒得很紧。

---

① 王曙光：《回望苍茫岁月——陈振汉先生的人生和学术》，https://econ.pku.edu.cn/xyzx/wyjy/348109.htm.

家的阴影

允明：陈家和我们家的亲密关系在"反右运动"开始之后就中断了，直到"文化大革命"结束后，爸爸、妈妈才和陈振汉夫妇重新见面，那已经是二十几年之后的事了。

母亲在一夜之间成了"右派分子"，被禁止教书，降职减薪，在学校里的地位一落千丈，我们家庭的氛围也随之变得十分沉重。爸爸虽未被划作"右派"，但也视为"右倾"在所里被监督。父母两人的"政治问题"，虽然学校没有对我采取任何管制措施，但我却无时无刻地感到投向我的审视目光，难以解脱的高压气氛让我喘不过气来。和家庭有问题的其他几个同学一起遭到歧视与排斥，这些事都造成了我在思想和精神上的自卑和屈辱，以至在填写"家庭成分"表格时，不知所措地填入了"资产阶级"。共青团组织要求我与父母划清界限，每周要交"思想汇报"。为了争取进步，这种在中学向共青团组织、工作后向单位党支部上交"汇报"的事，一直延续到"文化大革命"结束。

巫鸿：我也感到了类似的无形压力，不论是在家里还是在学校，都有一种让人窒息的感觉。家里不再有欢乐的笑声。虽然妈妈从来没有和我说过她当时经受的压力，但我每个

巫鸿初二　1958 年

周末从学校回家，都看到她在无言地写检查——一连写
了好几年，直到她 1963 年摘掉"右派"帽子。每次写检
查她都在本子里垫上蓝色的复写纸——当时叫"拓蓝纸"，
这样她可以交给组织一份，自己留下一份底稿。

在学校里我也成了同学们谈论的对象。我便开始想方设
法地逃学，最常用的方法是装病——实际上我也确实得
了忧郁症，只是当时不知道有这种病。我既不希望待在
学校也不希望待在家里，就在北京四处流浪，有可能的
话找个书店坐在地上看几小时书，有几毛钱就买张电影
票在电影院里待一下午——那时有一种不分场次、来回
放映的电影，只要不最后关门是不会赶你出去的。这种
状态持续了一年多，我因为旷课也受到了学校的处分，
几乎被开除。

允明：你初中时的这种状况，我和爸爸、妈妈一点都不知道。
不过现在回想起来，即使你当时把这一切告诉家里，也

是谁都帮不上忙，反而会在大家心里更增加一层压力、一层冰霜。

政治阴霾在高中三年中一直跟随和笼罩着我。为了表白自己不是"资产阶级家庭小姐"，冬天到北京的风口赵辛店修水库时，我肩膀红肿还拼着命地挑土奔跑，挑土筐数超过男老师；去石景山焦炭厂勤工俭学，我在装卸刚出的炉焦矸时，烫伤了腿脚也绝不休息；在通县牛栏山农村学农，手上老茧再度磨翻淌血不止也从没有叫过一声苦……三年来的每次劳动，我在总结时候都受到了表扬，然而这一切"自我改造"和"与家庭划清界限"的行动却无济于事。我无法摆脱"母亲是右派"这个不可推翻的现实，以致在1960年高中毕业考大学时，虽然我以高分被八年制的中国医科大学医疗系录取，但在第二次政审时却被取消了入学资格。这个消息如同晴天霹雳，彻底打碎了我渴望做一名大外科医生的梦想。当被证实不能进入高校的原因出于母亲是"右派"时，我突然明白了：自己的人生道路，包括婚姻、选择对象，都将永远不再能由自己做主。对于我没能考上大学的事，除了当时不明真相的父亲劝我说："没关系，今年没考上，明年再考"之外，家里没有任何人劝慰过我什么。当然，妈妈更没有任何话可说，但是她深埋在内心中的自责和压力一直持续了若干年。当时，我是历来咱们家和所有亲戚里唯一没有考上大学的人。我感到十分自卑和无地自容，而爆发了此生中的第一次号啕大哭，也从此中止了与所有表姐妹、堂姐妹等同辈亲戚们的来往。面临着不能进入高校学习的现实，我开始思考今后的人生道路。经过几天的思考我告诫自己，既然没有机会进入高校学习，那就必须尽快跳出内心的自卑和屈辱感，以最大的努力去获得在任何工作岗位上的尊严，给自己创造一条新的路。

当时，女十中的校领导也为我没能进入高校觉得十分惋惜，提出让我留校教体育；西城体校也提出让我去担任田径教练。但国家那时正处于"三年困难"时期，各单位不允许增加名额。后来校长多方打听，得知西城区教育局需要优秀青年补充教师队伍，在为我几经努力争后得到了名额。从此我便开始了从教小学到教中学，长达二十年的教师生涯。

我分配到小学工作后干脆就搬到学校去住了，你上高中后也越来越少回家，后海的家从此再无生气，变得凄凄冷冷。为了与资产阶级家庭"划清界限"，造成近二十年中我与爸爸、妈妈无话可说、形同路人，也导致了我的婚姻、工作调动等"大事"只能由我自己做出决定。

巫鸿：我的情况比你要幸运一些，但也是侥幸。我从初中开始就越来越喜欢画画，在美术教室里待的时间也越来越长，一张一张地画石膏像、景物、风景，等等。初三毕业后我决定报考中央美术学院附中，美术老师陈宝琨也非常鼓励，认为以我的画画水平考美院附中的成功率很大。但最后发榜时，我的名字不在其列。陈老师托人打听原因，答案也是"家庭背景有问题"，我为此伤心了很久。幸运的是我在初三那年挣脱了抑郁症，对各门功课都有了兴趣，努力之下成绩居然在整个年级取得了第一名，被保送上了本校高中，从而逃过了"升高中"的政审。

"三年困难时期"

允明：从 1959 年开始，特别是 1960 年，我们国家从"大跃进"一下跌进"三年经济困难"的深谷。

北京当时的困难情况在全国算是最轻的，但也因食物和生活必需品的极端匮乏而实行了严格的"票、证"制。按人头发放粮票、油票、肉票、糖票、布票，一些副食品也要按家庭为单位定量供应，如冬储的大白菜或临时配给的食品、菜类等，都要凭"副食本"去购买。因此

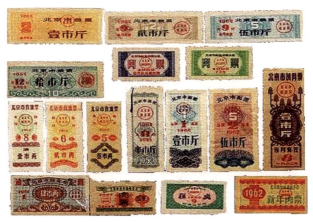
困难时期的各种票据

每户的各种"票"和"副食本",成了当时社会上最金贵的东西和每个家庭维持生计的命根子。

妈妈和爸爸因为不是体力劳动者,每月的粮食定量最低,分别为27斤和28斤;巫谦是儿童,每月15斤;李阿姨是28斤;我是30斤;每人每月5两油、2两猪肉、2两糖。布票成人男子每年18尺、女子15尺……记得你的个子长得太高大,18尺布根本不够做一套衣服,还是我补了6尺给你,才算在上高中时换上了一套新的深蓝色制服,这套制服好像你一直穿了十年不止。那时你的粮食定量我忘记了。

巫鸿:因为我算是"正是生长期的男学生",破格给了每月34斤的粮食定量。

允明:由于家庭中每个人定量不同,度量粮食重量的"秤"就成了家家户户不可或缺的器具,每日做饭时严格控制每人吃粮食的斤两,以避免相互之间的分配不公。因为配给的肉票太少，只能集中在一起，全家一个月才能打一次牙祭。食物油的绝对缺乏，使每家厨房里再传不出炒菜时用葱花炝锅的声音，都改为了"煮菜"和"熬菜"。为了填饱辘辘作响的肚子，当时社会上发明和推广了"双蒸饭"和"菜饭"等做法，让米粒和菜叶吸收更多水分，涨大到极限，以此欺骗肠胃获得暂时的满足。原来身材较胖的爸爸和妈妈，不到一年都瘦了很多，妈妈也因营养不良得了全身浮肿，求医也无计可施。有烟瘾的人更是难熬，听说能抽上晒干的枣树叶子已是很奢侈的享受了。

我们家
一滴水映照的历史

巫鸿：我当时十五六岁，正是青年人长身体的时候，无时无刻的饥肠辘辘成了生活中的最大挑战。虽然每月 34 斤的粮食定量听起来不少，但是由于三餐中长时间缺乏油水、肉类和其他成分，即使刚吃完饭也会马上就饿，只能眼巴巴地熬着等下一顿。

当时学校食堂的饭食之差也是今日难以想象的。我们十个学生一桌，每顿分享一个方铁盒里蒸的米饭，由当日的值班员分成十份，分的时候每个人都盯着他（她）的手，看在铁盒里划的格子是否均匀，颗颗瞪着的紧张眼珠像是要掉出来一样。而分到的一块饭总是又硬又冷，底下粘着黄色铁锈，永远带着一股锈味。伴饭的是一盆没有任何油水的菜，大块大块的水煮茄子难以下咽。这段经历使我以后很长时间看到用茄子做的菜就有想呕吐的感觉。为了增加伙食的分量和养分，学校不断推出"人造肉""小球藻"等新发明。前者使用叫作"白地霉"的一种菌种，放在淘米水里繁殖，然后加上淀粉和色素做成猪肉的形状。"小球藻"是一种藻类生物，最初是用来养猪的。1960 年的一份《人民日报》上登载了一篇社论，提出这种东西实际上具有很高的食用价值，并举例说明用它制作食品的各种方法。此后我们学校就建造了养殖小球藻的大水泥池，把培养出来的绿水直接掺到稀饭和菜汤里，那颜色看上去实在有些可怕。

允明：这个时期我已在小学工作，也去区里学习过在烂木头上培植"蘑菇"和"木耳"的方法，但由于学校腾不出培植的房间而作罢。当时出于领导的信任，我担任了学校的食堂管理员。从这时开始，满脑子想的都是怎样才能保证师生对伙食能够满意，让他们吃到嘴里的粮食丝毫不少于他们各自的定量。面对几十双每天死死盯着厨房里饭菜的饥饿眼睛，我每次都是用双手把每个窝头从蒸屉里小心翼翼地捧出来，放到每人的碗里生怕有点闪失。然而食堂粮食的一次性"大两买入"和多次性的"小两盛出"，必然造成"亏损"而招来"这窝头怎么这样小，保证不够斤两"的埋怨，几乎成了每天开饭时的"开场白"。为了守护住每天的这几十个窝头，我把厨房的门窗都加了双锁。毫不夸张地说，我对它们的爱护程度远远超过自己的任何东西。但即便如此小心，仍发生过一次厨房里二十几个窝头被盗的事件。那是在上午第四节课应该准备午饭的时候，当我揭开大蒸笼盖子时，一看窝头少了多一半，眼前这个现实吓得我脑袋轰的一下，差点没昏倒。面对丢失了四斤多棒子面窝头的重大损失，我一人绝对难以承担。最后校长决定：由校长、主任和我三人分别拿自己的口粮进行弥补。从此之后尽管给厨房门窗加了锁，我们也再不敢把做好的干粮存放在厨房里，而改为每顿饭现做现吃的方法。记得当时，自己饿着咕咕叫的肚子忙着给学生们开饭，为的就是能把窝头带回家，到十点左右拿出来有滋有味地慢慢品尝。这成了解决夜里饥饿难熬、无法入睡的方法。没有任何菜，白嘴吃窝头还吃得那样香甜，现在想起来简直是难以置信。

巫鸿：关于有人饿得受不了进食堂偷饭吃的事，我们学校也发生过一起：有个学生在一个节日前一天夜里破窗进入了食堂伙房，那里有为过节蒸好的馒头，要知道馒头可是平日难得吃到的美食。这个学生进厨房后无止境地吃，最后撑得昏了过去，第二天被发现时昏迷不醒地躺在地上。学校赶快把他送到医院，被诊断为胃破裂，几乎了命。

允明：当时咱家的情况还算比较好，原因是爸爸当时担任民主党派"中国民主促进会"（简称"民进"）的中央委员，能享受政府提供的一点食物补贴，那时叫"特供"。记得给我们家"特供"的售卖点是护国寺副食店，每个月月初去那里购买一次这些宝贵的食品。但到那里也是要排很长的队，虽然排队的都是高级干部或民主人士，但个个也都都是面如菜色，紧张地等待挨到窗口买到食物的那一刻。

巫鸿：这让我想起那段时间里的几个稀有场合，就是爸爸有几次带我去"政协礼堂"吃饭。这个礼堂在赵登禹路，一般人是进不去的。可能是爸爸在那里开会，就让我周末从一〇一中回后海家途中先到那里找他，带我到那里的餐厅吃饭。政协礼堂的餐厅在三楼，在我眼里非常富丽堂皇。当时爸爸自己不吃，只给我端来一份"小笼包"——这是我第一次吃这种从来没有吃过的美味。一个个小包子放在竹子编的笼屉里，下面铺着松针，玲珑剔透，像半透明的一样。只可惜它们太小也太少了，我几口就吃完了。爸爸是个性格沉稳，喜怒不形于色的人，这可能是我看到他表现出温情的难得时刻。

从 1959 年到 1961 年这段时间里，吃饱肚子对我说来太重要了，记忆中的很多事情都和食物有关，真要谈起来，可能得专门写一本小书。

短暂回春

允明：1957 年的"反右"和 1958 年的"反右倾"打击了一大批知识分子和干部，严重影响了国家的建设发展。面对严峻的形势，党中央对社会各阶层关系进行了调整。根据毛泽东 1959 年 8 月给右派分子分期分批摘帽子的意见，到 1962 年底，大部分被划为右派分子的人都摘掉了帽子。妈妈也在其中。

巫鸿：这个转变对咱们家来说，真有绝处逢生之感。妈妈不再需要每个星期写检查了，也终于从打扫机关厕所的惩罚性劳作回到戏文系的教书岗位；爸爸恢复了原有的工作和职务，重新得到了人们的尊敬。

允明：爸爸在 1957 年反右运动后改变学术研究的方向，中止了对国民所得的研究，转而关注中国经济思想史这一领域。他认识到虽然我国有着悠久和丰富的经济思想遗产，但一向少为学者关注，在学术研究中可说是个空白，因此他下决心为建立这个领域贡献自己的精力。当他在 1961 年恢复工作职务后，将其逐渐发展为经济学中的一个重要领域，吸引和培养了许多人才，并开始编撰中国经济思想史。

巫鸿：他的这个学术转变是极有原创性和前瞻性的。他看到现存的世界经济学史和经济思想史中，都是用希腊、罗马和西欧作为范例，完全没有中国和其他东方国家的位置。在他看来，改变这种状态的唯一方法，首先要从中国极为丰富的古代文献中整理和发掘出经济思想，再对其加以严谨的分析，用来丰富世界经济思想史的内容。正如经济学家朱家桢所说：

> 这是一项十分艰巨而繁重的工作。它首先要广泛深入地研究古代文献，从中掌握第一手资料，然后再在掌握资料的基础上，对各种经济思想、范畴和有关思想家的经济思想，逐个进行专题研究，对史料进行理论的分析，并通过充分的讨论，提出具有说服力的论断。而要做到这一点，还需要与西方经济思想进行比较研究，从中总结出我国各个历史阶段经济思想的特点及其思想体系。这种转变对一个学者来说是极大的变化，但由于他（指爸爸）过去在研究工作中，一向注重经济理论结合中国的经济问题，并且对中国传统文化素有浓厚的兴趣和良好的素质功底，因此实现这个转变，亦比较自然。

朱家桢还指出，"巫宝三的这一观点，是他长期从事经济思想研究所得出的体验和总结，它对于进一步深化经济

《中国近代经济思想与经济政策资料选辑（1840—1864）》封面

思想的研究，在理论和实践上，都是很有意义的。在这一基本思想的指导下，他还提出了一套研究经济思想史的具体方法，这就是：首先从编辑经济思想资料入手，目的在于掌握第一手材料。在此基础上，再进行各个专题的研究，然后再进行综合的系统的研究，写成各个历史时代的专著"①。

允明：爸爸在这个新领域里编写的第一本书是《中国近代经济思想与政策资料选辑（1840—1864）》，由于其重要的学术价值被科学出版社马上出版。同行将之评为新中国成立后第一部有关研究中国经济思想史的著作，但是爸爸认为对研究中国经济思想史来说，这部书仅仅是个初试和起步，以后的任务要重得多。

巫鸿：爸爸后来跟我说，这第一本书首先关注近代，采用由近及

① 朱家桢：《永远的学者风范——纪念巫宝三先生百年诞辰》，载《经济研究》2005年第7期，126页。

远的方法，是因为研究近代对反思当下经济发展和政策制定有着最直接的作用，这就是为什么这本书从 1840 年开始——这是中国进入半封建半殖民地时期的年份。但他也认为，像中国这样一个有着长久历史的国家，有关经济思想的严肃思考和著作从先秦时代的"百家争鸣"就已经开始，以后各个时代的学说都奠基于先秦时代。因此对中国经济思想史的整体叙述必须从先秦时代开始，由古及今循序展开。于是这成了他下半生的主要工作，60 年代初期的"回暖"使他更加相信这个计划是可行的，但随后发生的"文化大革命"又将其搁置了十几年，到 80 年代才重新起步。

允明：在 1957 年至 1963 年的这六七年中，我在不知和谁商讨，也没有人可以商讨的情况下做出了人生历程中的两件重要决定：一是在不能继续求学的无奈下去小学做了教师；二是为了逃避孤独和免得被人鄙视，没有征求父母的意见就迅速地和一个"看得起我"的人结合成婚。当时处于连纸张都很匮乏的困难时期，"结婚证"也只是写有双方姓名的两张 B5 大小、极为粗糙的粉红色纸片。此外今天的年轻人也完全难以想象当时能给予结婚的物资条件，那是在发给"结婚证书"的同时，还得到了一张"结婚购物证"，上面列有购买物品的名称，包括：双人床壹张、木箱两口、双人床单壹条、布票（做被子用）24 尺、两屉小橱柜壹个、菜刀壹把、切菜板壹块、暖水瓶壹只，还有壹斤水果糖。作为新娘子的我，凑足了积蓄给自己做了一件暗红色的人造棉面小棉袄，借穿的是妈妈的呢子裤。我们新婚夫妇两人骑着自行车前去男方学校参加结婚典礼。因物资有限，双方父母都没有来。参加婚礼的来宾，我们也只能招待每人两块红糖制的水果糖、一杯茶水，茶叶还是男方学校的领导赠送的。虽然一切都很简陋，但是婚礼进行得仍很热闹。

婚后仍处于经济困难时期，一年多后迎来了没有奶水喂养的儿子……小家庭每月 84 元的收入要养活两个大人和一个必须喝牛奶的幼婴，只有精打细算才能过到月底。为了不超支，我将一个月的工资分别放入写有"牛奶""煤球""粮食""5 元存款"等小信封，余下的钱再一分为四，作为每周的"菜金"。这种经济拮据的现实也让我重拾幼年学会给洋娃娃裁剪缝纫四季服装的手艺，为家里所有人缝制除外穿制服的所有衣服。同时还把不再能穿的破旧衣服拆开，用面糊打成布咯呗，给我自己和孩子纳鞋底、配鞋帮。因为家里没有绱鞋的楦头，只好花点钱送到外面去绱制成鞋，这样可以节省很多费用。伙食上买来商店的处理萝卜头，切成条放在阳光下缩水后，再用五香粉、辣椒粉和食盐腌制，制成了不同味道、很能下饭的"萝卜干"。此外，每到冬季将冬储大白菜渍成"酸菜"，也是当时每个家庭不可或缺的食品加工项目。

当时所有人一周六天从早到晚工作，清洗全家的衣服和被褥、彻底打扫房间等家务活都要放在周日完成，使一周唯一的休息日变得无比紧张和劳累。当时在画报上曾见到过外国的"洗衣机"，真是羡慕不已。记得曾经下过决心，一旦中国有了"洗衣机"，即使是节衣缩食我也要买一台，好把自己从用搓板在盆子里洗衣服、床单、被褥的苦差中解放出来。

巫鸿：妈妈被摘帽后，我和你不再被人看不起，不用总感到在别人面前矮一头。由于心情和精神上的松绑，我在一〇一中的成绩也越来越好，成为整个高二和高三年级唯一的"全五分"学生。体育方面也先后在海淀区和北京市中学生运动会里取得名次，并创造了 200 米的北京市少年组纪录和 400 米的学校纪录。然而，即便我的功课很好，但仍被班主任和一些自认为"红五类"①的学生看成资产阶级出身的另类。一次班里选我做"俄文课代表"时，以革干家庭出身自豪的学习委员，便特意模仿聘请党外专家的词语宣称我为"统战对象"。我们高三班的班主任，一个教政治课的模范教员在找我谈话时，也不断警告走"白专"道路的危险，告诫我要在"又红又专"的同时背叛资产阶级家庭，不断进行思想改造。

---

① 这是当时的一个流行政治词汇，指家庭成分为革命军人、革命干部、工人，以及贫农和下中农的学生。

允明：看来咱们从中学时代直到后来，都因为妈妈是"右派"和"资产阶级家庭出身"而引来无端批判。当时我化学课的分数比较高，就被说成是有"学好数理化，走遍天下都不怕"的"白专道路"思想；俄语课分数不够高时，又批评我是"不愿为无产阶级政治学习"。到高中毕业时，教政治课的班主任在给我写的评语中，甚至写下了"有灰色人生观"这样的句子。幸好因为我学习成绩好，曾获得了1958年"大跃进"期间教育局举办的"全市高中化学竞赛"第二名，同时体育运动成绩也很出色，参加各级运动会每每获奖，而在同学中威信很高地连任了三年的学生会体育部部长。尽管当时在心理和思想上承担着无时不在的无形政治压力，但我没有被整垮，至少在大家眼里仍是个开朗、乐观和上进的同学。

巫鸿：虽然我在学校里的数理化各科成绩都不错，但我最喜欢的还是文科和艺术，希望将来能够做个艺术家，因此在高三分科的时候报了"文科班"，凡有假期也都用来出外画写生。一〇一中所在的圆明园废墟为我的艺术实践提供了无穷无尽的资源——特别是故园东北端的"西洋楼"废墟，不断吸引我回到那里。我第一次发现这个奇妙的地方是在初中二年级，那时我和爸爸住在中关村宿舍，爸爸有一次从中国科学院图书馆里借回一本关于圆明园的书，书中详细地描绘和说明了每个景点的原状。我就

圆明园远瀛观遗址

用了几个周末去一个一个地搜寻,发现原来的大湖"福海"当时已成了广阔的稻田,中间隐隐可见"蓬岛瑶台"留下的太湖石。"西洋楼"废墟离学校最远,那时候还没有辟为公园,也没有明显的道路通往那里。想去哪里,就需要确确实实地"披荆斩棘",到达时满身都是酸枣刺辣出的血痕。"远瀛观"的残损石门保存着优美的曲线轮廓和精细的浮雕,是我反复描绘的对象。可惜现在一张都没保存下来。最后画的一幅是一张相当大的水彩画,送给了当时比我低几班的同学卡玛(韩倞)。

允明:记得那时因你对绘画有兴趣,妈妈在暑假期间物色到胡同里的一位鹤发童颜、留着长长白髯的大爷,就花钱请他来家做模特。你和王瑞霖两人在北屋画了几天他的人像素描。我记得你画的那幅肖像非常好,可惜带回学校以后我再也没有见到。

巫鸿:整个看起来,虽然咱们两人都受到家庭背景的影响,但我要侥幸得多，考大学和研究生的时候都碰上了国家政策相对缓和的时刻。到 1963 年高中毕业，我最想进中央美术学院学艺术，对油画和雕塑两科特别感兴趣。但遗憾的是那年美院除了美术史系之外，别的系都不招生。美术史系招人也很少，全国一共只收十个。但我还是想试试，心想反正这个系是在美术学院里面，肯定和艺术有关。我当时对"美术史"毫无理解，也没有读过介绍这个学科的有关书籍。这类中文书籍在五六十年代也还都不曾有过。其实，我最初听到"美术史"这个词的时候，还以为是"美术室"。因为一○一中就有个"美术室"，我在那里画了六年画。只是在进了美院后才逐渐了解了"美术史"的内容，而且越来越喜欢这个学科。

那时艺术学院考试比普通高考提前举行。到了考试的日子，我去了坐落在王府井帅府园的中央美术学院。当时先考了文化、外语、素描等课程，最后是口试。记得考场屋子里，在一张长桌后坐着四位考官，后来才知道都是美术史系的老师。在提问过程中，一位女教师又一次问到我在那个年代里难以躲避的问题："你对你自己的家庭怎么看？"对此我早就想好了答案："一个人无法选择自己的家庭，但可以选择自己的事业，我的事业和理想就是要做一个好的美术史学家。"从考场出来后我感到很沮丧，感到说不定又会重蹈三年前报考美院附中的覆辙，

巫鸿中央美术学院入学登记表

再次在"家庭"这个问题上跌跟头。但因为经历得多了，此时也只能抱着听天由命的态度。谁知当通知书寄到家里，打开一看居然被美院录取了。现在回想起来，我们的命运都是被更大的国家命运所左右。

允明：妈妈在 1963 年被摘掉"右派"帽子之后，我其实有机会再报考大学。但 1960 年因"家庭问题"没能考取，也不敢奢望有上大学的可能，更没有时间做参加高考的准备。外加小家庭的建立和孩子的出生，便彻底放弃了再考大学的念头。

巫鸿：在等待上大学的那个暑期里我做了件有点疯狂的事：一个人骑自行车去天津，重访阔别已久的姥姥家。大概是骑了八九个钟头吧，傍晚时分才找到那栋似曾相识的楼房。那时姥姥、五舅等人都已去世，但从小教我画画的九舅还在。他和往常一样，仍然是整天乐呵呵的，看到熟人老远就打招呼，而他的熟人也确实到处都是。他见到我特别高兴，知道我计划去天津各处画风景写生，就坚持陪着我，给我背油画箱、拿油画布。此时我们俩好像换了位置：原来是我跟着他去画画，现在成了他跟着我而且还特别自豪，见了熟人就说：我的这个外甥，考上中央美术学院了！弄得我很不好意思，好像是去各处炫耀。不过我对那次画的两张画还是相当满意的，主题都是天津的海港。我从小喜欢海洋和船只，海港上装货和卸货的轮船、冒烟的小型渡轮、忙碌的水手和工人，都非常吸引我。可惜的是这两幅画在"文化大革命"中遗失了。

允明：工作后的 1963 年，一场百年不遇的罕见暴雨气势汹汹地向河北省及北京袭来。刚开始只是房山县下大雨，我们还不太以为意，但从 8 月 4 日起北京城里也开始下雨，沥沥啦啦地下个不停。到 8 月 8 日入夜 12 时后，雨量骤然增大，只朝阳区来广营一处，24 小时降雨量就超过了北京市平均年降雨量的三分之二。紧接着城区、近郊区河道漫溢，护城河水位也迅速拉高，超过历年最高水位……简直像水漫金山一样，在这个趋势下北京城全线告急。

幸而北京市区各级政府动员和组织了五六万名干部和群众，在威胁城区安全的南护城河左安门、东护城河东直门两个险段现场，分别筑起两条400多米长的土围堰，挡住了将要漫溢的护城河，保住了城区。

面对北京百年一遇的暴雨和四处的一片汪洋，虽然还不见有船只来往，但厂桥、新街口地区、积水潭医院都被泡在了没膝深的水中。我们学校的校舍是紧邻积水潭医院的老平房，也全都被淹。当年虽然没有任何联络工具，但多数老师都不顾自家被淹的困境，傍晚时分便迅速赶到学校。大家分工合作，男老师们为了保护处于地势较高还未被淹的教室，用砖头在前后门砌了半人高的小墙进行拦水；有的人把已进水教室中的漂浮课桌椅尽快抢救出来；有的则转移可能被淹房屋中的物资……这种没有间歇，也无人喊累、不见硝烟的战斗，一直延续到了仍在下雨的第二日清晨。

巫鸿：由于北京发大水，美院的开学日期也延迟到9月中旬。进入美院后我见到了新同学。比起中学同学来，这十一个人（除了本届考上的十人之外还有插班生杨霭琪）个个不同，每个人都有自己的特长和独特经历。以后成了我挚友的张郎郎从外语学校过来，会说法文，因为父亲是工艺美术学院院长张仃而与美术界有密切联系；意西单曾和扎西仁次是藏族，是系主任金维诺为培养藏传佛教美术研究人员而特招的；陈云鹏是画家，还是印尼华侨；开学后又来了一个越南留学生……我们的班主任程永江

1963 届美术史系新生去北京碧云寺郊游，右排中间面向镜头的是巫鸿

是京剧大师程砚秋的儿子，曾在苏联列宁格勒列宾美术学院学过美术史。总之，我感到自己进入了一个全新的环境。

我随张郎郎认识了油画系第三画室的一批高班同学，包括姚钟华、李喆生等人。第三画室是董希文先生在此前不久建立的，主要方向是进行现代派艺术实验，在当时可说非常大胆。前一年从这个画室毕业的袁运生的毕业创作《水乡回忆》，由于使用了西方现代派的变形方式也引起很大争议。这些尝试对我来说都极为新鲜，吸引我去阅读和了解有关艺术、电影和实用艺术中的各种现代主义潮流。记得当时我在班里主编了一个"板报"一样的栏目，就是把同学的写作和艺术作品贴在教室后壁的墙上，一两个月换一次。我为第一期写的文章是对"法国新浪潮"电影的介绍，是因为我陪妈妈去电影学院看了一场"内部电影"，就是获得上年威尼斯电影节金狮奖

袁运生《水乡回忆》 1962 年

《去年在马里昂巴德》中的一个场面

　　的《去年在马里昂巴德》。虽然我完全没有看懂，但这部
电影如此特殊，那种虚虚实实、把现实和记忆穿插起来
的方式非常吸引我，就找了些资料写了这篇文章。记得
程永江老师来看我们的时候，特别用心地把这份挂在墙

巫鸿在"四清"运动中填写的调查表格

上的文章从头读到尾，这使我对他感到更为亲近。

1964 年 9 月，也就是我大学二年级开始的时候，中宣部宣布把中央美术学院作为"社会主义教育运动"试点。美院的"社教运动"主要在老师中间进行，学生不直接参加，我们虽然仍然上课，但教员的态度明显更为谨慎，西方美术史课也停了。记得我为"美学"课写了一篇小文章，其中提到乔托、贝多芬、米开朗琪罗等艺术大师，把他们比成天空中的恒星，结果被老师严厉批评，得到一个我从没得过的"不及格"。这些事情逐渐改变了我对美院的印象。那一年中，全体美院学生还被送到京郊怀

1964 年巫鸿在怀柔放羊

柔县去参加"四清"运动。我们被分配到了一个有着很奇怪名字的"大色"村,我被安排在村中最贫苦的家庭中,和贫下中农"三同"(即"同吃、同住、同劳动")。虽然每天晚上的批判会让我昏昏欲睡,但农村的开阔景观,包括村旁边广阔的怀柔水库,都让我感到了难得的放松。我还保留了一张在怀柔放羊的照片,脸上的笑容不是装出来的,确实反映了当时的真实心情。

允明:那时候北京很多中央机关工作人员和高等院校教师都组成了"四清工作队",被派到全国各地的农村去协助"四清"工作。妈妈当时随中央戏剧学院被派往陕西省的三原县。

她这个人特别认真实在，把这个任务当成是接触农民、自我改造的机会，因此特别努力地深入农户，被当地农民亲切地称为"北京老孙"。三原县虽然属于陕西省比较富裕的地区，但当时仍以油灯照明、伙食主要是"以瓜菜代饭"。由于工作繁忙、也为了尽量节省灯油，妈妈很少给家里来信，即使写也都是些报喜不报忧的"平安家信"。

我教书的小学也开展了"四清运动"，重点主要是查"预算内"和"预算外"两本财务账目。为此，我被派到附近银行学习会计业务和如何核对账目，之后便开始对"预算外"账目，进行学校最大收入来源——学生数年来交的"学杂费"与"免学杂费"的查对与核实。没料到几个月进行的账目核查，还真发现了一两项小问题。校领导暂停了总务兼会计王老师的职务，指定由我来顶替。这一下我就干了长达四年之久，负责全校的经费管理、工资发放和一切物资采买等工作。为了节约开支，我常常骑车到远郊区去购买支农物资，到工厂购买下脚料。秋季开始时要招聘临时工来"摇煤球"、冬天来了要招聘"生火工"为教室冬季生火取暖。一旦"生火工"请假，清晨不到五点去教室"生火"便成了我责无旁贷的工作。

巫鸿：虽然我的履历上写着 1963 年至 1968 年间在美院美术史系学习，但实际上课的时间其实不到两年。1964 年去怀柔参加"四清"之后，整个美术学院在 1965 年秋季又被

1966 年邢台地震后的村庄景象

送到河北邢台，参加长达一年之久的"四清"运动。那是个相当难忘的一年：我从开始时的极度低沉和痛苦逐渐习惯了农村的节奏，也爱上了乡村的简单生活与朴质的人际关系。我的体质因曾经过体育训练，而轻易地成为各项劳作中的领先者；在"四清工作队"里我也结识了新的朋友，最主要的是"八一足球队"守门员王立仁，一个高大爽朗的东北人，我们曾一起从邢台城里买了一个"五香驴屁股"，晚上偷偷跑到野外共享；1966 年 3 月 8 日发生了震级为 6.8 级、震中烈度 9 度的"邢台地震"，使我感到死亡从未如此的迫近。这些都不是课堂里能够学到的知识，但肯定是我生活中的重要部分，对我的性格形成起了重要作用。

美院师生在 1966 年 5 月从邢台回到北京。当我在学校里见到久别的张郎郎（他因为心脏病没有下乡）时，他把我拉到一边，悄悄对我说：一个大变化就要来了。

家的离散

运动开始

允明：看来张郎郎告诉你的这件"大事"，就是 1966 年开始的"文化大革命"。

巫鸿：6 月中旬，北大附中、清华附中和师大女附中的红卫兵进入了美院，在教学楼前站列成排，反复高唱他们的《造反歌》。大部分美院学生挽起胳膊，挡在教学楼前不让他们进去。这是我记忆中美院师生作为一个整体的最后一次统一行动。此后不久，美院内部也出现了大大小小的"红卫兵"组织，我们这些"黑五类"家庭出身的学生，便成了自己校园里的异类。

允明：在"破四旧"的浪潮中，"红卫兵"小将随意闯入不同单位和私人家庭，砸烂和销毁一切在他们看来属于"封、资、修"的东西，包括：门匾、雕像、书籍、旧式服装、高跟鞋和钢琴、小提琴等西式乐器。为了躲避这种灾难，妈妈先行对父亲的西装、领带、自己的高跟鞋，以及姥姥留下的丝绸等物资进行了处理。由于害怕焚烧这些东西冒烟而惹人注意，妈妈从杂货店买回许多包黑色染料，将剪碎的衣物、绸缎放入黑颜料水里浸煮，然后或分批混在垃圾中倒出去，或捆扎成拖地用的墩布。

巫鸿：有一次从学校回家，妈妈把两只小手表和几件首饰交给我，让我想法扔掉。我采用了一个简易方法——咱们家胡同口外就是后海，我走到湖边，像体育课中扔手榴弹那样把它们扔进了湖心。到"文化大革命"后期，后海和前海忽然出现了不少"捞蛤蜊"的人，其实是去找"破四旧"期间人们扔到湖里的东西。据说捞上来的东西形形色色，从首饰、古玩到一捆捆钞票应有尽有，我不知道妈妈的小手表落到了何人手里。

允明：当时咱们家被定为"资产阶级家庭"，但因为我们和邻里的关系不错，没有遭到居委会"革命派"的抄家。可是附近学校的红卫兵，随时会到我们这类"黑五类"家中来进行"革命"。那时你也被造反派隔离，不知被关在什么地方，爸爸和妈妈也分别被他们各自的机关和学校隔离审查。原来还有家人进进出出的后海小院，一下子冷落得只有我的三口之家和由阿姨照顾的巫谦。被抄家的危险使我惶惶不可终日，每天下班回家前，总要先站在胡同口观望一下大门口是否有被"抄家"的迹象，判断平安无事才敢进家门。

有一天，我在学校上班的时候，附近中学的几个红卫兵闯进了咱们家，问阿姨这家人是"地主"还是"资本家"。阿姨说不像地主也不像资本家，他们天天总是在写字看书，好像是教书的。这一行人进了北屋，看到满屋书柜中竟有外文书籍，几个红卫兵便如获至宝地刚要"开砸"，那位军代表突然看到一个书柜里有一张毛主席和全国科学工作者的合影，就问阿姨相片里面有没有这家的人。阿姨不清楚，便叫来了我的儿子晓雷，那时他上小学二年级，这天下午没课正好在家里。他马上指给军代表照片中的外祖父，才幸免了我家的一次劫难。

其实，爸爸和妈妈为了教育咱们要谦虚做人，从来不允许把获得的奖状和他们与国家领导人合影的照片摆放出来。这张毛主席与全国科学工作者的合影，是因为照片盒子坏了，还是阿姨自作主张把照片临时放在了书柜的玻璃拉门里面。

允明：当时中央文化大革命小组发表声明，支持各地学生前往北京交流革命经验，同时也支持北京学生到各地去进行革命串联。就此，全国性的"大串联"活动如星火燎原般地开展起来。北京的各个单位为了表示支持"无产阶级革命运动"，都成立了像免费旅行社一样管吃管住的"红卫兵接待站"。一时间红卫兵南来北往乘坐火车不用买票，到各单位食堂吃饭不花钱……他们蜂拥般地涌入北京，到天安门广场接受毛主席接见。

在上级革委会的指令下，我们把学校的课桌拼成睡铺，把几间教室改建为厨房，添置了大锅、大灶和厨具碗盏，运来上级下拨的米面和菜蔬，到居委会搬回从各家收集来的棉被褥……一时间全体教师都成了"红卫兵接待站"

的服务员。像我这样家庭出身不好，但被看成"可被教育的子女"的教师，都希望在接待红卫兵工作中表现出因改造带来的进步。从此，我们这一行"火头军"就开始了每日从凌晨四点直到半夜的种种服务。其中包括安排随时到来的上百名"革命小将"的住宿；站在灶台上，手握铁锹翻炒直径两米大锅中的各种菜蔬；在四个人才抬得动的多层大蒸屉里蒸馒头、捞米饭等。同时，为了保证红卫兵小将在奔跑一天后能够消除疲劳，每晚回来有热水泡脚，我们必须要时时准备好热水。当时我们使用的锅炉是一个比较老旧的热水炉，向炉膛里泼洒湿煤末和扒出烧成片状的炉渣都需要一定技术。作为接待工作的"后勤"负责人，这些工作也就都由我负责操作。但一次因我必须外出办事，将烧锅炉的任务临时交给了另一位老师。没想到等我回来一看，锅炉上的温度计已上升到了98度，吓得我一把推开了那位老师，并让所有人都站到院子里，避免万一再度升温引起锅炉爆炸事故。接下来我手拿长长的大铁钩，企图按照常规把炉渣一片片勾出来。哪知道因为添煤不规范，造成炉渣熔成一团。看着还在徐徐上升的温度计，急得我使出了吃奶的气力，用大铁钩拼命敲打炉渣，终于把打成小块的炉渣拉出了炉膛，使温度计上的红色标柱开始渐渐下降，避免了事故的发生。刚刚的紧张和劳累，使我顾不上擦像水中捞

十九路军淞沪抗日将士陵园

出来一样的汗水，累得倒在地上爬不起来了。

巫鸿：实际上，那时候我也成了"大串联"中的一员，但我没有加入任何红卫兵组织，也没有去各地进行"破四旧"和"大批判"，而是利用这个机会去开阔眼界。当时学校已经停止上课，我和几个朋友就商量：既然拿着学生证可以不花钱跑全国，我们为什么不利用这个机会到外边转转？于是我就出去"串联"了两次，都是先坐车到广州，原因是当时火车非常拥挤，如果能挣扎着上去，就希望去到最远的城市，然后再慢慢往回走。

第一次"串联"，我是和"蒋家"的几个人一起去的。"蒋家"是指抗日名将蒋光鼐的家庭，蒋光鼐和蔡廷锴所统领的十九路军在"九一八"事变后驻守上海，奋起抗击日军，蒋、蔡二人——他们分任十九路军的总指挥和军长，都成了当时的著名民族英雄。我是在1964年通过张郎郎认识蒋家兄妹的，他们家在离美院不远王府井旁的

十九路军淞沪抗日阵亡将士纪念碑

大甜水井胡同，因此很容易前往聚会。蒋光鼐有五个女儿、四个儿子，排行第六的女儿蒋定粤那时正和张郎郎谈恋爱，排行第八的女儿蒋定穗成了我的女朋友。我和她，还有她的妹妹蒋定桂、外甥蒋思远一起组成了一个"串联"小组，到达广东后先瞻仰了"十九路军淞沪抗战阵亡将士纪念碑"和"十九路军淞沪抗日将士陵园"，然后乘木船去蒋光鼐的家乡东莞虎门，参观了蒋氏故居"荔荫园"——那时已成为一座废墟，又寻访了林则徐抗击英法联军的虎门炮台遗址。此后我们转向西行，目的地是广东省南端的湛江和海南岛的海口，但因为精疲力竭和成员生病而半途告退。

隔了几周，我又和同班同学陈云鹏——那个印尼华侨画家，再次挤上载满串联学生的绿皮火车去了广州。这次我们沿着海岸前往福建，经过了潮州、漳州、厦门等城市。一路的经过无法细说，值得一提的是到达漳州时虽

60 年代的上海货轮码头

暮色已降，因我们都是大汗淋漓，便立即跳入九龙江的入海口处游泳，没料到因为不熟悉水流的速度而差点淹死。厦门是陈云鹏的老家，他便留在了这里，我则一人转道去了上海。到那里后我去了上海轮船公司的"工人造反兵团总部"，声称自己希望上船体验水手生活。我确实从小就向往海上的生活，尤其是不久前读了美国作家杰克·伦敦的传记《马背上的水手》，进一步加深了我对海员生活的向往。接待我的造反派头头有些惊奇，因为我是第一个表示有这种希望的来自北京的学生。他说船上的工作十分艰苦而且没有报酬，但见我十分坚持，就批准我上了一只来往于上海、青岛、大连之间八十多米长的波兰造货船。我的工作是帮助装货和卸货，以及在航行中给甲板去锈和刷漆。这些都是极为枯燥的工作，但让我十分着迷。如果不是一个多月后政策有所变化，我被要求下船，否则我可能会就在上面待下去了。

运动深入

允明：半年多接待红卫兵的"后勤"工作结束后不久，我和一些年轻老师便接到了中学生要下乡"学农"的指示。当时由于中学校舍紧张，一些有校舍条件的小学成为"戴帽中学"，继续进行初中一年级的教学。因此我们这些曾经接待过红卫兵的"后勤"人员，再次组建了"炊事班"，提前到达了南口农场二分场——苹果种植园，为学生"学农"做准备。为了能获得一些自由玩耍的时间，我们"炊事班"全体尽快安排好了男女生的宿舍，清扫了厂部借给我们的伙房，也准备好三天后大队人马到来时的第一餐食品后，便开始享受农场生活的快乐。南口二分场很大，满园都是"国光""红玉""印度绿"等不同品种的苹果树，从早到晚耳中鸟声不绝。对此我们早有耳闻，所以来农场前特别把学校的两支气枪也带了过来。大家分工合作，前往不同方位视察鸟群最集中的地方。没想到小鸟最集中的地方并非是果园，而是马厩中喂马的食槽，因为即使马匹吃完食槽中的草料，仍然会在边角处剩下不少的黑豆等饲料。在得知这一"情报"后，我们的气枪便集中到饲养二十匹马的大马厩周围，开始进行埋伏和射杀。一小时后清点战果：乌鸦、喜鹊、麻雀，还有大小不一叫不上名字

1967年学生在南口农场"学农"时的"炊事班"合影，前排左起第一人为巫允明

的鸟，满满地装了一脸盆。因为我们的厨房还没有点火，就找职工食堂的大伙房要了开水，大家一起动手褪毛、开膛……食堂大师傅看到我们的辉煌战绩也赞不绝口，主动在晚餐时为我们做了"油酥飞禽"，使我们大饱口福。

紧接着大部队到来，我们这一行"伙头兵"便投入了紧张的炊事工作：每天四点起床，从事一日三餐所需食材的购买、清理和制作，到晚上便恨不得能早早倒在铺位上休息，再没了"打鸟"和闲逛的精力和机会。

在南口二分厂的"学农"劳动，一直延续到十月的摘果季节。"摘苹果"看似很容易，其实是一项技术活。由于不正确的采摘方法会影响到苹果的外观，所以都由农场工人站在梯子上一个个地摘，学生们负责传递、根据品种和大小对苹果分类，以及搬运工作。树下一框框通红的"红玉"、红绿相间的"国光"、浅绿色的"印度绿"，配上树上面的葱绿色树叶，简直构成了一幅《果园丰收》

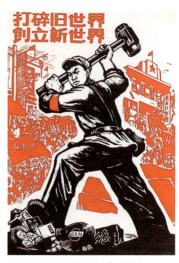

中央美术学院"文化大革命"宣传画

的图画。外加上四溢的果香，师生们个个为自己的劳动收获而欢欣。

巫鸿："串联"回来后，我和我的朋友由于当时学校没有开课也回不了家（我在后海家里的屋子此时已被"充公"），就只能在四处晃荡，过起了一种"波西米亚"式的生活。那时我经常见面的人有张郎郎、彦冰、周七月、董沙贝、吴尔鹿、韩增兴等人，也不时去蒋家与蒋定穗和她的兄弟姐妹聚会。我们共同爱好的活动，包括读书、画画、听音乐、郊游、游泳、滑冰……常去的地方有香山、颐和园、圆明园遗址、东郊小树林、周七月的家……但在1967年后，我对这种社交活动越来越不感兴趣，越来越沉浸在囫囵吞枣地读书之中。所读书籍的内容毫无系统，只要找到一本就从头读到尾。在这许多书中，哲学、古文和经典文学作品最吸引我，我也就开始大段大段地背诵庄子、韩非子的文章。到了1968年，美院版画系学生彦冰——他是我那时来往最密切的朋友——去四川看望女友时，把他在美院"留学生楼"里的房间转让给了我。我用黑纸把整面窗户全部糊满，便开始在这个空间里浑浑噩噩、不分日夜地读书和睡觉。

允明：你所说后海家里你的屋子被"充公"，这是因为街道革命委员会在"工人阶级领导一切"的最高指示下，以给资产阶级家庭"掺沙子"为名，强行让一个自称为"工人阶级"的家庭迁入了咱们家的院子，占了你原来住的西屋和西跨院的北耳房，名曰对我们家进行监督和改造。

巫鸿：我的"逍遥派"生活在 1968 年被突然打断。那年从 5 月起开始了全国性的"清理阶级队伍"运动，简称"清队"。大大小小的斗争会和批判会成了日常景观。"清队"一直持续到 1970 年。我们这些希望游离于"文化大革命"之外的人，终于成为这场批判浪潮的对象。

允明：当时每天上下班，大家都要进行纯属形式主义的"早请示"和"晚汇报"。全家人被分别隔离、互不知音讯，精神都处于极度紧张和压抑之中。在咱们家工作了十几年的阿姨被迫回了老家，家里只剩下在学校工作的我和不足十岁、患有智障的小弟。上海的叔叔和婶婶了解到这种情况后，提出把小弟送到上海由他们帮助照顾。这个建议对我真是一场及时雨。从此我们家便真的是四分五裂、天各一方了。

身穿部队造纸厂制服的巫鸿在宣化街头

接受"再教育"

巫鸿：1969年初的一天，我忽然被告知：中央美术学院包括1966，1967，1968年三届全体在校学生，将被送到河北宣化，去接收"再教育"。在这以后直到1973年春天的漫长岁月中，我什么重活、苦活、脏活都干过，包括赤脚下到塞外的冰水中种水稻、在装备原始的造纸厂里切割稻草和制造纸浆、在满地泥泞的酱油厂里刷瓶子碾黄豆、在伸手不见五指的土煤矿里装煤和拉煤车……

我的身份随着时间的前进也发生着不断的变化，从"现行反革命分子"变成"帽子拿在群众手中"的"摘帽反动学生"，接着又变成了"有问题但可被教育改造的学生"。最后连这个称号也被取消了。1973年春我们的"学生连"终于解散，所有学生被分配工作，我被分配到了故宫博物院。

巫鸿在宣化钢铁厂劳动

劳动中歇息的巫鸿

中央美术学院"学生连"部分同学在宣化下八里煤矿劳动，右起第二人为巫鸿

这段时间中有两个难以忘却的时刻，一是由于"学生连"的解放军连长和排长认为我在劳动中表现优秀，批准我于1971年去河南信阳，到经济研究所在那里建立的"五七"干校去看望家人（关于"干校"的情况见下文）。在这之前妈妈已经离开那里，回到中央戏剧学院在河北蓟县办的干校。走在围绕干校的田野上，我找人给爸爸、巫谦和自己拍了张合影，寄给远在他方的妈妈和你，好

巫鸿和爸爸及小弟巫谦在河南信阳市息县"五七"干校 1971年

让你们知道我们都好，因此留下了这张宝贵的照片。

当时爸爸、妈妈在干校中，由于本身根本没有政治问题，军宣队与工宣队对他们的管理也渐渐宽松。隔年母亲因病被批准回北京就医，顺便到宣化看望了仍在那里进行改造的我。我们一起去宣化城里的照相馆拍了张照片，记得照相师一定要让妈妈坐得高一些，以表现二人间的长幼尊卑，我当时剃了小平头，有点像个解放军战士。这两次与爸妈的实际接触，重新建立起我和家庭的联系。虽然身处异地但"血浓于水"，在如此艰难的环境中，家庭的纽带还是最可依靠的财富。

另一件近乎偶然的事，是我原来的女朋友蒋定穗被分配到离宣化不远的张家口农村，去接收贫下中农的"再教育"。之后因她会弹钢琴被吸收进入张家口市文工团。由于地理位置的靠近，我们从70年代初开始在周末互访，加深了彼此之间的"患难之交"之感。

巫鸿和妈妈在宣化　1972 年

干校经验

◆

允明：1969 年 11 月，中国科学院哲学社会科学部（以下简称
"学部"）所属的 13 个所和一个情报研究室的全体员工和
家属，都被分批下放到"学部"建立的"五七"干校中，
先是在河南信阳地区的息县，以后搬到同一地区的明港。
学部干校所在的息县东岳公社是个很偏僻的地方，经济
所全体职工加上家属约 300 人，住宿成了最先遇到的大
难题。由于没有宿舍，只好安排男的住进一座棉花仓库，
女的住公社粮管所，家属分散住在卫生所和兽医院。容
纳了 140 多人的棉花仓库硕大无比，坐北朝南，东西两
侧各有一扇赭红色大木门，只在高处开有几个小气窗。
女同志所住的粮管所六七人一间，条件稍好一些。为了

进一步解决住宿问题，"基本建设"成为干校劳动的头等大事，先建作为临时性住所的席棚子，再逐渐建造土坯房。作为"先遣队"的经济所是"学部"中最早来到东岳公社的，爸爸从1969年11月开始，在这里生活了一年零五个月。此期间虽然也干些农活儿，如积肥、夏锄、秋收等，但主要的劳动是围绕基建项目脱土坯、建砖窑，同时为了日后能有水灌地，打了一口30米深的机井。"脱砖坯"和"打井"都是壮劳力才能胜任的工作，当时爸爸已经60多岁了，但因他"身体健壮"，被分配去参加"打井"工作。

妈妈所在的中央戏剧学院，1970年5月也宣布全院员工除老弱病残者外，集体下放到北京军区某部在河北省玉田县设立的"五七"干校。虽然妈妈患有严重的心脏病，应属于"老弱病残"之列，但也被要求必须前往。妈妈提出希望参加"学部"在息县的干校，以便照顾爸爸和小弟。小弟这时还寄住在上海叔叔家里，但毕竟不是长久之计。比较通情达理的戏剧学院军宣队同意了妈妈的申请后，她就作为家属，来到了息县爸爸所在的经济所"五七"干校。

妈妈由于身体不好，先是和其他一些病弱人员承担了"打秫秸把"的工作：每次从大堆秫秸垛里抽出十根左右的秫秸，排齐后用麻绳扎紧，成为席棚屋顶的材料。以后她又被分配到鸡场，负责二百多只鸡的饲养工作。智障的小弟则担任了看守宿舍、驱赶牛羊进入住宿区的任务。繁重的劳动和毫无营养的果腹之餐，使他们的体重日益下降，个个瘦骨嶙峋。

息县紧靠黄河，气候潮湿。虽然妈妈到经济所干校时已建好了一批土坯房，但并没有分给带孩子家庭单独的住房。听妈妈回忆说，他们和小弟三人当时住在一座半坍塌寺庙的进门处，原来是供奉"哼哈二将"的山门，后来又做过猪圈。这间难挡风雨、墙壁终日潮湿的陋室，使妈妈在四川李庄留下的风湿性心脏病频频发作。当地春夏多雨，一到雨天便是屋外大下、屋内小下。每逢这种夜晚，爸妈和小弟只好紧靠在一起，躲在一块面积有限的塑料布下过夜。心怀宽广的爸爸还乐观地说：全家五口人能有三口生活在一起，毫无拘束地掌烛赏雨，这是何等的惬意啊。

巫鸿：小弟巫谦的降生正赶上他们生命中最困难的时期，但不论他们在"反右"和以后的运动中承受着怎样的政治重压，他们对弟弟永远是最体贴的父母，希望用无微不至的关怀弥补命运对弟弟的不公。妈妈尤其投入了大量时间和心力教弟弟各种功课，坚定地认为不能因为弟弟是个残疾人就放弃对他的教育，而是应该争取一切可能，使他过上正常人的生活。在她的持之以恒的督促下，弟弟渐渐学会了写字，甚至以之为乐。他也发展出其他的兴趣，如听无线电中的新闻和歌曲，坐公交车看时刻表，计算到达每站的时间。他从不发脾气，见人总是乐呵呵的，这也使他赢得了人们的关心和照顾。妈妈对他的爱心和耐心，使在干校经济所的张纯音大受感动，说此等母爱真是惊天地、泣鬼神！

允明：当"文化大革命"结束后妈妈回到中戏教书，她向校方提出了一个重要的要求：承担帮助残疾人的公益责任。在国家法律的保证下和当时图书馆馆长的支持下，图书馆给巫谦安排了力所能及的室内清洁、闲暇时抄录图书卡片等工作。在妈妈的心中，弟弟成了机关的工作人员，以有限的能力对社会做出贡献而得到了最大的安慰。

巫鸿：我读过徐方写的《干校札记》，她是经济所研究人员张纯音的女儿，当时随母亲去了息县干校，之后根据记忆写了这本非常有意义的书。书中提到有关妈妈的不少情况。她说她 1969 年年底刚到干校不久，就常常看见一位五十岁出头的妇人，走到哪儿都带着个智障的孩子。她脸上冻起了一块一块的冻疮，包着土里土气的方格头巾，乍看像个村妇。可她妈妈却对她说："她是莎士比亚专家孙家琇，早年留学美国，学问了得！很想跟她成为朋友。"徐方说她管妈妈叫"孙阿姨"，记载了因为妈妈身体不好、患有严重的心脏病，按说应该时刻小心，可她干起活儿来特别卖力、什么脏活儿、累活儿都抢着干。"脱坯"是壮劳力的活儿，她也一定要参加、简直不要命了！几次发作心绞痛，非常危险，靠吃硝酸甘油才缓过来，现在想起来都后怕。最使我感动的是徐方对妈妈和巫谦关系的记述：

> 孙阿姨对小儿子好得无以复加，走到哪儿带到哪儿，寸步不离。小儿子性格温顺，总是笑呵呵的。他完全没有数字概念，可对别人出的任何一道简单算术题，总能立刻说出答案，当然没有一个是对的。不过，他的记性却出奇得好。很多年后，有一次我从日本回国，往他们家打电话。刚说了一个"喂"，那头儿马上就叫："咪咪姐姐……"令我惊讶不已！
>
> 下干校后，一些带家属的人借住在老乡家，一排茅草房中用席子隔成几间，完全不隔音。每天晚上，我们都能听到孙阿姨给小儿子上算术课："除法就像一座房子，房子里面住着被除数，外面住着除数……"这个"故事"重复了无数遍，可儿子怎么也听不懂。母亲大受感动，说此等母爱真是惊天地、泣鬼神！其实她自己何尝不是如此，不断地给弟弟教算术、教语文，甚至还教英文，不知花费了多少心血，盼望孩子有朝一日会"开窍"，直至她生命的最后一刻……①

---

① 徐方：《莎士比亚专家孙家琇的故事》，见本书附录四。

允明：我也读过徐方的这本书，注意到其中写到爸爸的同事、著名经济学家顾准对爸爸有很高的评价，"他很了解西方经济学流派，有真学问"。当时经济所的一些人对爸爸的研究不熟悉，顾准就跟吴敬琏说："巫先生实际上一直跟踪着世界经济学的演变，对现代经济学的源流十分清楚。只是由于政治原因变得很谨慎，绝口不谈西方经济学，而只谈中国古代经济思想史，如管子什么的。"徐方和顾准比较熟，说"巫先生经常向顾伯伯推荐一些新的经济学著作和文章"，而且也是顾准讨论有关经济问题的主要对象。

巫鸿：在当时的政治气氛中，妈妈参加息县干校可说是件幸运的事。因为这个干校里知识分子成堆，聚集了中国顶级的经济学家，包括顾准、骆耕漠、吴敬琏、董辅礽、汪敬虞、赵人伟等人。他们从骨子里都崇尚有知识的人。这种环境使母亲免受了在其他地方可能遭到的歧视，甚至还受到尊重。所以后来她曾感叹："当年幸亏跟随宝三下到了经济所的干校，这一步算是走对了。"但后来因为她是干校的"外来户"，得按规定返回本单位中央戏剧学院在河北蓟县办的干校去"参加运动"，因此爸爸和妈妈又分开了。后来妈妈在爸爸去世后写的回忆录中说，这次分居后她比以前各次都更牵挂爸爸，因为在离开之前已经看到爸爸的头发已大大地发白了，人也异常消瘦，像是一下老了好几岁。但以后又听说社会科学院的干校搬到河南明港，吃住条件有所改善，才放下心来。[①]

允明：这段时间里我一直在北京的小学教书，在剩了一半的自家小院里"坚守"。

从1970年开始掀起了"学军"和"拉练"活动，我们这个"戴帽中学"的小学也必须带领初一学生，接受徒步远途的"拉练"锻炼。在军宣队连长的带领下，参加"拉练"的师生个个身背背包，从头到脚一派军人打扮，在1971年2月7日便雄赳赳地从市区向东北方密云县进发。根据上级指示，拉练队伍每日要走40公里，路经金山岭长城后再向南经顺义县、通州区、东城区后返回西城区共计20天。对于十二三岁从未离开过家庭和走过长路的孩子以及身体不好的教师们来说，这种长途跋涉确实是一种难以承受的"锻炼"。为了"提高士气"、鼓励学生不掉队，教师组成的"宣传队"一路上跑在队伍前后念语录，说快板，带领大家高唱革命歌曲。在奋力完成一天的定额、到达"拉练学生接待站"的宿营村庄后，我这样的带队教师便马上投入每晚必做的工作：分派住房、领柴火、生火烧炕、烧开水、领干粮，给脚打泡的学生穿泡……为了锻炼师生"战时能上"的能力，"拉练"过程中至少有两次"突袭"的夜间演习：半夜间突然接到上级发出紧急集合出发的命令，十分钟内在黑暗中穿好服装、打好背包、领

① 孙家琇：《怀念比我早走了的老伴巫宝三》，见本书附录一。

完干粮，直至集合完毕。连长用秒表计算每个排的到达时间，出发时间一到便即刻开拔，未能到达者只能自行追赶。这种演习并非只是我们一校，因此在一会儿急行军、一会儿快跑的路途中，就能在黑暗中听到来自不远道路上的其他学校队伍发出的各种声响:脸盆、饭盒的碰撞声，因为没有系好鞋带、裤子穿反而发生绊倒的喊叫声……在"紧急拉练"结束返回时，太阳已经升起，便可清楚地看到路上丢失的帽子、饭盒，甚至单只鞋子。

"拉练"即将结束的返回路程中突降大雪，一个中学的拉练队伍因为归心似箭，冒险选择了通过河面的近路，结果发生了踩碎冰层、几乎造成人员伤亡的事件。我们学校按照原定时间平安返校，整整二十天的"拉练"使师生们的整体精神面貌确有提升，但这种不考虑学生年龄的高强度训练以及所造成的停课，其所得与所失，成了参加者们存在心中的长久疑问。

巫鸿: 1973 年春天我离开了宣化，时隔四年回到北京，被分配到故宫博物院工作。在此之前，社科院经济所的"五七"干校也解散了，全体人员返回北京，爸爸、妈妈和巫谦也得以回到后海家中。为了全家的团聚，大家决定一起冒雪去熟悉的中山公园，呼吸久别后的"自由"空气。在那里我们拍下了相隔十五年后的一张"全家福"合影，相片中最年轻的家庭成员是你的大儿子，我的外甥晓雷。

1973 年全家合影

全国动员

允明：1970 年初，毛泽东提出了"备战、备荒、为人民"和"深挖洞、广积粮、不称霸"的号召。立时全国上下一齐动员，掀起了一场群众性构筑防空工事的热潮。

机关、工厂、学校、居委会纷纷成立了工程队。咱们后海家内外院之间的二道门砖墙，被居委会领导认为是无用之物，不由分说地拆掉作为修建地下防空洞的材料。中央戏剧学院也开始了"人人为修建防空洞做贡献"的活动，妈妈因为有严重心脏病只能加入"老弱病残"组，每日用破菜刀清理废砖头。

不但是小学生，就连幼儿园的娃娃们也参加了这个全民运动，力所能及地做搬运泥土、砖头等协助工作。我所在的小学又开始了全面停课，老师带着部分学生去德胜门老城墙拆城砖、留在校内里的人担负和泥和脱砖坯，男老师组成的工程队建起砖窑，夜以继日地烧砖以满足砌建地下防空洞之需。刚接到修建任务时，上级既没有下拨经费又没有提供任何建筑材料，但又必须"开工"。为了解决防空洞的建材问题，我们的"工程队"在挖两米多深的第一个露天防空洞土方时，便开始去学校周边寻找碎砖和废料。一日，我们得知西直门外直到北医三

全民皆兵

深挖洞　广积粮
备战、备荒、为人民

宣传画 其一

备战、备荒、为人民

宣传画 其二

院路边正在以水泥电线杆更换长达四五米的废木电线杆。听到这消息后真是喜出望外，因我想起 50 年代看苏联二战题材的电影中，许多战壕的墙和顶部就是用破开的圆木筑成的。于是在当天半夜时分，我们便开始两个人负责用一辆手推车运载一根废电线杆的任务。长长的一列"小车队"在人们深睡的后半夜把废电线杆运到了学校。接下来便是将废电线杆按照防空洞的宽度截成段，再从中破开，平铺在用古代墙砖垒起战壕两边的墙上，然后用 8 寸长的大扒钉将一块块圆木相互连接钉牢，再在上面回填近半米高的原土，还原到院子的高度。

当时对每个学校的指标是：防空洞的总面积要达到能容得下全体师生的标准。我们学校的院子面积窄小，无法修建宽大的防空洞。面对全校千余师生必须同时进洞的要求，大家便开动脑筋，终于大胆地提出由于院子里没有地下管道与障碍，是否可以修建两层地下防空洞的想法。为了增加面积,我们进一步把这个双层防空洞设计成 L 型。这种做法几乎无人尝试过,如何砌出垂直的 90° 拐角,如何用方砖砌好上层的顶部,都成了新的难题。这时我想起曾经在北海公园看到过拐弯的砖顶长廊,就让大家先砌底层的边墙,我去北海公园查看长廊砖顶的砌法。没想到在我开始查看的长廊中,竟没有一处是拐90° 弯的。情急之中,忽然记起濠濮间似有拐 90° 弯的砖顶走廊,跑去一看,果然是功夫不负有心人。经过认真琢磨,我发现需要把砖的一头切成 45°,把两个 45° 的砖对起来就能造出 90° 的拐角。回学校后我把这个发现告诉了工程队全体队员,并选出了三名砌墙技术好的老师和我一起担任砌筑上层防空洞洞顶的任务。在大功告成后,大家为这项工作的成功发出了倾心的欢乐,把多日的劳累和辛苦顷刻都抛在了脑后。

巫鸿:记得我和几个同学那时刚到故宫不久,说是为了响应毛主席"深挖洞"的号召,被派在紫禁城里的一块空方上挖防空洞。实际上那一段时间里,虽然我们身为故宫职员——我被分在"书画组"工作,但实际上仍然是处在"接受再教育"的过程中。主要的任务是"站殿",就是在故宫的殿堂里看守展览中的展品,兼负拖地和擦玻璃等清洁工职责。当时故宫里的展览很少,我负责看守的一个展览,是太和殿两边廊屋中陈列的"近百年中国绘

故宫太和门

画展"，需要不断做的一件事，就是擦除遍布展柜玻璃上的手印和嘴唇印——一些观众吃完冰棍直接趴到玻璃上看画，留下的亲密印记。

允明：从1973年开始，江青、张春桥、王洪文、姚文元结成的"四人帮"发动了当时声势浩大的"批林批孔"运动，借机把矛头指向周恩来总理等人。

巫鸿：1975年是比较平静的一年，那时邓小平开始主持党内和国家日常工作，他把发展经济放在首要的战略地位，力图将全国的政治经济生活重新纳入正常轨道。在这个大环境中，我也在故宫里逐渐找到了学术兴趣和研究重点，从"书画组"转到了"金石组"后，开始对铜器、石刻、拓片进行比较深入的学习和研究。当院里开始对各个艺术展览馆进行改陈时，我作为"笔杆子"负责了《青铜器馆》说明的撰写工作。此外，我还成了故宫篮球队和羽毛球队的主力。羽毛球队的一个训练地点是在太和门

故宫十三排宿舍

里面，那里面的皇家"金砖"地面为我们提供了最理想的球场，阔大的屋顶挡住了风雨，敞开的两壁透进充足的阳光。当时由于单位宿舍短缺，我在故宫宫墙里的"十三排"一个小院中，建立了我和妻子蒋定穗的小家，我们的孩子凝凝在那里长大。但这种相对平静的生活，在1976年初始被周恩来总理逝世后的一系列事件打断。

允明：当时人民英雄纪念碑周围的松树林上挂满了悼念周总理的诗词，使小松树林成了一座肃穆的奠堂。我和三个关系很好的年轻教师相约一起制作花圈然后去纪念碑敬献。当时为限制民众做花圈，文具店不允许出售彩纸，我便利用负责后勤工作之便，悄悄收集了学校库存的彩纸、铁丝和一个可作花圈底架的大鼓鼓圈，下班后通过学校后门下面的空隙，递给了在外等候的小赵和小刘。当晚十一时，我们四人在小屈家开始制作花圈，经过大家两个多小时的努力，一个直径一米的花圈制作完毕，由白、粉和淡蓝玫瑰花围绕着喷洒了玻璃粉的立体五角星，系着下款为"新街口东街小学敬献"的挽联。我们一行四人在凌晨两点半钟骑车前往天安门广场，深夜的广场非常寂静，纪念碑前的站岗军人对我们不但没有阻止，还非常热情地帮我们把花圈放到了纪念碑正前方的台阶上。将近凌晨四点左右，我们心怀激动和喜悦地离开了纪念碑开始返回。这时马路上还不见行人，四周十分静谧。经过西四小吃店时看到店伙计在做开门准备，饥肠辘辘的我们便成为黎明前用餐的第一批顾客。当时大家约定当日不能露出通宵未睡的疲倦样子，要打起精神上好每节课。

之后不久"四人帮"就开始疯狂地镇压"四五"运动，追查到纪念碑前送花圈的人。九月开学后的一天，北京市公安局崇文门分局的电话打到了学校的传达室。打电话者自报身份后，未经思考便说："我们在拍照送到纪念碑的花圈中，发现有一个直径约一米、中心有红五角星、制作得十分精致的花圈，下款因为被其他花圈遮挡只能看见'新街口东'几个字。我们要求你们学校配合追查。"听了这话我先是心头一惊，但随后镇静地说："我们只是个小学，不可能做出那样精致的花圈，您还是去问问其他带有'新街口东'字样的单位吧。"但对方马上提出："那也可能是老师们做的，你们学校必须进行调查。"正在这时校长走进门来，我便把电话交给了校长。下班后，我立刻把这件事告诉给另外三个同事，这个出乎意料的消息使他们惊呆了，一时无言以对。但随后大家便一致认为应该不动声色，注视事态的发展；平日要少接触，如果情况有变就马上一起研究对策。没想到这次的追查力度真不一般，我随后竟在校长室桌上看到了上级部门发来我们的高清"花圈"放大照片，以及校长在备忘录黑板上写的"收集教员教案，核对花圈挽联字体"的工作提示话。这时我和那三个同事都感到了事情的严重性，心想很有可能面临被捕甚至被迫害的危险。大家经讨论做出绝不主动承认，万一查到头上也只由一人承担的决定。让我没想到的是，他们三个人一致提出由于他们都是单身无所牵挂，抓进去就抓进去，不像我上有老下有小，如果必须有人承担"献花圈"的责任的话，那就牺牲他们中的一人以保全大家。他们的话使我极为感动，但理智告诉我，此事只有由我来承担才可能保全他们，因为只要"花圈"照片在教师间传阅，马上就会被大家认出谁是那些精致玫瑰花的制作者。

在以后度日如年的十余天里，虽然校长为这事召开过全体教职员会，但既没有把照片发给大家传阅，也没有收集每个人的教案本，只是提出：谁做了花圈就自动承认，并向上级做出了我校教师无人去过天安门纪念碑和献花圈的担保。这种紧张气氛,一直延续到 1976 年 10 月 6 日粉碎"四人帮",持续了十年之久的"文化大革命"彻底结束。这个从天而降、振奋人心的消息,对于我们四个人来说有着更为特殊的意义。之后,一次我和学校的陈主任闲聊时,她问我"送花圈"的事是你带着几个小青年做的吧?我听到后先是一惊,随后一笑而过什么也没说。但在心头却激起了无限感谢的浪花,因为正是她和校长在危急时刻做出了保护我们的决定。

唐山大地震

允明:1976 年 7 月学校开始放暑假,那时我已有了第二个儿子小笛,便决定带两个孩子到天津姥姥家去看望已过七旬的大姨和九舅。

我陪着母亲、小弟、带着小笛在 7 月 28 日下午到达天津后,因为一路劳累,决定第二天再去购买所需的食品等物资。没想到当夜三点多,我被房屋的强烈晃动惊醒,听到胡同里的一片惊呼与嘈杂声。我立刻抱起不满五岁的小笛并打开屋门，只见不远处的一根高耸的烟囱在不停摇摆，脚下的地面也在不时地上下跳动。为了躲避烟囱的倒下或屋顶坍塌的危险，我采取了跨立在屋门门槛的两边的姿势。在第一次强震之后，我十分奇怪怎么住在楼房里的母亲和大姨等人没有动静，就急忙敲打窗户问询情况。过了好一会儿才听见屋里有搬动桌椅的声音，打开屋门后才知道地震把睡在桌子上的妈妈抛到了地上，但幸而没有受伤，坚固的楼房也没有损坏迹象。接下来发生的余震以及街道上人们的号哭和叫喊，使我决定必须要让全家人离开住处，到一块宽敞空地上去休息。全体老小外加住在同楼的表弟一共六人，一起拿了两张凉席和塑料布，在距沙市道不远的"仁立毛纺厂"前的街心花坛旁"安营扎寨"。但刚坐下不久，不停的余震和突如其来的瓢泼大雨，给黎明中的避难人群带来了更大的困难。满地流淌的水使人无法坐卧，落汤鸡似的人们无衣可换，饮水和食物的缺乏造成了对每个人的更大威胁。回到住处去搜寻食物和生活用品，成为周围人们一致的想法。虽然表弟比我年轻，但他身体羸弱而且胆小，因此只能是我回去搜寻食品。由于我们到天津后还没来得及采买任何食品，家里几乎没有事先储备的食物。在翻箱倒柜后，我只好把所有能"进口"的东西，包括晾干的茄子皮、几粒水果糖、全部的一点点粮食和一个小煤油炉、几个饭碗全部搬到了避难处。接着又拉来了一个躺椅、一个帆布折叠床和两个小凳、几块大塑料布、几根竹竿还有绳子等。通过一番功夫后，便建成了一个上有塑料顶棚、下有床、椅子和小凳的野外宿营地。再点燃煤油炉，大家在近一天中第一次喝上了热水。当我想再次回去找些东西时，妈妈听到我家旁边胡同的人，因回去拿东西危房倒塌致死，就再不让我冒险回去。

因为地震，所有的供水、供电都断了。大雨后的四十度高温下，周围越来越多的人中暑。为了解救危机，政府环卫部门出动了洒水车为大家送水：要求大家只带不限大小的一件容器排队领水，于是我拿了眼前最大的一个锅去接救命水。有水之后我开始用小煤油炉做饭，在仅有一点粮食又没有蔬菜条件下，决定每八小时做一顿稀粥将就度日。好在政府第二天修复了马路边的水管，并偶尔用洒水车运来免费牛奶，给人们补充了一点难得的营养。为了避免小笛在高温之下中暑，我接了一大盆水让他坐在水盆里玩耍。

几天下来大小地震不时发生，高温下缺粮缺水，卫生条件十分恶劣。令人紧张的地震预报和四周传来的哭泣呻吟，以及附近高大建筑时时可能倒塌的危险，都促使我开始思考下一步的出路。在街头生活的第四天，突然听说为了疏散天津人口，已有不定时开出的京津列车。为证实这个消息的可靠性，我便徒步向天津东站奔去。一路上所见因地震造成的房屋倒塌惨状，使我越发决心一定要搞到车票，把母亲等六名老小带离天津。到东站后经过百般奋斗，终于抢到了当晚七时的车票，距离发车还有四小时。我喜出望外地往回飞奔，顾不上凉鞋鞋带跑断和脚上磨出水泡的疼痛，边跑边想如何能把老小六人按时运送到车站。在最后扔弃了所有东西和在两位邻居青年的帮助下，用自行车推着大姨和九舅，母亲带着表弟和巫谦、我背着老二，用尽全身所有的气力按时到达了车站并上了火车。为了避免途中遇到地震，火车开动后就像脱缰野马般地向北京奔去，中途没有停下过一次。

到达北京后，犹如进入了另一世界。虽然首都也受到了唐山大地震的影响，但通明的路灯、正常的交通秩序，使我们一时都转不过弯来。到达后海家中，看到除爸爸一人认为家里房屋不会倒塌不肯搬到外边，其他人已在后海边搭建起了一个地震棚，成为没去天津的晓雷和他父亲的住处。湖边各式各样的地震棚和休闲人群的欢乐生活情景，使我们逐渐放松下来。虽然我们的地震棚因为增加了七个人而一下显得十分狭小，但当晚大家的睡眠却是近一周来最好的一次。为了解决地震棚的拥挤问题，第二日你便将大姨和九舅等接走，安顿在故宫院内你搭建起的地震棚内。

唐山大地震，使我的学校里一些老旧校舍也变成了危房。在教育局没有人力重建教室情况下，学校成立了教师基建队，承担起翻盖教室的任务。因为没有经费购买建房材料，我们在学校木工师傅带领下，拆了操场上一座破庙的木材作为房梁和檩条，用校内自建砖窑烧制的砖坯修建倒塌的房屋。一个月后，房管局工程人员来到我校，验收了我们建成的第一间教室。随后，第二间、第三间标准教室在原地拔地而起，为学生复课提供了必要条件。

巫鸿：1976 年是灾难深重的一年。从一月开始，送葬的哀乐就不绝于耳，先是周总理 1 月 8 日逝世；然后是全国人大委员长朱德在 7 月 6 日逝世。半个多月后，于 7 月 28 日发生了唐山大地震，整个华北地区的社会和城市生活被搅乱。最后，中共中央主席毛泽东于 9 月 9 日逝世，全国人民陷入深切的哀痛，对国家和每个人的前途也忧心忡忡。那时的感觉真是"黑云压城城欲摧"，看不到一点希望。但就在这个危急时刻，突然传来了逮捕"四人帮"、拨乱反正的消息，真的感到天一下亮了！

10 月 21 日，北京举行了 150 万名群众的盛大游行，欢呼粉碎"四人帮"的历史性胜利，故宫博物院的工作人员也举着红旗、敲着锣鼓参加了。所有人都感到"文化大革命"终于结束，国家从危难中被挽救，我们每个人的生活也将打开新的一页。

家的薪传

自 70 年代末到新世纪初的 20 余年中,国家确定了拨乱反正、改革开放的方针,迅速获得了经济、文化、科学等方面的巨大发展。我们家也如枯木逢春,每人都致力追求以往失去或无法实现的理想,在学术上开辟出各自的道路。在爸爸专注于经济思想史研究和著述、妈妈集中撰写有关莎士比亚的论著并参与戏剧创作和编辑词典的同时,我们在家中开启了从未有过的有关历史、艺术与研究方面的"学术交流",使我们深得教益而似一捧"薪火"得以传递。

在这 20 余年中,家中每个成员无论在事业上、成就上还是生活上,都有着太大的变化和收获,为了能进行较为清晰的梳理,下面还是通过我们姐弟的回忆对家里成员在这一时期的经历分别进行介绍。

老骥伏枥的爸爸

允明:这段时间咱们家发生的大事还真不少,重要的一项首先是责成爸爸担任我国最高人民法院特别法庭审判"四人帮"的审判员。那是在 1980 年 10 月末的一个深夜,一声刺耳门铃声惊醒了全家。站在门口的信使送来一份必须由爸爸亲自签收的特急文件，并让他"明日上午到北京市政府开会"。全家都很好奇这会是个什么会议，然而爸爸回来后却对此一字不提，而且让家里人在以后的一段时间内不要过问他的工作内容，"一切以《人民日报》公布的消息为准"。

果然不久，我们通过《人民日报》和新闻联播，得知第五届全国人大常委会在 9 月 29 日通过了《第五届全国人民代表大会常务委员会关于成立最高人民检察院特别检察厅和最高人民法院特别法庭检察、审判林彪、江青反革命集团案主犯的决定》。根据最高人民法院和最高人民检察院的提议，全国人民代表大会常务委员会做出了成立最高人民检察院特别检察厅，对林彪、江青反革命集团案进行检察起诉的决定。身为党外人士的爸爸被任命为 31 名审判员之一，参加了当时由江华任最高人民法院特别法庭庭长，从 1980 年 11 月至 1981 年 1 月进行对"四人帮"的公开审判。

这期间你已经赴美求学，我和妈妈、小弟等人每晚都会准时收看中央电视台播出的新闻联播，关注爸爸在这个重大历史事件中的参与情况。

巫鸿：咱们家另外一件重要的大事，是政府落实政策把 60 年代没收的房屋产权重新还给了妈妈，全家人又能回到后海小院居住，获得了久违的家的温馨。

尤其"四人帮"的覆灭，吹响了我国开放与复兴的号角，"文化大革命"的结束也如一股爽朗的秋风吹走了人们心中长期弥漫的阴霾，逐渐唤回了正常的社会与工作秩序。

允明：是啊！十几年来在政治压力下形成的精神重负与政治误解得到解除，家里重新充满了融洽的气氛。记得当时父亲十分感慨地说："我们家的人虽然在各种运动中受到冲击，但幸运的是全家人还都活着，还可以继续工作。"这句话说似简单，但只有经历过磨难的知识分子才会感到其中所包含的心酸和感叹，这句话因此深深地印在了我的心里。

巫鸿：正如爸爸在给我的信中说，他最庆幸的是"还可以继续工作"。虽然已年近耄耋，但身在国家给予的"终身研究员"位置上，他永远是生命不止，工作不止，抓紧自己的最后时间进行研究和著述。

为了编写全套中国经济思想史，爸爸组织了中国社会科学院经济研究所和中国人民大学、北京师范大学、南开大学、杭州大学、安徽大学、广东省社会科学院、河南省社会科学院、云南民族学院等单位的有关学者，成立了中国经济思想史著作编写组，着手编写经济思想史资料、论文和专著三类著作。首先进行的是收集和研究基本资料，包括我国古籍中的经济思想史资料和欧洲经济思想的资料，在此基础上开展专题研究，写出一系列专

《中国经济思想史资料选辑》封面

题研究论文和专著。这个计划从 1985 年开始，相继出版了《中国经济思想史资料选辑》先秦卷、两汉卷、隋唐卷、宋元卷、明清卷共 5 卷 6 册，以及《古希腊、罗马经济思想资料选辑》和《欧洲中世纪经济思想资料选辑》各 1 卷。爸爸主编的《先秦经济思想史》于 1996 年出版，这本书是《中国经济思想史资料选辑（先秦部分）》的姊妹篇，写作时间近十年。在此期间，爸爸召集 15 位作者大约每年集会一次，讨论该书的范围、结构、体例、进度以及重要论点等，鼓励每位作者在统一框架中做出个人创新。正如他在该书"编著说明"中所写，此书在保持整体性和主要论点一致性的同时，"提倡各自提出新的见解和研究性成果，可以有不同的写作风格，论点亦不强求一律"，充分体现了提倡严肃认真、实事求是的治学精神，又尊重个人学术思想自由的学者风范。

允明：说到爸爸的研究专题，为什么在他进入晚年后，还从研

"文化大革命"结束后，爸爸每天在家著述

究了几十年的"国民所得研究"转入"中国经济思想史研究",是一直困惑我的问题。

十分凑巧前几天翻找材料时,忽然发现了一个旧信封,里面竟是爸爸在九十二岁时写的一篇《往事回忆》。其中针对改变自己研究专业的原因,他写道:"从国民所得研究转入中国经济思想史的研究,确非易事。因为二者虽然同属于经济学学科,同样需要经济理论作为研究的基础,但二者研究的对象大不相同,前者为当代和当前的经济问题,所探索的是当代和当前的经济资料,后者则为历史上各个时期所出现的经济思想,所探索的是各个历史时期的经济思想资料。特别是中国历史悠久,思想资料浩如烟海,看懂古籍就非易事,何况还要熟悉它、理解它,对它做更深入的研究。我感觉这个转变让我在学术研究上走上了另一条康庄大道。中国经济思想史是一个尚未得到充分开发的学科,是一座富矿,随着中国在经济上日益繁荣和强盛,人们必将从历史上追溯它的思想渊源。尽管探查和开发这座矿产要使用很大的精力、很长的时间,终必有所收获……这是人类学术思想史上不可缺少的一项课题,要求学术界对此做出努力。我就是在这种思想的推动下,决定进行中国经济思想史研究的。但这只是问题的一个方面,另一个方面是我为什么放弃了曾经为之做出很大努力的中国国民所得的研究。要充分说明我的第二次学术研究上的转变,不能不回答后一个问题：1994 年，我同王册女士谈治学问题时，我曾说，我从事中国经济思想史的研究，'一是源自学习马克思唯物史论的启示，二是考虑到这项研究的重要意义'（《群言》1994 年第八期）。这只说了问题的前一面，而没有触及问题的后一面。事实上，如果我仍继续从事国民所得的研究，我就不会走上研究中国经济思想史这条道路。所以完整地记述我这个转变，必须兼述两个方面。"

巫鸿：这份《往事回忆》我从未见过，那应该是爸爸最后的一份小传式的手迹了吧？

允明：是的，这份《往事回忆》中包括：第一篇 "幼年时期：家庭、学校、乡村概况和思想"、第二篇 "青年时期：参加政治活动"、第三篇 "解放后我的研究专业改变的前前后后"。[①]
另外特别值得提出的是爸爸对中国古代重要经济思想著作《管子》一书的系统研究，他经多年钻研写成的《管子经济思想研究》一书，于 1989 年出版。该书如经济学家朱家桢所说，既深入地探索《管子》原著的原意，又博览前人研究成果，审慎地进行比较和鉴别，在此基础上提出了独特的见解，特别见于对《侈靡篇》《轻重篇》等关键篇章的解释[②]。
此外，他还在各类刊物上发表了有关中国经济思想史的

---

① 巫宝三：《往事回忆》，见本书附录一。
② 朱家桢：《永远的学者风范——纪念巫宝三先生百年诞辰》，载《经济研究》2005 年第 7 期，第 127—128 页。

爸爸在"文化大革命"结束后编写的学术著作封面

我们家一滴水映照的历史

研究论文数十篇,"为推动中国经济思想史这古老而又年轻的学科的发展,做出了积极的贡献"。

爸爸在经济思想史研究工作中,一贯提倡对中西经济思想作比较研究,在《中西古代经济思想比较绪论》一文中指出这种研究的目的是阐明两者的共同性与各自的特点,后者尤其重要。这篇文章比较了中国西周至战国时期(公元前 11 世纪至公元前 221 年)与古希腊、罗马(公元前 12 世纪荷马时代至前 5 世纪罗马帝国灭亡)社会经济发展的异同以及在此基础上形成的经济思想,着重讨论了如"功利""租赋""富国"等古代中国特有的经济思想和理论。这种比较研究既推动了中国经济思想史这门学科的广度和深度,也丰富了世界经济学史的内容。

巫鸿:记得老当益壮的爸爸在这一时期内还参加了很多的社会活动,为国家建设和中外学术交流做出了贡献。从 1978年开始他连任三届全国政协委员,为了解国家经济建设

爸爸赠送《中国政治经济学辞典》

第 170 号

案　　由：建议确定全国教师节日期及活动内容案。

提 案 人：徐伯昕　吴贻芳　史念海　李霁野　张明养　叶至善
　　　　　徐楚波　郑效洵　马力可　霍懋征　葛志成　方　明
　　　　　巫宝三　张景宁　叶圣陶　雷洁琼　柯　灵

理　　由：教师担负着培养四化建设人才的重任，应当享有崇高
的社会地位。胡耀邦同志在中国科协第二次全国代表大会上，
正式提出了尊师的问题，指出尊师，不仅是学生的问题，我们
整个社会的成员，所有学生的家长，特别是我们各级政府的负
责人都要尊师。

提交的"第 170 号"提案

与农村发展状况，十余年间多次前往湖北、新疆、湖南、
江西等地视察。也是在新时期开始不久，他就作为团长
于 1982 年带领中国经济学家代表团前往加拿大进行学术
访问，访问期间与来自约克大学（York University）等处
的学者和教授进行交流。同时爸爸代表中国经济学家代
表团向约克大学代理校长赠送了《中国政治经济学辞典》。

允明：说实在的，我作为一个教师，却从来不知道我国每年 9
月 10 日"教师节"的由来。还是在一次和爸爸的闲聊
中，得知"教师节"是由包括老爸在内的中国民主促进
会十七位委员，联名向全国政协提交提案，1985 年经全

20 世纪 90 年代父母与陈岱孙

国人大常委会第六次会议通过，并于 1985 年 9 月 10 日开始执行。

巫鸿：在爸爸的师友中，他与陈岱孙先生的关系最为亲密。从他对陈岱孙老师不同于他人的尊敬，可以清楚地显示出他对"老师"这门职业的敬意。陈先生自 1932 年起担任清华大学经济系主任，一生为国家培养了众多的经济学人才。爸爸 1930 年至 1932 年在清华大学经济系学习期间受教于陈老，特别是在统计学、国际金融、经济学说史等方面得到指引。虽然他只比陈先生年轻五岁，但从来都充满敬意地称陈先生为"陈岱老"。陈先生生前对学生们谆谆教导的两句话——"学无止境、自强不息"和"学以致用、重在奉献"，也是爸爸对咱们的要求和教诲。随着年龄的增大，爸爸不再能亲自前往祝贺陈岱孙先生每年的生日，但以信函相贺是绝不会缺少的。与陈

1978年爸爸与孙冶方交谈学术问题 新华社记者 摄影提供

爸爸与雷洁琼等人攀谈

爸爸、妈妈与陈振汉、崔淑香重逢

岱老保持的这种亦师亦友的关系，贯穿了爸爸的一生。

允明：此外，爸爸除了在长期经济学研究中与经济学家孙冶方等人相互探讨，同时在担任民进中央委员期间，与民进创始人之一雷洁琼一起工作过较长时间。这些人都成了他晚年推心置腹的好友。

此外，在80年代中期，爸爸与哈佛大学的老同学经济学家陈振汉等老友的重新相聚，不但交谈了这些年来的经历，更唤起了他们在当下为经济理论共同继续研究的新计划。

爸爸在 90 华诞庆祝会上

《巫宝三集》封面

爸爸晚年的头衔甚多，主要有中国社会科学院研究生院教授、博士研究生导师，北京大学兼职教授，中国经济思想史学会名誉会长，外国经济学说研究会顾问，民进第四、五届中央委员，民进第六、七届中央常委，民进第二、三届中央参议委员会常委，第五、六、七届全国政协委员、北京市政协第五届委员、常委、第六届委员、常委、副主席等。鉴于为"发展我国社会科学事业做出的突出贡献"，爸爸于 1991 年荣获国务院发给的政府特殊津贴。2009 年我国 60 年华诞之际，他入选为新中国成立以来有突出贡献的科学家，载入中国社会科学院编辑的《世纪学人——百年影集》。

春节时父母玩游戏"棒子、虎、虫、鸡"

巫鸿：我听说 1995 年老爸 90 岁华诞，中国社会科学院和经济所共同召开了庆祝会，对他在经济学领域中的成就给予了高度评价。2003 年中国社会科学院出版《巫宝三集》，集中收录了爸爸的一些文章，体现出他在毕生学术生涯中对人文社会科学做出的贡献。

爸爸的一生是在艰苦的条件下马不停蹄进行科研的一生，每日伏案不止、近于苛刻的循规蹈矩生活一直延续到他生命的最后。在我的记忆中他一直坚持冬泳至 85 岁，而且保持着一年中最尽兴的休闲，只限于春节初一、初二与家人一起过节，初三与朋友打"桥牌"而已。其中充满欢乐的时刻，是年三十在全家共进"年夜饭"时，每人各拿自己的筷子轮流玩耍代替划拳的"棒子、虎、虫、鸡"游戏。老爸和老妈此时也不甘落后地一边喊、一边击筷对决，丝毫没有耄耋之态，使全家笼罩在欢乐的年夜气之中。

允明：爸爸的断然离世，完全是出于他对国家的责任心。在因肺炎入住协和医院后，当他得知住院时间会较长，每天医疗费高达三千多元时，便产生了结束自己生命的想法。他对我说："我的全部写作包括翻译的书籍都已出版，学生已都教完，我没有必要再花费国家这么多钱只为活下去。你去协和医务处给我提出'安乐死'的要求。"无论我怎样告诉他"你很快就能恢复出院，还可以继续工作，而且我国还没有实行'安乐死'制度……"，都无法改变他的决定。我只好在病房外走的走廊上转了一圈返回病房，告诉爸爸："医院说我国还没有实行'安乐死'制度，行不通。"没想到他立刻说："既然医院解决不了，那我就自己解决吧！"边说边拽下了身上除了无法拔下、固定在锁骨旁的静脉输液管外所有的管子。在维持四个多小时后，老爸因全身器官衰竭而离世。

为避免妈妈心脏病发作，我没有把爸爸离世的经过告诉她，只是说："老爸在午睡时睡过去了，十分安详，没有任何痛苦。"

爸爸不愿花费国家金钱，无谓延续生命而断然将其结束的做法，是我们永远不会忘却的。在他去世前，已把一生的稿费积蓄都捐给了老家的学校。

妈妈在住家附近的后海边上

桃李芬芳的妈妈

◆

允明：在"粉碎四人帮"之后，妈妈的社会生活正常化，她对能够重新开始自己的科研与教学兴奋不已。1979 年 10 月 30 日，妈妈作为正式代表参加中国文学艺术工作者第四次代表大会，见到了不少老文艺家。老作家萧三，楼适夷还上台发了言，刚说了一句"咱们又见面……"便已泣不成声。"文化大革命"结束后妈妈恢复了教职，她跟我们说当她和返回学校和老学生重新见面时，大家抱头大哭。

巫鸿：据我所知，在这之后，她全身心地投入了戏剧史教育并积极参加社会活动，于 1991 年荣获国务院发给的政府特殊津贴，和爸爸一样担任了众多的职务，包括中央戏剧学院教授，国务院学位委员会学科评议组成员，文化部艺委会委员，中国文联全国委员会和妇女委员会委员，

1982 年北京市劳模标准像

劳动模范证书封面

劳动模范证书内页

我们家

一滴水映照的历史

中国戏剧家协会第三届理事，北京市第八届人代会代表，第六、七届全国政协委员，中国莎士比亚研究会副会长，并两次获得"全国三八红旗手"称号。

允明：妈妈和她的学生们关系一直十分融洽，对学生来说，妈妈是他们永远难忘的一位老师，善于形象而具体、循循善诱的授课，而且总将言教结合以身教。1982 年入学的宫宝荣在题为《桃李无言下自成蹊——略论孙家琇先生教书育人之道》[①]的回忆文章中写道：

———————————————————

① 宫宝荣：《桃李无言下自成蹊——略论孙家琇先生教书育人之道》。

北京石第八届人代会代表合影（第二排左起第五人为孙家琇） 1993年

"三八红旗手"奖章

　　由于摆脱了传统的僵硬教学方法的影响，所以，孙先生的教学方式注定是生动活泼的，甚至是艺术化的。凡是听过孙先生课的中戏校内外学生都反映，先生的讲课不仅内容十分丰富，分析透彻，而且极其形象具体，听她的课不啻一次艺术享受。如今已经同样步入耄耋之年的晏学教授当年在孙先生的追思会上曾经说过这么这一段话："我1953年入学，毕业后留校成为孙先生的助教，先生在教艺术作品时很有艺术感染力，我上讲台后总琢磨怎样像她那样讲课。我从孙先生身上学到了两点：一是认认真真教书，二是跟学生交朋友。"确实，

1983年妈妈与学生探讨问题

先生从学生时代起就熟读莎士比亚剧本，而她的阅读方式并非通常所见的默读，而是全身心地投入式大声朗读，以至于夜深人静之时，读到一些阴森恐怖的场景时连自己都会情不自禁地害怕起来。这种朗读，在某种程度上与艺术表演并没有区别，可见先生的艺术修养之高。

1980年代初期，中戏的研究生规模并不大，外国戏剧方向的更少，当时仅有四名学生。虽然还有两位指导导师，但专业课却是由孙先生主讲的。就教学方法而言，孙先生上小课与上大课的方式可谓迥然不同。不再是仅有她一人主讲，而是学生必须在事先认真阅读，并在课堂上发表意见，共同参与讨论。也不再是她在黑板上写，我们在底下认真地记，而是边讨论边记录，边记录边提问。总之，不再是单一性地简单接受，而是互动式的双向交流。然而，最令人记忆深刻，同时也是最有收获的，则是孙先生非常严格的"句读法"。所谓"句读"，

1984年妈妈在长春讲学

并非孙先生的说法，而是本人的发明，因为孙先生教学生们学习经典名作，不是脱离剧本高高在上的那种宣教方式，而是一字一句地抠着字眼读剧本，不放过一个典故与成语，更不遗漏任何神话、人物与事件。在此精读细读的基础之上，再来总结全剧的内容、思想、结构与风格，从而让学生对这些剧本了如指掌，留下了终生难忘的记忆。无须讳言，这样的阅读方法虽然十分有效，却也是十分"奢侈"。学生需要认真准备固然没话可说，但这种几乎是手把手的教学方法，更需要导师舍得花费大量的时间与精力。孙先生刚刚从拨乱反正中恢复工作不久，竟然能够为了学生成长牺牲那么多自己的宝贵时间，其殷殷之情可见一斑。

事实上，孙先生的教学方法是多元的，并不限于学校里的小课室，而是延伸到了社会的大课堂。而且一旦离开了课堂，她便不再是那么严肃的导师，而是一位可亲可敬的慈祥母亲，甚至是一位平易近人朋友。因此，我们几位研究生有空时便会相约一起去她位于后海的家，经常一起在湖边散步聊天。有时，在班主任崔亚男老师的组织下，师生们还会一起郊游。印象最为深刻的至少有两次，一次是在春天，一次是在秋天。春天去的是圆明园遗址，秋天则去了香山。表面上，这些活动与中小学校组织的春游秋游并没什么不同，只不过是师生年纪更大些，受教育程度更高些罢了。然而，两者之间存在着本质不同。孙先生不顾年事已高，且体弱多病，带领我们这些研究生外出的目的，绝非简单的游览观光，而是其寓教于游或于乐的一种手段。说实话，圆明园遗址在当时完全处在无人管理的废墟状态，基本上没有什么观光价值。然而，它却是一本极其真实的活生生的爱国教材。面对一堵堵残墙断壁、一堆堆破砖碎瓦，帝国主义列强烧杀抢掠的行径便油然出现在眼前，仿佛又回到了那个中华民族多灾多难的岁月。孙先生不用任何说教，这次春游的爱国教育目的就完全达到了。更何况，除了凭吊遗址之外，孙先生还为学生们信手拈来地讲了许多中外文化名人和戏剧家们的奇文逸事，无意中又把课堂搬到野外，然而却真正地做到了让教学内容入脑又入心。而也正是通过这些课外的活动，师生之间成了朋友，相互了解更深刻，友谊更深厚，而我们

薛罗军和爸妈共餐

对先生的敬重更是有增无减。

允明：妈妈在若干聆听过她讲课的学生之外，还有远道慕名而
来求教的门外弟子。其中的一名来自浙江杭州，后来他
与妈妈保持了近十余年的通信关系，至今与我们还保持
联系长达 50 余年的学生薛罗军。

薛罗军喜爱音乐和喜剧，在看话剧《哈姆雷特》时，得
知文学顾问是妈妈后，便一面打工一面复习专业知识，
一面报考中央戏剧学院戏文系，但一直未能如愿。于是
在 1984 年以书信方式与妈妈取得联系并受到鼓励后，来
年便到京登门拜师。

薛罗军的文化底子差，先就读了一所私立的北京民族大学，
然后每周周末会来后海家向妈妈求教。因为薛罗军在北京
没有任何亲人和朋友，渐渐地我们后海的家便成了他心目
中的家，随着时间的飞逝，薛罗军与我家的关系逐步密切

起来。经过两三年的努力，薛罗军同时取得了"中央戏剧学院戏文系"和"中国音乐学院民族音乐系"的复试资格，但面临只能选择一校进行复试的两难。他和妈妈正在研究参加哪个学校复试时，我恰好回后海的家。在征求我的意见时，我提出了让他们都没有料到的意见："戏剧文学系的教学形式可以是一对一，也可以一对几十，几百；音乐学院的教学方式是一对一的，很多课不能一对多人。薛罗军如果在音乐学院毕业后，他还可以搞戏剧，写剧本或是写小说；但如果他学习戏剧文学后，再想写音乐方面的论文我看没有可能性。"结果薛罗军不但接受了我的意见，而且被中国音乐学院民族音乐学系录取。由于他的不断努力，毕业后他到日本继续深造，取得了日本大阪大学民族音乐学博士学位，回国从事民族音乐学的教学和研究工作。

巫鸿：我从 90 年代初开始每年都回国，在家里见过他多次，感到他非常好学，对妈妈和爸爸也很好。我和他直接的交往是在 2002 年去日本访问的时候。薛罗军主动地陪着我，像家人一样给我买衣服。为了撰写《废墟中的故事》那本书，还陪着我专程去了大阪市美术馆参观著名的《读碑图》。美术馆馆长衰箕先生曾任芝加哥美术馆东方部主任，我原来就认识。他热情地接待了我，并问起我身旁的年轻人是谁。我介绍了薛罗军的专业和在日本学习的情况，并加上了一句："他是我母亲的学生，也是我没有血缘关系的弟弟。"

我们家

一滴水映照的历史

妈妈在"文化大革命"结束后的学术著作封面

从此以后薛罗军与我们家的关系便以"没有血缘关系的家人"而确定下来。

巫鸿：妈妈在这段时间内的学术成就是很令人吃惊的。在我1990年回国时，看到她除教学之外，每日争分夺秒地笔耕不止，计划在有生之日一定要完成在她心中积累多年、富于创见却难以问世的专著。尤其在她的代表作，1985年出版的《论莎士比亚四大悲剧》，收录了对《哈姆雷特》《李尔王》《麦克白》《奥赛罗》四出莎翁名剧的深入讨论。1994年出版的《莎士比亚与现代西方戏剧》中，包括了《从莎剧看莎士比亚的戏剧观》《莎士比亚（暴风雨）评价问题》《对于（莎士比亚的戏剧和京剧）一文的意见》等三十余篇文章。此外，她还编著了《莎士比亚辞典》《马

妈妈与英国剧团演员进行交流

克思、恩格斯和莎士比亚戏剧》等书。对于中止二十余年重新撰写学术理论书籍的妈妈，这真是太不容易了。

允明：是的，当时这些著作的出版不但受到了学生们的欢迎，而且其中有的还获得了文化部颁发的"优秀教材奖"和"国家科研成果奖"，在学术界和教育界产生了持久的影响。①传记作者陈超在谈妈妈的一篇文章中，说她是"集戏剧研究者、教育者、爱好者和创作者于一身，中西兼容，求变求新"②。妈妈这种多方面的跨界综合探索和研究，在1980年后尤为明显，1983年她随中央文化部戏剧考察团前往英国和法国交流，在短短二十几天里看了十二出舞台剧，参观了十三所戏剧学校和十几座剧场。在与欧洲同行的交流中，她特别注意剧院和学校、戏剧理论研究与演出相结合的实践，赞赏由学者和剧团合作的一台《无

---

① 中央戏剧学院：《孙家琇同志生平》，载《戏剧》2002年第1期，141-142页。
② 陈超：《中国莎士比亚学研究的引路人——孙家琇》，见本书附录三。

妈妈在家工作

1980 年莎剧《麦克白》演出后合影，第二排（右二）为孙家琇

事生非》对剧本的诠释深刻准确、表演精湛；但认为英国皇家莎士比亚剧团上演的《凯撒大帝》过多注意演员念台词的技巧，反而弱化了对思想感情的细腻表现，影响了全剧的深度。在这些考察中，妈妈还强调戏剧是"视"与"听"相结合的舞台艺术，必须将台词语言和形体表演熔为一炉。通过参加"莎学会议"和与英国各大学及话剧团体建立学术关系，妈妈为打通中国莎学界的国际交流拓宽了渠道，受到国内外学术界的重视与尊敬。

巫鸿：这一时期内我还了解到，研究和上演莎士比亚戏曲作品在中国得到蓬勃的发展，妈妈是这个潮流的积极参加和推动者。在研究方面，听说她不但自己著书立说，而且为推动对莎剧的学术研究，在中央戏剧学院成立了第一个"中国莎士比亚研究会"，开展多项学术研讨活动。在1980 年我没出国前，观看了由她担任文学顾问、院长徐晓钟和郦子柏担任导演、齐牧冬担任舞台美术设计和表

出席“中国莎士比亚研究会”大会代表证

演系学生共同排演的莎翁名剧《麦克白》的首场演出。

允明：1986年是莎士比亚诞辰422周年，由中国莎士比亚研究会发起，上海戏剧学院、中央戏剧学院和中国话剧艺术研究会联合举办了首届中国莎士比亚戏剧节，4月由全国24个专业和业余戏剧团体，在北京和上海共演出了26台70多场莎剧的原作及不同剧种、不同风格的改编莎剧。在众多的演出剧目中，辽宁人民艺术剧院的《李尔王》深深地震撼了观众和评论者，人们认为饰演李尔王的著名演员李默然“把莎翁笔下这个专横暴虐、自私昏聩独裁者的狂、愚、哀、癫演绎得淋漓尽致”。

《李尔王》演出的成功，有着妈妈另外一份重要的功劳。那是在当时决定由李默然扮演这个角色后，他对掌握这部戏的整体和中心人物李尔王的心理状态感到困难，便给当时的中央戏剧学院院长、著名戏剧导演徐晓钟写信，问及剧本的删节和角色处理中应注意的问题。徐晓钟在

"莎士比亚戏剧节"与英美专家共赏京剧《奥赛罗》，第二排（左四）为孙家琇

一滴水映照的历史

我们家

回信中写道："由于我对剧本没有研究，我请孙家琇先生专门就这两个问题给您写了信，今寄上。"据介绍，妈妈首先提出了剧本的删节原则，又具体列出可删和不可删、可压缩与合并的台词近三十处之多，并进一步根据李默然的表演特点给出有关角色处理的建议。李默然反复阅读来信并组织全剧组一起学习，在工作笔记中曾写道："读了莎学专家、中央戏剧学院孙家琇教授充满挚情、企望的长信后，莎士比亚不时地在我的眼前出现。我似乎看到他的音容笑貌，又听到了他的心声与呼叫。孙家琇老师长篇精辟的分析和见解，让我心里豁然透亮，对我认识、理解、深入李尔这一形象的内心世界，找到他的外在特征的启示，我将铭记一生。我似乎已经摸到了形象的脉络和心灵，亦看到了人物立体的、具象的整个形象特征。"[1]在随后撰写的文章《人、命运、表演》一文中，他也多

---

[1]　引自陈超：《中国莎士比亚学研究的引路人——孙家琇》，见本书附录三。

李默然饰演的李尔王

次提到妈妈对他的巨大帮助。①

在帮助辽宁人艺上演《李尔王》的同时，妈妈也在进行自己的编剧实验，把《李尔王》改编成中国春秋时代的历史话剧《黎雅王》，借助中国古代人物、语言和背景，传达这出著名莎剧的悲剧性和隐含的深刻社会道德思想。她的这个想法实际上在 1957 年就已经出现，但到此时才有机会付诸实践。在改编中，她在忠于原著精神的基础上，将原剧的情节和人物等元素结合以中国戏曲的艺术表现手法——诸如流动的时空性、写意和诗性的语言，以及虚实结合的舞台设计给予了表现。1986 年 4 月 16 日，这部《黎雅王》由冉杰担任导演，著名演员金乃千、赵奎娥以及其他中戏师生在中央戏剧学院小礼堂进行了首演。在《探索之路：〈黎雅王〉导演体会》一文中，冉杰写道：

---

① 见回忆文章《从徐晓钟老师给我父亲李默然的一封信说起》，https://www.sohu.com/a/205369020_694860.

《黎雅王》是孙家琇根据莎士比亚著名悲剧《李尔王》改编而成的。改编意图是在力求不损害原著的精神实质，保留原著戏剧情节、人物，人物关系和冲突下，以中国的古代历史传说中的人物和中国语言，来体现原著巨大而深刻的社会悲剧主题、磅礴气势和艺术魅力的，具有中国民族艺术特色的话剧。

这是孙家琇的一次大胆的探索，也是一次冒险。改编莎翁的名著，有人持反对意见，还有不少人为我们担忧。但是，我们认为探索和创新就是艺术创作的生命。探索要有意，创新就不能走老路，就要摆脱重复伊丽莎白式或西方现代式的叫楷模。探索有成功的希望，也要冒失败的风险，我们抱着虚心学习和科学研究的态度，虚心谨慎和勇敢创造相结合。这个"学习，研究、创造"的课题激励着整个创作集体，激发了导演、演员，舞美各部门的创作积极性，由于大家的共同努力，最终《黎雅王》获得成功，并在1986年作为我院参加中国"首届莎士比亚戏剧节"剧目，并由中央电视台向全国进行了实况播放，使该剧成为尝试西方戏剧"洋为中用"的第一人。

刚刚参加了柏林莎士比亚戏剧节的英国伯明翰大学莎士比亚研究所所长、国际莎士比亚学会会长菲利普·布洛克班克(Philip Brockbank)教授,在国际莎学权威刊物《莎士比亚季刊》上发表评论,比较了《黎雅王》和辽艺的《李尔王》两出戏:

> 中戏的《黎雅王》清晰流畅、尖锐深刻,舞台场面宏大,表演节奏精湛,让西方观众对传统剧《李尔王》的意义有耳目一新的感受;而辽艺李默然采用的传统演出方式和方法醇厚古朴而深沉,带给观众强烈震撼和神秘感。《黎雅王》是中国的,同时也是莎士比亚的,如同两条大河汇流。[①]

这之后,妈妈还曾与京剧女花脸名家齐啸云一起,共同探讨过将《黎雅王》改编为京剧的计划。

巫鸿:80年代末,我已在哈佛大学任教,妈妈和你作为哈佛燕京学社访问学者来美,一家人能在剑桥见面,我和蔡九迪(Judith Zeitlin)特别高兴。当时妈妈带了《黎雅王》和《李尔王》两出戏的视频回访美国哈佛大学,引起了大学东亚系、英文系不少学者和学生的热烈反响,认为在中国出现这样的"莎士比亚热"不可思议。

妈妈创作的《黎雅王》得到大家的特别欢迎,她认为是自己将东西方戏剧传统结合的一项大胆尝试。

[①] 引自陈超:《中国莎士比亚学研究的引路人——孙家琇》,见本书附录三。

从左至右：费慰梅、允明、费正清、蔡九迪

在剑桥期间，妈妈重新会见了她的老朋友费正清与费慰梅，他们一起重温了近半个世纪前彼此在美国和中国的交往。

重启新途的姐弟俩

从 1980 年开始，随着国家的开放与发展，我们姐弟俩后半生的命运进入了一个大转折，就此掀开了崭新的一页。

允明：1980 年对我来说，是人生不惑之年的事业分水岭。由于"特殊年代"的升学政策使我无缘进入大学，从 19 岁到 39 岁从事了整整 20 年的教师工作。期间里虽有诸多坎

妈妈和费慰梅在费氏的乡间别墅　1988 年

坷，但也收获了育人的快乐和至今与学生保持亦师亦友关系的欣慰。这段时间我犹如进入了一所社会大学，逐渐认识了社会，了解到了人生的意义，也学会了如何生活。在此之后至退休前的 20 年，则是我生活中的一个全力拼搏的新阶段，进入一个崭新的、从头开始的新的工作领域。回顾往事，从教育系统的学校"跳槽"到文化部直属单位的中国艺术研究院，过程真有似天方夜谭。

在十七年的小学工作中，我几乎教过所有课程。作为优秀教师获得过不少嘉奖、培养出不少好学生。我喜爱教师工作，也从未想过放弃。但出于一些无奈，而破天荒地进入"西城区教育局工程队"没两天，又出乎意料地被高中时的化学老师拉回了母校去教初三化学课。而且在第三年一个偶然的机会，舞蹈研究所研究西方现代舞的老专家、美国著名现代舞蹈家玛莎·格莱姆的弟子郭明达老师竟找到了我。通过十分愉快的交谈，当他了解到我曾创作过获奖儿童歌舞，也略晓音乐、舞蹈方面的知识，便向单位提出由我担任他的助手工作。经过系列的申报和报批，于 1980 年 1 月我被调入中国艺术研究院舞蹈研究所，从此开始了后半生崭新的工作与生活。

巫鸿：你准备被调到艺研院舞蹈研究所的情况，因为我住在故宫，同时在忙于赴美的英文学习而完全不知。但在突然得知你的工作调动后，觉得你能去做自己挑选的工作也

《国庆三十五周年晚会集体舞专辑》
封面

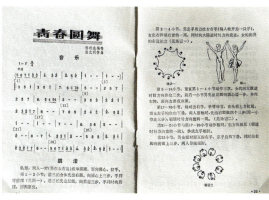

《青春圆舞》内页

是十分难得的。当时我嘴上没说，不过心里想到你虽然小时候喜欢跳舞，可到了研究单位能做什么呢？可是我又坚信，你的性格会决定你在新单位一定会找到自己的位置和从事的工作。

允明：从教育界跳入舞蹈界这一新领域，对我来说一切都充满着未知和生疏，"从学徒开始"便成了督促我努力进取的座右铭。最初进入艺研院舞蹈研究所，我只是作为郭明达老师的助手协助他工作，其中包括为只会讲四川方言的郭老师在各大艺术院校进行现代舞史和训练讲座时承担"翻译"，以及共同为全市幼教系统教师举办"国外儿童舞蹈教学"培训等活动。在那阶段还曾与郭老师一起为1983年国庆三十五周年联欢晚会创作了由我作曲、郭明达老师编舞的《青春圆舞曲》，被"国庆三十五周年联欢晚会"联合指挥部选入《国庆三十五周年晚会集体舞专辑》，推广到各大机关、学校。更没有想到的是：由我作

《中外经典名曲两百首》封面　　　《青春圆舞曲》内页

我们家一滴水映照的历史

曲的《青春圆舞曲》曲谱，竟在三十余年后被我的学生周博健在孔夫子旧书店发现，被收入了由王云江主编、浙江大学出版社于 2013 年出版的《中外经典名曲两百首》中。

巫鸿：那你是怎样开始进入对"原生态舞蹈"和"舞蹈历史"研究的呢？

允明：因为我的编制在资料室，除了协助郭老师工作外，便整天徘徊在资料室成排的书柜之间，汲取着从未拥有过的舞蹈学知识。在翻阅的过程中我逐渐发现大多书籍都是文字资料，仅有的图片资料也多是舞台剧照，民间舞蹈的图片几乎没有。然而舞蹈是一种动态艺术，作为一个研究所必须拥有各类舞蹈动态的影视资料，才便于研究工作的深入。为此我向董锡玖副所长提出，请院里已拥有先进影视设备的院资料馆所属"录像室"，为我所拍摄舞蹈视频资料的想法。同时还提出：中国的一些传统舞蹈应该还留存在民间各地，应该尽快通过影视手段将其拍摄和保存下来。我的提议得到吴晓邦所长的大力支持，之后又得到白鹰院长的同意，责成院科研处直接领导、负责这项工作与划拨经费，由我承担"民间舞蹈视频"资料拍摄的组织工作。

巫鸿：对"原生态舞蹈"的调查是从何时开始进行的，在全国各地做了多长的时间的考察？

允明：在院里批准我申报的"中国原生态舞蹈"考察项目后，严格地说从 1981 年的春节，就正式启动了对全国多地的田野考察项目。从此一发而不可收地延续了三十余年，直到我退休后七十五岁。田野考察是一项充满艰辛、既费时又耗力的工作，但又是进行人类学研究的必要前提。前后三十余年的田野考察，虽然因过度劳累而伤痕累累，以至左膝全部废掉置换了钛钢膝关节。但身体的累累创伤与获得的"原生态舞蹈"第一手影视资料相比，就微不足道了。

巫鸿：你能坚持如此长时间的田野考察并在后来进行理论研究和著书立说，看来你的"跳槽"还真是跳对了，终于实现了你"要做自己喜爱工作"的愿望。

你进行大量田野考察时，我已在美国学习和工作，所以详细的情况可以说是毫无了解，希望你能讲讲在田野考察中的愉快和收获。

允明："原生态舞蹈"考察项目，对我来说一方面充满着诱惑、困难和艰辛，一方面又使我感到大有所为而无比兴奋。所以我决心要在边干边学中努力提高有关民族历史和民俗类的理论水平，力争为充实舞研所"原生态舞蹈"视频资料做出贡献。同时决心要力争通过十年努力获得高级职称，能够在我们的家族中站直腰杆。

80年代初深入边疆省份少数民族地区进行调查，基层食宿等各方面的条件都十分艰苦，晚上只要有个地方能躺倒休息，无论是老乡家、大队办公室还是牛棚马圈我都住过，至于蚊蝇、跳蚤的叮咬便是不值一提的小事。

为了和时间赛跑，赶在传统民间舞蹈在受到外来现代文化影响之前将其记录下来，从80年代初至90年代中期十余年中，一年七八个月奔跑在边远省份，如新疆、西藏、内蒙古、青海以及内地，以最大能力对十余个省份民间传统节日"原生态舞蹈"现场的视频采集和访问，获得了极为丰富的一手资料。迫于拍摄人员紧张和工作的需要，我迅速掌握了视频拍摄、剪辑等技能，最后达到掌握独立采集视频素材及全部的后期制作，成为掌握"摄、导、编三位一体"的影视工作者。

巫鸿：曾听妈妈提到，你在去陕西"考察"前，咱们家还有过一段笑话？

允明：确实在家里有过一个"笑话"，此外在"考察"过程中出于与各地老艺人和工作人员间亲密关系而形成的"故事"，至今想起来仍能唤回当时由衷的欢乐。现在给你讲两段听听：其一，汉族最隆重的节日是阴历新一年的春节，其他少

1995年允明考察期间与贵州地戏艺人合影

数民族的节日几乎布满一年三百六十五天。为此，我决定了"先边远、后内地"的拍摄计划，从1982年的春节期间开始，拍摄以陕西为重点省份的汉族传统民间舞蹈。在前往陕北之前在家里准备行装时，我和爸爸妈妈曾经发生过一段出于汉语"谐音"的笑话：

> "据我的经验，陕北农村虱子多，你可不能穿毛衣去，否则虱子钻进毛衣缝里很难弄出来的。"母亲由于去过陕西农村颇有经验地说。
>
> 坐在外屋正在看报纸父亲没听清楚，便胸有成竹地说："笑话！陕北哪来的狮子？狮子是热带动物，中国根本连有都没有！"
>
> 我听了先是一愣，后来简直笑到直不起腰来。汉语中"狮子"和"虱子"虽然音同，但却是差之毫厘谬之千里的物种。

在呼伦贝尔草原骑骆驼

到达陕北榆林后，我第一次领略了零下35度低温的滋味。看着挂在空中明晃晃的太阳，却感受不到一点温暖。设在窑洞里的县招待所暖烘烘的热炕，使我一时完全忘却了室外的寒冷。但没有想到的是，第二天清早起来，兴冲冲地拿着脸盆跑到院外结着厚厚冰甲的高坡上去打水，脚下一滑一盆热水全部翻在了脚上，刹那间我的双脚与地上的冰层冻在了一起，丝毫动弹不得。直到被人发现后，在大家拿铁镐砍碎双脚周围的冰层，才算"脱离苦海"。这天"北京客人被冻在水台上"的事，便成了招待所里最大的新闻和笑料。

其二，在内蒙自治区呼伦贝尔草原地区，经过一个多月对蒙古族"原生态舞蹈"的考察，我们不但适应了当地民族的生活习惯，而且也与蒙古族老艺人、协助工作的人们都成了十分友好的朋友。

在一次聚会时，当地领导老桑宝开玩笑地对我说：你现

在呼伦贝尔草原骑马

在已能够"饮高度白酒""吃肥羊尾""用刀子吃羊头肉"和"骑骆驼",要是再能"骑马"我就接受你为蒙古族成员。这番话引发了我的好胜心,便同意在第二天进行"应试"。第二天,老桑宝把一匹小马牵到了我面前时,心想:小时候我已骑过羊、牛、驴,前几日还骑过骆驼,现在只要不被这匹小马摔下来并能小跑几步就算成功。便胸有成竹地迅速翻身上马,表现出自己并非是个胆小、迟钝的新手。但还没骑五分钟,就感到马鞍子硌得没法坐。便挖空心思地琢磨着各种坐骑的姿势。无意中我两腿夹着马肚子,身体稍向前倾,缰绳不自主地一提一松……没想到这些动作小马竟认为我是个老手,下了"飞跑"令,便撒开蹄子向远处狂奔而去。这时我又是紧张又是害怕,但深知此时必须顺从行事否则危险更大,便双手握住缰绳,两肘架在马颈后部,两腿几乎是半跪在马身上,屁股完全离开了鞍的姿势,没想到这姿势不但舒服,而且又稳当又安全。随马匹继续奔跑一阵后，忽然听见传来了越来越近的马蹄声，直到另一匹马拦在我的前边，才发现是马主人追了过来。我当时真觉得扫兴，但不会蒙古语也无法说什么，只好掉头往回走，才发现原来我已跑出去了三四公里。

回到了出发地，老桑宝接我下马高兴地说："行啊，所有考试中'骑马'项目你表现得最好。刚开始可把我吓坏了，但看你没慌，动作也没乱才慢慢放心。但还真没想到你能让马跑了起来。因为马主人有事要走，才不得不把你拦了回来。你跑马的姿势是谁教你的？"

我还从未见桑宝这样高兴过，便十分坦白地说："我的姿势，其实是让马鞍子硌出来的。幸亏你们来人拦住了我，因为我不知道怎样让马停住。否则大概要绕地球跑一圈后才能回到你们身边。"听了我这话，老桑宝和在场的人都哈哈大笑起来。

老桑宝止住笑后说："傻姑娘，最难的、最要胆量的跑马你都掌握了，怎么如何把马刹住你倒没'研究'出来呢！其实这很简单，只要你双手把缰绳拉紧，等它停下再放手就行了。哈哈……"他拍拍我的肩膀又说："行了，能骑马、骑骆驼，能喝酒、会吃手把肉，还喜欢我们的白食，够个蒙古族了。等回去到我家时，我以蒙古族大哥的身份重新接待你这个'蒙古族新成员'。"

巫鸿：我 90 年代回国时，看见一张你身穿军人迷彩服的照片，

允明在老山主峰留影

你那是在表演还是到部队去"考察"？

允明：你看到我头戴钢盔、身穿迷彩服、手握自动步枪的照片可不是在演戏，而是在"对越自卫反击战"的老山战役期间，作为中国舞蹈家协会特邀摄影记者，我参加了"中国舞蹈家慰问团"，前往越南老山、者阴山前线进行随团拍摄、随访。

小时曾羡慕军队戎马生活的我，没有想到在和平时期却有机会到达中越边界。在前沿阵地我体验了战士们身处"猫耳洞"的潮湿，见识了散落在草丛里只有纽扣大小的连环雷；目睹从前线撤到一线战地医院残缺肢体的英雄伤员，也曾以酒泪送别过即刻前往敌营，不知能否再见的江苏同乡侦察兵……虽然在较远处的隆隆炮火声中，我们团的表演家们以最大热情的歌舞来慰问和感谢前方战士，面对这些无名英雄的付出和牺牲，我深深地感到那些整天牢骚满腹、怨天尤人，不满足和平生活的人的渺小和卑微，感到自己应加倍为国家和事业贡献力量。同时在这硝烟气息中，我才真正懂得了"政治是不流血的战争"和"战争是流血的政治"的含义。

当我们回到"文山前线指挥部"后的第一时间，我和助手立即编辑了专题影视片《边关舞情》送往云南省电视台，不久便在中央电视台军事部和云南省电视台分别进行了播出。

巫鸿：后来你是怎样从"田野考察"转入"原生态舞蹈文化"和"古代舞蹈史"的理论研究的？

允明：在十年左右时间进行深入民间的"田野考查"过程中，必然从第一手资料的积累，进入对形象资料与相关历史、民俗，及文艺理论相互结合的思考。在舞研所老一辈专家的鼓励下，我开始尝试以文字对"田野考查"进行介绍，以后慢慢发展到相关的理论论述。我的第一本小书是 1988 年由重庆出版社出版的《神州舞韵》，这是一本对我国 56 个民族民间舞蹈的介绍性书籍。

随着学习的深入和提高，研究中国传统民间舞蹈应从哪里入手？应该使用什么研究方法？成了我后来一直探讨的目标。以后通过作为访问学者，在哈佛大学受到张光直先生指点而接触到"人类学"，此外对中国美术史、中国音乐史、民族学、语言学等学科的学习和借鉴，在 1994 年的"94′北京国际舞蹈院校舞蹈节·国际会议"上发表了《民族民

允明在韩国艺术综合大学舞蹈学院讲座

间舞蹈研究的新途径——"语言系属分类法"简介》一文。之后，继续通过田野考察和对人类学的了解与探讨，开始着手从文化人类学角度剖析"原生态舞蹈文化"的尝试。从90年代中期至2017年近30年，分别在舞研所、北京舞蹈学院、北京师范大学及首都师范大学舞蹈系等院校任教，讲授"中国原生态舞蹈文化"及"中国古代舞蹈史"课程，并先后赴法国参加"巴黎世界民间艺术界"进行"中国傩戏"讲座、赴韩国艺术综合大学舞蹈学院作"中国古代宫廷舞蹈"专题演讲，及在国内多地参加学术会议，宣讲包括《羌族的舞蹈文化》《关于"汉代画像砖石"》《关于舞蹈研究与研究方法的思考》《源远流长的原生态舞蹈》《对中国傩文化的调查与思考》以及《非遗名录下的"原生态舞蹈"》等方面内容。这些专题研究使我逐渐摸索出了研究"民间舞蹈"的方法与渠道，也进一步认识到研究原生态舞蹈文化的重要性。

由于中国传统"傩仪"中拥有丰富的"原生态舞蹈",为此我在调查中特别增加了对各省份每逢年节举行的"傩仪"的调查。随着调查的深入和第一手资料的积累,在我70岁前担任中国傩戏学研究会副会长兼秘书长的十余年过程中,先后主持了在贵州省毕节、安顺、德江,湖南省冷水江、新化,江西省南丰、安徽省贵池、山西省潞城等地举行的"国际傩文化学术研讨会"达七八次,增强了中国与亚洲及世界"傩文化"学者欢聚一堂、共续新篇的局面。为了更加强调"中国傩文化"的源远流长,曾参加在三个国家轮流举行的"中日韩'傩文化'研讨会",并发表对"中国傩文化"研究与比较研究方面的讲座与论文。从2000年开始,我进入了"退而不休"阶段,继续着从事尚未完成的教学、考察和研究工作。

我记得你回北京后被分配到了故宫,一直住到了出国之前。后来又回中央美术学院读硕士,整天忙得难得回到后海小院。所以你详细的工作和学习情况不仅我不知道,大概连爸妈也不是十分清楚。

巫鸿: 确实是这样,到1978年秋季我已经在故宫工作了五年多,对中国古代书画、铜器、石刻都有了一定的了解,也在《文物》[①]和《故宫博物院院刊》上开始发表文章。但心里也十分清楚:由于1969年初开始的"社教""四清""文

---

① 《文物》"秦汉研究"栏目,1979年第5期,48-52页。

巫鸿（中）与中央美术学院美术系"文化大革命"后第一届硕士班同学　1979年

化大革命"等政治运动，实际上没有在课堂获得多少知识和严格训练。因此当大专院校开始招收研究生时，我马上决定重返学校。这个决定得到了故宫领导的同意，在报名和考试之后，我成了中央美术学院"文化大革命"后招收的首届研究生之一。进入美术史系硕士班学习的同班中，有老同学薛永年、王泷、吕长生，也有新同学刘曦林、王宏建、邓惠伯、杜哲森、令狐彪等人。当时学校里充满了一片令人激动的"百废待兴"氛围，老师和学生都希望利用生活中重新获得的"第二个机会"大干一场。我的导师金维诺教授和其他老师都极为鼓励我，在《美术研究》复刊的第一期上，我登载了讨论新石器时代玉器的文章。

此时我也和一〇一中的老同学和朋友韩倞（卡玛）重新建立了联系。她当时在哈佛大学读研，听我说对人类学有兴趣，便建议我报考哈佛张光直教授的研究生。当时我并不

巫鸿在哈佛大学研究院

了解张教授在美国的学术地位，就懵懵懂懂地填写了报名表，附上两篇发表了的文章。直到收到录取信件之后，才知道我是前往美国攻读文科博士的第一批大陆学生之一。

允明：1980 年能出国留学，可以说还是凤毛麟角，更不用说是去哈佛大学了。所以全家人一起到机场去给你送行，成为家庭历史上的唯一一次。记得在候机厅咱们姐弟三人在当时颇有争议的袁运生画的《泼水节》壁画前，留下了一张宝贵的合影。

巫鸿：在哈佛大学刚开始上学时遇到的困难很多，我在《张光直师，哈佛，和我》那篇文章里已经谈了不少，此处不再重复。① 需要再次强调的是：如果没有哈佛的教授和同

---

① 见巫鸿：《豹迹：与记忆有关》，上海三联书店，2022 年，269—284 页。

巫鸿（中）赴美前与允明、巫谦合影

张光直（上排中）和巫鸿（下排中）及其他学生

学的支持和鼓励，特别是韩倂的帮助，我大概很难完成
以英语进行的高强度学科训练和考核。那是一个既艰苦
又愉快的时期：回到了充满理想主义的学校环境，除了
学习知识和思考问题之外什么都不用考虑，我感到这是
上天赐给自己的一个难得机会，寻回"文化大革命"中
浪费掉的青年时代。一年之后，我在几位教授的支持下，
从人类学系转到一个为我专设的跨学科"特殊委员会"
（ad hoc committee）。这是哈佛大学特有的一种制度，在
四名教授的支持下可以设立。虽然需要上加倍数量的课
程，但我可以摆脱各系的特殊要求（如人类学系的统计
学和体质人类学课），自由地选修艺术史、考古学和思想
史的课程并将之融合。我为一些课程所写的文章，经修
改后从 1984 年起开始在美国的艺术史学刊上陆续发表，
包括《三盘山车饰与西汉美术中的"祥瑞"图像》《东夷
艺术中的鸟图腾》《早期中国艺术中的佛教因素（2—3

亚当斯学院一次展览合影，（从左到右）陈丹青、罗中立、翁如兰、凯里夫人、罗伯特·凯里、木心、巫鸿

世纪）》等。①

允明：记得你除了获得全额奖学金外，在第三年还得到了一个对业务很有帮助的职位，对你以后的"策展"有一定的锻炼和启发。

巫鸿：是的。从 1983 年开始我担任了哈佛大学亚当斯学院（Adams House）的美术史"住宿辅导员"（resident tutor）。当我发现学院的社交大厅很适合做画展后，在凯里院长的许可和鼓励下，我为当时的访美中国艺术家办起一连串展览。几年下来，在那里作过个展的画家包括陈丹青、木心、张宏图、翁如兰、裴德树、张健君、罗中立等人，此外还有几个群展。由于中国当代美术在 80 年代的美国还是个新鲜事，这些展览吸引了不少哈佛的学者和学生，甚至周围大学的人也来参观。策展经费则

① 三篇中译文分别见《传统革新：巫鸿美术史文集·卷一》, 67-92, 93-114, 115-177 页。

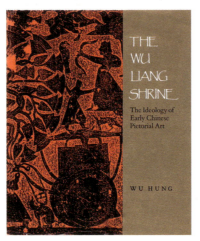

《武梁祠：中国古代画像艺术的思想性》英文版封面

是零，学院只提供开幕式的饮料，其他诸如运输、布展、宣传之类则全靠我和艺术家自筹。陈丹青曾谈到我在筹备木心的画展时，把画框捆在不久前买的二手汽车顶上，从纽约开到哈佛。中途下车一看，发现全都"不翼而飞"。

我于1987年从哈佛毕业，获得了美术史和人类学的两个博士学位。当时哈佛大学艺术史系正在招聘中国美术史教授，我就大着胆子报了名。经过前两轮竞选进入"短名单"后，我被邀请在系里做一场公开讲演。由于感到本系老师已经对我的博士论文很熟悉，我就此放弃了以论文主题为题的一般做法，转而讨论我那时候开始感兴趣的中国绘画的"媒材"问题，特别是以《韩熙载夜宴图》为例解释"手卷"具有的独特时间性与空间性。讲话后与"遴选委员会"（search committee）成员共同进餐和谈话——这通常也是"遴选"过程的一个重要部分。过后原来我的艺术史博导罗森菲尔德（John Rosenfield）告诉我，委员

巫鸿和他在哈佛的博士生（左起为宁强、曾兰莹、汪悦进、巫鸿、高名潞）

会的另一位教授、著名欧洲美术史家 T.J. 克拉克（Timothy James Clark）在饭后半开玩笑地说："我们选巫鸿吧——我从来没有见到一个职位申请者喝这么多酒！"这虽是玩笑，但我当时确实很放松，感到这次的进餐给了我一个机会，能够继续讨论讲话中提出的学术问题。

允明：你毕业后能够当年就在哈佛大学任教，这可以说也是打破了以往的惯例。当然，这与你的博士论文《武梁祠》在业界的轰动应该是分不开的。

当家里听说你的《武梁祠》出版并得到极高评价时，爸妈虽然没有多少赞扬的话语，但在那些日子里笑容似乎一直挂在脸上。但同时，也为你接下来在哈佛任教的压力有所担心。

巫鸿：在哈佛教书无疑是个新的挑战：作为全校唯一的中国美术史教授，我需要为大学生、硕士生和博士生提供不同类型的课程，内容也要包括一般性介绍到高强度的专业训练。但什么都是学出来的，可能我继承了妈妈的基因，总是把教课作为与听课者一同学习、一起思考的机会。我的课在历年中得到学生们的高分好评，几位聪明勤奋的年轻人也成了我带的第一批博士生。

在哈佛教了三年书之后，在1991年我得以回到中国，见到十年未见的家人，同时也开始建立和中国学者、艺术家的联系。

记得我1991年返京时，感到一切都是那么熟悉但又生疏。出了机场，出租车窗外的街道非常黑暗，路灯发着黄光，房屋比记忆中的矮小许多。回到后海家中，那个古老的四合院也显得同样黝黑和低矮——但没有另一种色彩和尺度能够传达出更多的温暖。我和爸爸、妈妈、你一同坐在北屋昏暗的灯光下，面对面地互相看着，大概是出于过度的激动而都说不出话来。

允明：你的这次回国，记得好像特别忙。当时你是在做什么课题吗？

巫鸿：那次回去除了探亲还带有一个任务，就是参加《中国绘画三千年》一书的撰写。那个时期正是中美建交后的关系较好阶段，双方都鼓励发展合作项目，中国国际出版集团得到最高层的支持，与美国耶鲁大学出版社共同出版一套"中国文化与文明"大型丛书，双方延请中美专家系统阐释中国的艺术和文化。《中国绘画三千年》是丛

《中国绘画三千年》英文版封面

书的第一卷，担负着开启这个双边计划和建立基本学术模式的双重任务，中国和美国各出三位学者写作该书的六章，中国方面是杨新、聂崇正和郎绍军，美国方面是我、高居翰和班宗华。我们一起在故宫漱芳斋看画并进行自由讨论，也通过不断的聚餐重述友情。我、高居翰和班宗华三人还访问了"圆明园画家村"中聚集的前卫画家，参加了在中国画研究院举行的"北京西三环艺术研究文献资料展"讨论会。这后一访问对我有着相当大的影响：在组织者王林的协助下我们得到了一套"资料展"中的文献材料，计划带回美国展览。虽然这个想法未能实现，但它把当代中国艺术和艺术家重现带进了我的视野，几年后在我的研究和写作中发展成一个重要领域。

允明：进入 90 年代后，你回国的次数渐渐多了起来。但是在家里居住和停留的时间不多，仍在忙着一些预计的学术计划。而且我感到 1994 年在你和九迪一起从哈佛大学转入芝加哥大学，进入一个新的研究空间后更越发地忙碌起来。

巫鸿：1994 年是我生活和工作中的一个重要年份：这一年我接受了芝加哥大学的邀请，去该校发展中国和亚洲美术史的教学和研究，随即与妻子蔡九迪、女儿巫笠答（Lida Zeitlin-Wu）搬迁到芝加哥。

对我的这个决定，当时所有的亲人和朋友——包括早年毕业于哈佛的爸爸，都表示难以理解，但也都相信新的环境会给我们带来更大的发展空间。事实证明，我确实不断地发现和利用了这个空间——虽然也时时怀念在哈佛度过的日子和留在那里的朋友。芝大吸引我的原因之一，是该校的斯玛特美术馆对展示和研究中国当代艺术表示出极大兴趣，而当时的哈佛大学美术馆则完全没有这种愿望。像当我提出展示"西三环艺术研究文献资料展"资料时，未加商讨就加以拒绝。芝大的另一吸引力来自该校的浓厚学术气氛和跨学科研究传统，很适合我当时的口味。去芝大之后的两年中，我出版了我的第二和第三本书；第一本书《武梁祠：中国古代画像艺术的思想性》在此前已经问世并获得了 1990 年的"列文森中国研究著作奖"。这两本新书是 1995 年出版的《中国古代美术和建筑中的"纪念碑性"》和 1996 年问世的《重屏：中国绘画中的媒材与再现》，前者在全球语境中反思中国史前至魏晋时期的礼仪美术，后者探讨中国绘画的特性。

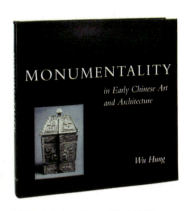

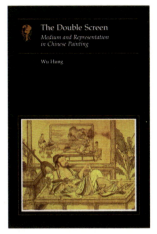

《中国古代美术和建筑中的"纪念碑性"》
英文版封面

《重屏：中国绘画中的媒材与再现》英
文版封面

这两本书代表了我在学术历程上的一个新阶段，通过引进新概念和观察角度重新思考中国美术史的基本框架。

允明：记得在 2000 年左右，你曾组织过中外专家共同研讨中国艺术和视觉文化的"汉唐之间"计划。其中一次是在北大举办的。记得在那近一周时间内，我每天骑车往返于后海家和北大大讲堂之间。虽然我只参加了在中国举行的唯一一次，但对我日后进行的"中国古代舞蹈史"的研究有很大启发。在这以后，你在策展方面也显示出了很大的潜能。

巫鸿：研究"古代美术"和"当代美术"成了我从 1997 年到新世纪初工作中的两个并行线索。延循前一线索我组织了"汉唐之间"计划——这个计划由美国卢斯基金会（Luce Foundation）赞助，目的是联合国内外专家，共同探讨魏晋南北朝时期的中国艺术和视觉文化。与聚焦于"汉代美术""唐代美术"等高峰的做法不同，这个计划所关注的是高峰之间的"波谷"，希望做的是探寻新现象、新

"汉唐之间"系列丛书封面

概念的产生和多元文化之间的互动。我们在 2000 年至 2002 年间召开了三次大型国际会议，随后与文物出版社合作出版了三本论文集，分别题为《汉唐之间的宗教艺术与考古》《汉唐之间的视觉文化与物质文化》和《汉唐之间文化艺术的互动与交融》，可说是当时美术史和考古界的一个比较重要的综合性学术活动。

在当代艺术领域中，我从 1996 年开始为芝加哥大学斯玛特美术馆策划一个大型展览，1999 年展出时定名为"瞬间：二十世纪末的中国实验艺术"。为此展览我选择了近二十名具有代表性，但在西方尚籍籍无名的 90 年代当代中国艺术家，对他们进行了深入的访谈和研究。此展随后巡回到美国的其他美术馆，展览图录提供了对中国实验艺术的总体介绍和每位艺术家的专论，被不少院校用作教授中国当代艺术的教材而连续加印了十一次。下一年中，我又在斯玛特美术馆策划了称为"取缔：在中国展览实验艺术"

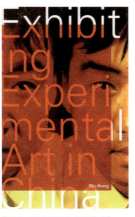

间：二十世纪末的中国实验
》英文版封面

《取缔：在中国展览实验艺术》
英文版封面

《重新解读：中国实验艺术十年（1990—
2000）》封面

的展览并出版同名书籍（中文译名为"关于展览的展览：
90年代实验艺术展示"）。同时，我也开始在国内和艺术
家、策展人进行合作，最重要的一个合作计划是2002年
11月在广东省美术馆举行的"首届广州当代艺术三年展"。
展览的主题是"重新解读：中国实验艺术十年（1990—
2000）"，由我担任主策展人，与馆长王璜生以及黄专和冯
博一共同构成策展团队。这样，我在2000年左右可说是
建构起一个新的工作模式，以美国和中国作为"双中心"，
同步开展对古代和当代艺术的研究、写作和展览计划。

允明：但就是在你最为繁忙的阶段，咱们家也经历了亲人的永别。

巫鸿：是的，也就是在这个时期，我们家遇到了每个家庭都无
法避免的爸爸和妈妈的前后故去。爸爸于1999年离世，
享年94岁，当时我未能回来；妈妈于2001年逝世，享
年86岁。在妈妈弥留之际，我和九迪一起回到北京，赶
在医院里握住了她尚存温度的手。

尾声

　　每个家庭在人类历史上不过是沧海一粟，但都会留下各不相同的印迹。就像是一滴小小的晶莹水珠，在阳光的照射下反射出变幻不定的七色彩虹，那便是每个家庭的不同故事。当眼下所讲的这个故事进入尾声，我们姐弟二人希望对逝去的父母说几句话，作为本书的结束。

　　爸爸、妈妈，你们离开我们已有二十余年，回瞻往事，您二人从20世纪30年代组成了两口之家，在40年代至50年代扩展成四口和五口。第三代随即于80和90年代出生，然后又迎来了21世纪降临的第四代。到今天，你们建造的小家已经变成好几个，人数也达到过十名以上：允明住在你们原来在北京红庙的单元房，每日笔耕不辍，同时照顾附近养老院里的小弟巫谦。她的儿子晓雷及其妻子刘毅两人生活得很好，晓雷刚办了退休返聘手续，还在继续繁忙地工作。巫鸿和九迪仍在芝加哥大学任教，"疫情"结束后又开始重

祖孙之间

孙女笠答听奶奶讲《大闹天宫》

新回国，继续在大洋两边发展学术计划。巫鸿的大女儿海凝在
费城任职，她的大孩子凯特琳刚开始修习硕士，希望为儿童教
育贡献一生；小孩子劳拉也已进入高中。巫鸿的小女儿笠答不
久前从加州伯克利大学获得博士学位，刚刚获得她的第一个大
学教职并组成了自己的家庭。每当在老照片中看到你们和第三
代人在一起，给他们念书、讲故事的景象，我们的心中都会漾
起温暖的回忆，重温以往的家庭亲情。

　　记得爸爸在 90 年代中期曾半开玩笑地提出过，我们家可以
举办一个"家庭著作展"。但那时大家都处在高度繁忙阶段，你
们也还身体健壮、持续笔耕，觉得再过几年在家里办这个展览
也可以，而且会包括更多的新作。然而时光飞逝，你们相继去世，
这个展览一直未能实现，这成了咱家的一个遗憾。此处把我们
两人在你们走后的一些学术成果摘要报告一下，希望你们听了
能感到欣慰。

我们家

一滴水映照的历史

《永久的记忆》中英文版封面

新书发布会与黄惠民合影

　　允明退休以后，虽然仍持续在各地进行考察，但迫于长期积累的伤病，主要的学术活动便多集中在北京舞蹈学院授课、撰写原生态舞蹈文化、舞蹈史方面的书籍和论文，以及编辑有关民间舞蹈的影视作品。她的四项学术著作值得在此一提：一是2009年纪念汶川地震一周年时，以中英两种文字出版《永久的记忆——川西北羌藏文化民俗图集》，随后参加了同年在法兰克福国际书展中的中国书展；二是在30余年田野考察实践基础上撰写的理论专著《中国原生态舞蹈文化》，于2011年出版后获得"第十届中国民间文艺山花奖·民间文艺学术著作奖"，次年又获"第四届中华优秀出版物奖"；三是2012年发表题为《华夏文化对美洲印第安人古代文明和传统习俗的影响初探》的论文，获得了"中

《中国舞蹈考古》封面

《青海土族民俗礼仪"於菟"》获第十二届中国民协"山花奖"

国文联第八届'文艺评论·文章类'一等奖";四是2023年秋季由上海音乐出版社出版的《中国舞蹈考古—以文物鉴史》专著，被列入"'十四五'国家重点图书出版规划项目"和"国家出版基金项目"。这些书籍之得以问世和获奖，允明感到需要谢谢她的好友、我国舞蹈书籍出版界"第一编辑"黄惠民先生的鼎力相助。此外，她于2015年完成的与刘春共同拍摄和制片的民俗纪实影片《青海土族民俗礼仪"於菟"》，也获得了"第十二届中国民间文艺山花奖·民俗影视片奖"。

鉴于她的努力与勤奋，经戴爱莲先生推荐，于1999年先后获得"英国剑桥国际传记中心"授予的"20世纪成就奖"和"1998——1999年度世界女性"称号。

在美国国家美术馆作关于中国美术史的梅隆讲座

巫鸿的美术史教学和著述，以及对当代艺术的展览策划和写作，在 2002 年后逐渐进入高峰时期。为了在美国更好地推动对中国和亚洲美术的研究，他于 2002 年在芝加哥大学建立了东亚艺术研究中心并任主任，同年担任了该校斯马特美术馆顾问策展人。近十几年中，他以中英文撰写了多部关于古代、现代和当代中国美术的专著，也在世界各地策划了一系列当代艺术展览①。

这些出版物和展览中的一些获得了国内外的奖项，由于他

① 巫鸿有关中国古代艺术及视觉文化的专著包括《黄泉下的美术：宏观中国古代墓葬》（2010）、《废墟的故事：中国美术和视觉文化中的"在场"与"缺席"》（2012）、《全球景观下的中国古代美术》（2017）、《"空间"的美术史》（2018）、《中国绘画中的"女性空间"》（2019）、《物·画·影：穿衣镜全球小史》（2020）、《中国美术与朝代时间》（英文，2022）、《空间的敦煌：走近莫高窟》（2022）、《中国绘画：远古至唐》（2022）、《中国绘画：五代至南宋》（2023）、《天人之际：考古美术中的山水》（2024）等。在当代美术的策划和写作方面，在 2022 年的"第一届广州三年展"之后，他所策划的其他大型展览包括"过去和未来之间：中国新影像展"（2004，纽约）、"'美'的协商"（2005，柏林）、"第 6 届光州双年展"第一部分（2006）、"书：中国当代艺术中的文字和书籍"（2006—2007，纽约）、"亚洲再想象"（2008，柏林）、"移动：三峡大坝与当代中国艺术"、（2008，芝加哥）、"关于展览的展览：90 年代的实验艺术展示"（2016，北京）、"中

巫鸿与德国总理安格拉·默克尔等人荣获哈佛大学荣誉博士

对美术史教学和研究的一般性贡献，于 2008 年被遴选为美国国家文理学院终身院士，并获美国大学艺术学会美术史教学特殊贡献奖。2016 年他获选成为英国牛津大学斯雷特讲座教授，2018 年被选为美国大学艺术学会杰出学者，2019 年获选为梅隆讲座学者，并获得哈佛大学荣誉博士，2022 年荣获美国大学艺术学会颁发的"艺术写作终身杰出成就奖"，成为中国大陆赴美学者获得这些荣誉的第一人。

国当代摄影四十年"（2016—2017，北京、深圳）、"画屏：传统与未来"（2019，苏州）、《星星 1979》（2019，北京）、《物之魅力：中国当代材质艺术》（2019—2022，洛杉矶与芝加哥）、"超越纪实：20 世纪西方摄影名家原作展"（2023，苏州）等。多年来他与许多当代艺术家进行合作，为他们策划了新作或回顾展。除了为这些展览所撰写和编辑的图录以外，他有关现代和当代美术的著作还包括《东方与西方之间、过去与未来之间》（英文，2001）、《荣荣的东村》（2003）、《再造北京：天安门广场和政治空间》（英文，2005 年）、《作品与现场：巫鸿论中国当代艺术》（2005）、《徐冰：烟草计划，2006》《走自己的路：巫鸿论中国当代艺术家》（2008）、《张洹工作室：艺术与劳动》（2009）、《物尽其用：赵湘源与宋冬》（英文，2009）、《聚焦：摄影在中国》（2016）、《当代中国艺术：原始文献》（2010）、《当代中国艺术：一个历史叙事（1970s—2000s）》（2014）、《关键在于实验：巫鸿中国当代艺术文集》（2023，四卷本）等。

迟到的"家庭书展"

爸爸、妈妈：

　　我们希望这份汇报，能使你们在九泉之下感到欣慰。我们把本书——《我们家：一滴水映照的历史》——奉献给你们，作为对你们艰苦而勤劳一生的纪念，同时也表达对你们养育和教导的感恩。

王鸿　巫鸿明

附录

说明

　　此处所附的四篇文章，从不同角度记录和反映出父母的生平、性格和志向，是了解他们的重要资料。出于他们二人之手的前两篇尤其如此：第一篇是我们在撰写此书过程中发现的父亲的一份未发表手稿，是他在 92 岁生日前撰写的自传，聚焦于少年和青年时代的经历，以及毕生学术思想和研究方向的发展和变化，极具历史价值；第二篇是父亲去世后母亲所写的回忆，充满感情地回顾了二人数十年中肝胆相照、相濡以沫的奋斗经历。第三篇为学者陈超所撰，通过对历史材料的爬梳检索，提供了有关母亲一生以往不为我们所知的宝贵信息。第四篇出自作者徐方一个特殊视点：她在孩童时随家人去到"五七"干校，在那个特殊环境里认识了父母。她的文章记述了一个年轻人眼中的父母和我们的弟弟，读起来尤感温馨。

往事回忆

巫宝三

目　录

往事回忆

第一篇　幼年时期：家庭　学校　乡村
　　　　撤退和思想

第二篇　青年时期参加阶段流动
　　（1）1927年1月至4月
　　（2）1928年7月至9月
　　（3）1928年秋至1929年辗转

第三篇　解放战争时探究主要发展
　　　　革命工作

(20×25=500)

《往事回忆》目录　作者手迹

小 序

我今年已92岁，当最初写完《唐代重商思想的兴起》一文之后，我感到这是我写的最后一篇研究论文了。视力的迷茫和体力的衰退，都使我不可能查阅更多资料，当然不可能再写什么论文。可是我的脑子还管用，还能思考一些问题，年轻的朋友们曾建议我写回忆录，我觉得这是个好主意。

我从清华大学毕业以后，即投身于学术研究，一直没有改变。在这长达六十多年的研究生涯中，我编写和出版不少论文和专书，其中包括时论和译著。通过这些书文，我在这一长期中的经历、工作和思想也一道可以表明出来。我在90岁时，曾编选出版一本论文集——《经济问题与经济思想论文集》，包括1927年至1995年我发表的论文，主要目的即在于回顾我的学术思想演变发展过程。既然已经编写了这本论文集，我在考虑写回忆录时，就不准备写过去这一长期中的学术研究工作，避免重复，亦可以节省劳动。我准备写的，主要是我幼年时的乡村生活和思想上朦胧感触到的一些问题。1927年"大革命"时期，我热情地参加政治活动和不久戛然终止的经过，以及新中国成立后我的研究主题，从中国国民所得转变为中国经济思想史的前前后后。前二方面是与我如何走上学术研究道路直接有关系的，后一方面则关系我后半生如何发挥我的微薄的力量的问题。所有这三方面的往事都关系到我安身立命的大问题。对我来说都历历在目，感受至深。这虽然是些我个人微不足道的稍屑小事，但它总是与社会大变动、大发展所产生的巨大影响直接或间接有关系的。生于 1905 年，差不多走过 20 世纪整个世纪的路程。20 世纪在整个人类历史中只是短短的一瞬，但却是个大风大浪走向光明灿烂的世纪。我有幸生活在这个世纪，目睹耳闻以致亲身经历一些大风大雨（虽然只是一鳞半爪，无关大体），并就回忆所及把它记录下来，以飨读者，这也许是我对于世人所应该做的一点儿工作。是为序。

1997 年 5 月 29 日写

第一篇

幼年时期：家庭、学校、乡村概况和思想

（一）

我出生在江苏句容县东乡马庄桥村的一个农家，时为 1905 年 7 月 28 日，光绪三十一年六月二十四日，正值清政权内政外交失败，反对帝制，建设民国运动汹涌兴起之时。句容虽然是南京的临县，但既不通铁路，又不通舟楫，交通梗阻，信息闭塞，乡民对外界局势变化懵然不知。直至武昌起义成功，清廷倾露，句容县城兴起剪辫之风，乡民才知换了朝代。我适时年七岁，留有小辫，闻风也欣然将辫剪去，这是我幼年记起的最大事件。

马庄桥是一个仅有二三十户农户的村落。村旁有一小涧自北南流，流水细少但终年不断。村南有一石板桥横架其上，成为东西行人通道，马庄桥的村名大概缘于此桥。村处丘陵地带，农户以种稻麦等五谷为生，无副业，缺水利设施，一遇干旱，即发生饥荒。它在江南地区，可以说是一个典型的"地瘠民贫"的村庄。因此之故，全村没有私塾或学校，农民无一上过学校，没有一个能识字为文（如写家信）者。村民非不想其子弟上学读书，一是上学要多花钱，且使家中少了劳动力，负担不起；二是也无紧迫感，

即是读了书对家庭有何助益？但文化知识究竟是一种重要的工具，承具重要的作用。土豪劣绅之所以横行乡里，为非作歹，除有各种权势条件外，至少得懂点文墨，一般乡民如若不遵土豪劣绅欺凌，亦非借助于文化知识不可。我之上学读书，属于后一种情形。缘我父幼年因家贫失学，在我出生以后，家境逐渐好转。邻近乡村的劣绅以我家为其欺凌的对象。对此，我父母感受压迫，无以自卫，计唯有使儿辈上学成才，以免日后受人欺凌。时村中有一衰落的士绅户，主人早已去世，其子曾稍读过几年书，但以后吸食鸦片，不能劳动，整日卧床在家无所事事。因村人请其设立家塾，收村中儿童就读。我年七八岁时，即在该家塾上过学。但这位老师（我还记得其名叫严起芳）根本没有兴趣教儿童。当时有学生五六人，念的大概是《三字经》《百家姓》。这位老师未给学生念几句，叫儿童自习背诵，就去卧床吞云吐雾了。如此这样，这个家塾不到二三年也就空无一人了。后来村中也再没有私塾或学校。其实邻近有一大村，名柘溪，巫姓约居村民大半，有一巫氏祠堂，村民在该祠堂的公堂办了一所小学，延请邑生解元傑先生为校长，俨然是邻近地区一所"大"小学，受到各村村民的注意。我父母得知有这样一个好小学，乃在我八岁时决心把我送到柘溪小学上学。柘溪离我村有三里远，去该村上学只能在宗亲家寄宿用膳。后来母亲对我说，那时村民议论纷纷，都说母亲"心狠"，把小小年纪的宝贝儿子送到外村上学。对此，我父母是下了决心的，毫未动

一滴水映照的历史

我们家

摇此决心。就是这样，我在柘溪小学上了四年学，以后我六岁的弟弟也继我之后到外村上学。

我家决定送我到外村上学的这种事，在我村当然不是仅有的。我村一家姓糜的两个孩子，差不多与我兄弟年岁相当，也先后送到柘溪村另一个小学上学。然而全村就只有我们两家，在临近诸村也少有这种事。其所以如此，是因为我们两家都有送孩子到外村上学的经济条件。更重要（的）是两家都有培养儿辈文化能力以保卫家庭的紧迫感。这与存在一般农民饱受土豪劣绅欺压情形是密切相关的。我村无土豪劣绅，但外村豪绅的魔爪常常伸到本村。指出这点很必要，因为它与我幼年时期思想的形成有密切的关系。

再回到柘溪小学，解元傑先生很热心办学，他把全部精力都投在教育事业上，这个小学很快有了名气，学生多时达五六十人。稍后增加了两位教师，一位是在外村请来的，名赵熙治，另一位是柘溪村的，名巫道贤，增加了课程设置。如原来只设有语文课，后来增加算术、音乐等课。解元傑先生对我的学习甚为赏识，后二三年就向我父提出以其爱女许配于我。当时乡村尚无自由恋爱之说，我父遂做主接受此意，这就是后来我在 19 岁时与解氏结婚的由来。结婚九年以后，我与解氏协议办理离婚手续。

柘溪小学四年的学习，是我一生学习的真正起始，对我的影响自不待言。回首往事，我要深深地感谢双亲下大决心用他们的劳动所得来供养我到外村学习文化。其次，巫氏柘溪小学的设立，给我提供了一个较好学习的学校，我在那里接触了儒家文化，扩大了知识面。在解元傑师的教育下，读了"四书"《左传》《古文观止》等经籍，接触了忠孝节义、仁义礼智信等思想，留下了岳飞忠心报国、孟母三迁等历史人物和故事的最深刻印象。那时在民国初年，新编小学教科书还没有传到句容乡间小学，我记得我在小学的后两年没看到"人手足刀尺，白布五疋六疋"的国文教科书。所以在我进柘溪小学时，它最初还基本上是一个"读经"的学校。稍后有了算术等课，不过（对此）我印象很浅，我记不得学了多少。我父亲是个务农而兼营副业（米业）的人，常去城市，如镇江和句容县城，知道世道在变化，县城的学校要比乡间的学校高超，因此我在柘溪小学学了几年以后，感到有必要转到县城高小上学。是时句容县城有两个较有名气的高小，一是县立小学，成立较久，为县城教育界一些人所把持，另一是一所私立小学，名为"代用小学"，是由在县城颇有名望的张艺楼先生所创办。他不满意县立小学种种，想在句容教育界里另树立一面旗帜，乃集资创办此小学。此小学屋宇虽狭窄，设备亦简陋，但教师队伍较强，功课也抓得较紧，因是此小学声誉逐渐鹊起。我父经城中有人向他说明这种种情形后，乃决心送我进此小学。这时我年12岁，时当民国六年（1917年），第一次世界大战停战前一年。我在这小学学习了四年毕业。在我学习期间对我影响最大的一次事件，即全国爆发了五四运动，在句容县城兴起了抵制日货运动，对我触动和影响很大，我到现在记忆犹新。此事将在下节"思想"部分详述。在学习方面，由于课程设置都按官方规定办理，教材也用通用的教科书，所以我也跟班学习各课程。我的学习成绩总的来说算是不错，以语文较好被表扬过，但数学较差，毕业考试时，四则题即未满分。我在小学时算数学得不好，与我以后一直未能学好理科课程很有关系。此外，张艺楼先生的热心教育，和继任他的校长陈（进）功老师，兢兢业业，全心全意办学的精神，对我品德教育意义颇大。陈校长及校中好几位老师都是江苏省立南京第四师范学校毕业，我在此校毕业后与其他同学一道投考第四师范学校，这是他对我的最直接而明显的影响。我后来回想，我当时报考升入师范学校，颇带有盲目性。因为我当时并不明确以后志愿做老师。当时没有咨询条件，自己对以后职业选择也很模糊。如果经过一番考虑，大概当时不会考师范，而会考一般中学。这虽然对我以后的专业没有起决定作用，但究竟是走了一段弯路。

（二）

以下我谈谈幼年时的乡村状况和主要思想。

思想是和家庭及社会环境有密切关系的，尤其以儿童和少年时期为然。我在上面所述幼年时的家庭及上学情况，已经涉及乡村情状和我的思想，现在我具体并集中地谈一谈。

我回想我在幼年时朦胧感到面临着一种挑战这挑战就是乡村

农民的贫困和土豪劣神对农民横行霸道的问题。在我思想中，这问题越来越明朗，具体和突出。这思想通过我的直觉和观察而逐渐形成。

马庄桥是我从出生之日起生活了 12 个年头的村子，以后进了县城，到了南京。在高小和师范时期，寒暑假仍然回到乡村这乡村从水土到居民的种种情态都是时刻刻在我心中，我对这些情态都很熟，更有感情。在我幼年时，我家与村中一般农户一样，靠种田为生。父亲忙于田活，母亲和姐姐种菜和做饭，我还看见他们在家养过蚕、纺过纱。靠着双亲的勤俭持家，家境逐渐好转，有了顾工帮助种田。我是家中的长子，并且父母快到中年才生了我，对于我特别钟爱，不让我参加劳动。可是在我到柘溪（上）学以及放学之时，我还是时常与儿童嬉戏，或到田间与顾工玩。记得村上儿童在涧边草地放牛时我曾和他们一起在涧边摸小乌龟，并在草地上烤龟肉吃。在天旱季节，田苗急需浇灌，村民互相换工，用水车在塘坝中车水，我也在上面蹬几脚，并到干塘中摸鱼。这些生活片段，如今记忆犹新。这种生活，特别使我感到村民靠天吃饭情况的严重。我村处丘陵地带水稻灌溉靠塘坝的蓄水，蓄水量很少。老天一二月不下雨，塘坝蓄水就枯竭，秋收就显现危机，随之而来的就是饥荒。在饥荒最严重的年头，曾出现农民吃黑土的情况，这事。我亲自见到过，体验过。我有一个三堂兄，比邻而居，两家也一道经由老南门进出。他家人口多，田地少，平常日子过得就比较紧。有一年特别干旱，我家差不多到了快要断粮的关头，村人传来一个讯息，说是附近某处有"观音土"是老天爷赐给的，可以取来充饥。三堂兄听了以后，也同其他村民一道去取了一些回来，用点水和了做成小饼，在锅中烤热，然后食用。我也去他家观看，并取了一点儿尝尝。大家都感觉难以咽下。勉强咽了一点以后，不久就发生腹痛肠阻现象。天啊！哪里是什么可食的"观音土"，根本就是黑土块。这事大概发生在民国二三年，在我七八岁时，到现在还记得很清楚。这种严重的旱灾，当然是百年难遇，不过程度不同的久旱不雨情形，却在十年中总得碰到五六次，这是我村农民以及我乡农民最感无法应付的。我在前面提到，我村旁有一小涧，流水量细，却经年不断。如果能把这一水源筑坝拦蓄起来，很可供旱年灌溉之用。但在那时的社会，无论公方或私方，不见有人对此动动脑筋。但在去年我 91 岁时，我女儿重访马庄桥后，写信给我说，两村小涧上面和下面俱筑起水坝，蓄水，以做灌溉和发电之用。村前的石桥也因水面提高而重建。既提高了桥基，又加宽了桥面，如今可通汽车。这真是新旧社会的大变化，是何等激动人心的快事啊！关于农民与灾荒的事，我还想赘说几句。上述我村的旱灾情况，远不及江苏北部的严重。在我幼年时，我曾见到成群结队的苏北灾民背井离乡，携儿抱女到我村各户来乞食，甚至愿意卖儿卖女。这种情况就是比我村旱灾情况更为严重造成的。我当时越来越觉得，它对农民生活的威胁太大，对之感到是一大挑战，无法解决。

马庄桥村二十多农户，到现在我还可以数得出各户的分布情况。全村严姓最多，巫姓有三户，糜姓类似。除了上述（建）立过家塾的中襄士绅外，各农户全都过着勤劳俭朴的生活。生活用品差不多都是自给的，连取火的火柴和点灯的煤油，也都不见于很多农家，更不用说带有装饰性的用品了。衣服是很少不打补丁的，旧历年时能够穿上一件新的罩衫，那就算是较"富有"的标志了。房屋多是做堆农具、粮食、摆饭桌、就寝之用。像上述士绅有待客厅室桌椅，那是少有的。我上私塾到他家去过，看到厅堂前有一个小院（南方谓之"天井"），院内只有一棵栀子树，长得很旺盛，花开时白色花朵很喜人。那是在周围几十里农村中更少见到的，当然那位士绅才留下这一遗产也不会保留很久的。一般农民最盼的，是如新年大门对联所写的：风调雨顺，人畜平安；或如灶王爷前的对联所书：上天做好事，下界保平安。如果（当年）五谷丰收，人畜两旺，那就可以过一个再好不过的温饱幸福的日子。但我幼年时在乡村看到的，很难事如人愿。除了上述各年遇到程度不同的旱灾以外，地少和人多的贫农，还面临着疾病和丧葬变故的威胁，遇到这种变故发生，就不得不举债，由此而加重负担，以至于不得不出卖田地，而沦为更贫困的农户。这也是农民贫困化的造因之一。当时我亦感到这是很难以解决的问题。

除此之外，老百姓最怕的是兵祸与官府和豪绅的掠夺和压迫。

说起兵祸，乡佬们常常回忆起太平天国定邦南京后，在江南地带数次与清军作战，句容处南京与苏（州）、常（州）之间，首当其冲。当时句容我乡很多庐舍都化为灰烬。对当时受害情况，言下犹不寒而栗。我家先祖在嘉（庆）道（光）年间建造的"□觉堂"楼房即在太平天国时被毁，抗日战争前其残形尚在。在我幼年时军阀割据，战火虽然没有殃及我乡，但我在家门口望见（过）村南一条由南京往句容通往丹阳的石道上有带枪队伍行进。当时村民们看见后就纷纷议论并担心地说："不一定什么时候又要打仗了。"

　　关于县府差役到乡村为非作歹，豪绅勾结县府，词讼，坑害农民之事，我在幼年时亦耳闻甚多，未见实事。在此只好从略。只述我亲闻视见豪绅勒索及欺压村民数事。以见农民在乡村所处的地位与所受的压迫。我村邻村有一个乡绅，可以说是在"村中无大树（老虎），猴子也称王"的情形下出现。他并无功名，也没有多大资本，却懂一点文墨，能说会道，交游较广，就这样被村人视为他是个能排除纠纷的人物，他也就借办喜事、做寿、建新屋等名义，大办筵席，要村民送礼。村民为攀附起见，甚至有未经邀请而自动送礼者。就这样他搜集了很多钱财来购置田地，建筑房屋，壮大了声势。我家旁有一便道，是这乡绅到他村常经过之道，我有时看到他骑着小驴，边有人护送，左顾右盼，神态高傲，令人望而侧目。最使我终生难忘的一事，是他想借故迫害我家。事情是这样的，我家雇有一来自镇江的砻谷工人，他因家中有事歇工回家.不两天后,村中有一贫家女不告离家出走。家人着急寻找,没有下落,于是村中人窃窃私议,有的把我家雇工回家与这少女出走(联系)起来,怀疑是否是这雇工把这少女拐走。事情捅到相生耳里,他感到正中下怀便与一些村民串通起来,就认定这少女就是被这雇工拐走,而这雇工原来是我家雇的,我家应对此事负责,这样好把我父亲整一下。他们选定了一天安排一个请吃茶评理的聚会,约请有关村民到会,并通知我家参加。当然是一个不说自明的圈套,是要我父亲在众口一词之下,不得不承认有此事和承担责任,由此而进一步被迫接受如何了结此事的敲诈。此举显然是此乡绅借故加于我家的迫害。怎能说我家有此雇工,我家就要对此雇工所为负责呢?!何况此雇工已离开我家,并且我村某少女之出走是否与此雇工回乡有关尚待查明。即使他们二人密约以后离村,那也是他们的事,与我家有何关系?此事当时对我家是一大冲击,但道理和事实很清楚,我父亲决议不上他们的圈套,出村办事,未去参加这个评理会。其时大概是在冬季,我在柘溪上学,放假在家,我父母决定让我去听会,听听他们说些什么,估计他们对我这个小孩儿也不会加以伤害。我还记得,那次会是在马庄(马庄桥村有上下两段)某村民家召集的,有一二十村民来参加,有的本村的我都认识,有少数外村的我就不认识了。那乡绅当然也来了,那乡绅首先说话,问我父亲来了没有,并责问为什么不来。我在旁站着,听着,在问我时,我也免不了

354

我们家

一滴水映照的历史

嗫嚅了几句。接着不少乡民就跟着乡绅的调子翻来覆去地说，不过也说不出道理来，提不出什么证据来。特别是那位少女的妈妈她女儿的出走并没有悲痛的哭诉，也没有指控我家。这样整个会场的气氛就逐渐地变得冷下来了。气得那个乡绅借故早退了场。这会亦就早早收场，这个轰动全村的少女出走事件也就不了了之。这起事件，具体而微地表明了乡间土皇帝土豪劣绅的面目和行经。其甚者他们可以私设公堂、非法审讯、坑害无辜。凡此都是当时乡村经常出现的事，也为我以后所长闻见，凡此种，更加深了我幼年时对乡绅的切身感受。幼年时老师讲"苛政猛于虎"的故事，我多少有点儿把这故事与豪绅之横行乡里联系起来，倍感孔老夫子此语之亲切。

我去过马庄桥村各农家。从我五六岁起，在我生活这个村庄的近十年中，我看到这个村庄农户的一些变化家境走下坡路的多于上升的。家境上升的只有二三家包括我家在内。其原因，主要是由于勤俭持家和家中人口较少，负担较轻，可能有积蓄。例如我家还由于兼营米业另有收入。至于家境走下坡路的家数则不止二三家，其原因如上面所述，主要是由于灾荒歉收、负债、人口多等所造成。有少数有剩余劳动力的农户，通过乡亲关系，外出到上海理发、浴室服务业某一工作，每年可带回若干进款以济家用。特别是在灾荒年头，如此可以免受威胁。但这样的农户究竟少。我村以及我乡我县比较闭塞，同外界联系少，因此出外谋生的事也是偶见的。我逐渐观察到，我村农户除种田外，差不多没有副业。在我六七岁时，村中还有养蚕缫丝副业，我家也有过，但不几年便完全音消云散。过去村旁还见到桑树，后来桑树也随丝业的消失而被砍掉了。此外，酿酒业，除我家外，别家也试过一两年，但究竟我村非粮食丰产和水路交通便利地区，这种副业也发展不起来。此外，再也没有什么副业可经营了。整个村子除了春播夏秋收耘，与土地打交道的活动而外，就像一塘静水，再看不到有其他有关谋生的活动。在这种情况之下农民对于天灾与人祸的袭击，便处于毫无抗拒的境地。这也是我在幼年时朦胧地感到的农民面临的挑战，后来则感受越来越深，至于出路何在，我当然是得不到解答的。但这一问题却长久存在我脑际。我在 1924 年冬季写的，1927 年发表于《东方杂志》我的第一篇文章——《句容农民生活状况》，所写的就是我在上面所述的思想。

我在上县城高小以前，所见所闻者都是农村情事，尚少国家观念。但在我进县城高小的第二年，适逢 1919 年五四运动爆发，句容县城小学亦响应这一运动，实行罢课、游行、高呼：反对日本侵略、要求取消"二十一条"，"打倒卖国贼曹（汝霖）、陆（宗舆）、章（宗祥），抵制日货"等口号。由于在句容县城有一点商业，对于抵制日货，特别掀起了一股热潮。那时刷牙的牙粉、推头的推发剪都是日本进口的，更重要的还有日本布匹，这些货物在县城店铺都有。我记得那时学生们都用盐代替牙粉，用剃刀剃光头，而不用推剪理发，我也都这样做了。特别是小学生还组织纠察队，在城外要道拦住进城货运，检查其中有无日货。我记得我参加了纠察队，进货商旅亦接受小学生的检查。但是在打开商品箱笼时我和同学免不了感到十分尴尬，就是我们缺乏商品知识，不能分辨这些商品孰为日货，因是不得不问商旅本人。这种运动当然难以持久，后人有以之说"五分钟热度"或"五分钟运动"，但它确实是一场规模壮阔、影响深远的爱国主义运动，对我则是最早的一场实践。

第二篇

青年时期参加政治活动

我自 12 岁入县城"代用小学"读书，16 岁离句（容）入江苏省立南京第四师范学校以后，除了在 1927 年 1 月至 4 月，1928 年 7 月至 9 月两次返句外，一生中未在句容做过工作。上述这两次返句，即在南京中央大学读书时间参加政治活动（1928—1929），时间虽短，但是我在青年时代被大革命洪流所冲击起的热情，是我一生道路上的一个插曲，是和当时全国的政治形势及句容社会情形有密切联系的。时逾六十余年，当时同僚已多谢世，每次回忆这一段往事，尤觉历历在目。追溯这一段往事，不但可以展示我一生所走过的路程，也可反映句容乃至全国社会政治的一个侧面。兹就记忆所及，缕述如次。

需要先说明一点，以下记述中涉及的当时同侪，大多失去联系，不详究竟，仅如实记述当时状况。

（一）
1927 年 1 月至 1927 年 4 月

我在江苏省立南京第四师范学校读了四年书（1921—1925），可以说读书没有读进去，不算很用功，功课不算好，懵懵懂懂，对什么似懂非懂。仅在后二年,由五四运动扩大了影响的新文化运动,提倡民主和科学,提倡新道德、新文学,继而引发反对军阀和反对不平等条约的政治运动,逐渐引起我的兴趣,同我幼年时期生活在乡村思想上面对的挑战有些挂上钩了。第四师范位于□□桥,与南京一些书店如商务印刷馆所在的街道很近。我记得曾在那里买过两期《新青年》杂志,可是感到不大看得懂。第四师范旁边还有基督教会设的一个"福音堂",我也去过那里,听过关于政治运动的宣讲。特别是"五卅惨案"发生,南京学生也同其他大城市一样,实行罢课游行活动,我也参加,对我影响更大。在这许多影响之下,我对社会改革逐渐发生兴趣。师范学校本来是为了培养小学教师而设,毕业后应回乡做教师,但我在毕业后决定考大学学政法,其原因即在此。

1925年我从第四师范毕业,看到清华大学招生,即去上海报考,因考试落第,随即就读于上海吴淞张君劢主办的政治大学(其时闻一多、陈伯庄等俱在此校任教)。1926年下半年,北伐军节节胜利,在年终前已攻克军阀孙传芳盘踞的浙江省,逼近上海,上海工人举行武装起义,迎接北伐军。其时学校教师和学生都已星散。我为大革命浪潮所鼓舞,继续住在学校宿舍,时去吴淞镇上看看群众欢腾情景。同时应《东方杂志》征文,写我在家乡所见所感《句容乡村社会经济状况》一文,投送该杂志(此文被采用,在1927年该杂志发表)。此时我接受了三民主义和三大政策的思想。这该说是因为它合乎我的爱国和改革思想，是仅仅根据一些感性认识，缺乏深入的理性认识和实际斗争经验。我眼见张君劢主办的这个大学解散，看见不能在此处住下去，出路只有两条，一是投身参加"革命"，二是入其他大学。但其时我与各方面俱无联系，并且各个学校都在停顿之中，两条出路当时我都无法实现，唯一办法是回家乡句容看看再说。于是我在 1927 年 1 月间由沪返句。在我到达时，北伐军已占领了句容，并留下连指导员上官芬负责筹组国民党句容县党部，我的小学同学骆继纲、王廷瑞等俱已在上官芬组织和领导下参加县党部筹备工作。骆继纲是南京东南大学学生，王庭瑞是南京金陵大学学生，俱因学校停课而在家乡被邀约参加的。当我一回到句容，他们即介绍我会见上官芬，并邀约我一道参加县党部筹建工作。参加县党部筹备工作的还有巫兰溪（涵春）、张连贵、程克俊、笪凤莲（奋廉）等人。组织分工为：骆继钢任主任委员，巫兰溪任委员兼秘书，王廷瑞任宣传委员，我任组织委员，笪凤莲任妇女委员，张连贵、陈克俊等任干事。这些人大都是暂时停学的在校学生，仅巫兰溪、程克俊是县城小学教员。巫兰溪年龄稍大（约 30 多岁），并较为熟悉句容社会情况。她出身贫寒，思想较敏锐，很快就接受新思想，与青年学生打成一片。显然，在年轻学生的筹委会中，她是比较有社会经验的一位。骆继纲出身县城中下层家庭，学理科，革命热情很高。王廷瑞、张连贵和我出身于农民地主家庭，是在校学生。笪凤莲、程克俊出生于县城中下层家庭，笪是南京一女师学生。大家都是心地纯洁，不为名，不为利，志在改革社会的青年。所以整个县党部筹备会是一群毛孩子青年，无旧社会习气，是在革命风暴中接受国民党左派思想，投身社会，所作所为是与旧社会势力对立的。

在这里，有必要讲一讲句容县这个地方的社会概况和当时北伐军在句容的政治工作路线。句容县是江苏省南京地区的一个很不发达的县份。可以说没有现代工业，连手工作坊也很少。我在城区所见到的较为显著的手工业，仅有瓦木工建筑业及附设在杂货业中的刨烟业（即把烟叶刨成烟丝），家数和人数屈指可数。唯一的一个机器工业，是中隔一山，在县区边境沿京（宁）沪铁路线龙潭镇上的一个水泥厂，对全县经济几乎无何影响。农业是单纯粮食种植，几无商品性副业可言。交通运输方面，仅持肩担驴驮。一条小河从县城流入秦淮河，不能通航。商业方面，县城仅有一些经营盐糖杂货及布匹的商店。教育方面，县城无一所中学，较为完备的小学只在县城有两所。赴南京等地上中学、师范及大学的学生屈指可数，全县绝大多数的知识分子是在城乡的小学教员。在这种经济和文化不发达的农业社会中，处于统治地位，欺压人民的是贪官污吏与土豪劣绅；能够接触一些新文化新思想的人，都是在外地的大中学生及在外地受教育后返回句容的小学教员。因此，北伐军提出的政治纲领"唤起民众""打倒土豪劣绅"，最受句容人民群众的拥护。在外地的大、中学生及在本县的小学教员最先接受国民革命思想，包括"打倒帝国主义，除军阀""实行三大政策"等。这时北伐军的政治工作，大多由共产党员及国民党左派人士领导，上面所说的留在句容的连指导员上官芬，是一位20岁多一点儿的青年，也执行左派路线。但在我们相处的两三月中，我们始终不确知他是否是共产党员。不过后来发生四一二反革命政变，他先期离开了句容，就这一点来看，我们大家猜想他至少是一位共青团员。以后我们多方打听，俱未知其下落。所以以骆继纲为首的国民党句容县党部筹委会，是在国民党左派路线指导下进行工作的。

我记得当时筹委会地址是在文庙，当时做的几件大事，是筹备组织区党部，筹备组织妇女会、工会、农会和商会，准备改换县教育局局长等。除在城区小学教员及在外地就学学生中吸收了数十名（国民）党员，筹设了两个区分部和妇女会外，对于工会，农会和商会的筹设都无所进展。这也是完全可以想象的，因为这一群青年一向都与工厂、店员、农民、店主等无何联系，不熟悉他们，自然也就无法组织他们。这里需要交代一下为什么对县教育局特别注意。前面讲过，句容的知识分子绝大多数是小学教员，他们受县教育局的控制和摆布，县教育局一直为旧势力所把持，在革命高潮时有了改变局面的机会，小学教员自然会通过县党部筹委会提出他们的要求，企图革新教育局。不过此事当时也只在酝酿中，而未有何实际行动。总的来说，筹委会所做的事只是开开会，贴贴标语，散发传单，发表演讲，吸收党员，并酝酿对城内一个吸鸦片的著名的讼师劣绅名叫葛子玉者进行斗争。实际上对旧社会势力并没有任何触动。那时县筹委会与省级国民党党部也尚未取得联系，对吸收的党员也未发党证，连整个筹委会人员，包括骆继纲与我在内，那时都未领到党证。不过这个县党部筹委会虽然是由一群初出茅庐、毫无经验的毛孩子青年组织，但它在北伐军连部指导员的支持与领导下，却是有权威的，对旧社会势力构成一个大的威胁。我记得那时掌握县政大权的"县太爷"（县长），对筹委会也不得不低头哈腰，对筹委会提出的一些意见和要求不得不满口称诺。但是我当时已多少感觉到，不少善良的和有社会经验的人们已在一旁静观并怀疑：这些幼稚的年轻人究竟能干些什么名堂？更重要的是，他们怀疑这种局面能保持多久？另外则是一些敌对势力，表面上表示服从，实际上则在伺机反扑。果然，不多久四一二反革命政变开始。此风声传到句容比较晚，大概到4月20日左右骆继纲和我方知道县城中一股旧势力已组织了一批暴徒，准备是日包围筹委会，另外成立组织。于是我们二人临时决定徒步从北门出走去南京，以躲避风险。是时上官芬已先我们早几天离开句容。应该说明为什么单单我们二人离开句容呢？不言而喻，骆继纲是筹委会的头，是旧派心目中的为首分子，他们会加他以莫须有的罪名。我呢，我虽非最早参加筹委会的人，但两三个月来逐渐与骆继纲、巫兰溪三人成为筹委会的核心，不时抛头露面，受到社会的注意。我记得还在一次群众会上宣传过三大政策。巫兰溪被旧派视为幕后人物，在县城教书多年，与各方面较有联系，不会被视为过激分子。所以旧（就）社会矛盾所向，是骆继纲和我二人。筹委会成立不久，基础未固，势孤力薄，在大环境变动之下，难与旧势力相对抗。为了避免受他们的陷害，我们只得出走。据笪奋廉回忆，是时，王庭瑞，陈克俊等都避居乡间，她自己仗着有精通武术的父亲保护，所以待在家中。一群青年学生和小学教员，在一个小县城的政治风云中，就这样热情地聚集在一道，不多久就被迫离散了。

（二）
1928 年 7 月至 1928 年 9 月

这一段历史虽然与上一段相隔一年余，但与上一段是有直接联系的，所以在叙述这一段经历之前，还得讲一讲这两段时间之间的情况。

我和骆继纲来南京之后，住在一个叫什么的会馆里（什么会馆现在记不清了），不用付房费。后来由句容来南京的同道，也住在那里。我们那时想与上官芬取得联系，但一直不知其下落，未能如愿。那时原来和我们一道活动而留在句容的人们，感到受旧势力的威胁和压迫，不时来南京找我们反映句容的情况，并希望我们能重返句容。但我和骆继纲在句容县党部筹委会时与省方无联系，都因为我们原系学生，与党政各方俱无联系，虽欲与句容旧势力搏斗，终觉一筹莫展。在这种情形之下，我们想只有重回学校，继续我们的学业。骆继纲可以在原校继续入学，我则决定在暑假参加转学到中央大学（原东南大学）的考试，以便在南京入学。所幸考试被录取，因而暑假后我们两人在同一学校，就重新继续我们的学业了。尽管如此，由于句容与南京邻近，过去与我们活动的同道还是不时来南京，希望我们能利用在南京（当时是首都与省会）之便，多方活动，能在句容重整旗鼓。而我们也感到在句容活动时间虽短，在感情上，在思想上，都和句容青年知识分子紧密联系在一起；并且我们深受排挤和压迫的心情和他们是相同的。因此，我们仍时时关心句容形势的发展，并希望局势的发展能有利于我们。

　　句容的局势是与全国的局势相联系的。自四一二以后，国民党内部争权夺利，发生分裂。在蒋介石操纵下的国民党继续"清党"，1928 年春夏开始在各省县成立"国民党整理委员会"，进行党员重新登记，以巩固其势力。而汪精卫则打起反蒋旗号，利用在四一二以后受排斥和压迫的国民党党员的不满情绪，在上海组织国民党改组派。是时句容与前党部组委会有关系的一些教育界人士，希望骆继纲和我等在南京利用江苏省国民党整理委员会选派人员，组织句容国民党整理委员会的机会，重返句容，以免他们再受排挤和压迫。而我们也不甘心在句容的失败，想乘机再把在句容的一些青年团结起来，维护他们的地位和利益。那时我们的思想中只想到国民党内有左派、右派，只想在句容再建我们过去筹委会左派的阵地。那时我们与国民党改组派没有联系。1928年夏季前，江苏省国民党整理委员会已组织成立，在报纸上登广告说，准备派选人员到各县成立县国民党整理委员会，进行重新登记党员工作，并公开招人填表申请。那时，我们只在报上看到省委会中有倪弤、李寿雍、滕固等人。倪是右派，李似中派，滕似属左派，但我们和他们都不相识。那时我们以侥幸心理，以为不妨填表申请试一试，大家并推我去申请，我照办了。没想到，在公布选派各县的人选中，句容的三名委员中竟有我在内。记得其他二人为喜镇邦（金坛人）和金维翰（盐城人），都非句容本县人，所以把我选为陪衬。此事一经公布，原和我们在一起的同学和小学教员都额手称庆，而我也以为借此可为和我们在一起的同侪们吐一口气，并可进而为他们在教育界（巩）固阵地。此时正值学校放暑假，我觉得回句容任此职务也不会影响我的学业，因此我也就欣然接受此任命了，就是我第二次回句容的种种前因。

国民党在各地区成立"整理委员会"的目的，显然在于清除党内的共产党员和巩固国民党右派的势力。但句容，只在四一二前在我们中间留下一点左派思想，共产党在句容还没有来得及发展。句容有个青年叫笪宾君（移今），在南京五卅中学读书，1928年被捕关在老虎桥监狱。他是因为在南京活动，而非在句容活动被捕的。我参加句容县整理委员会时，尚不知有笪某其人。我起先也不认识他，直到暑假后我离开整委会回中大，接到他从监狱中来信，才知道有这一位与共产党有关系的青年。当时我曾送过书报和一点儿钱接济他。所以那时县整理委员会在句容，就我来说，如同上面所述，是为了支援过去一道工作过的同道，恢复他们原有的职位，并尽可能使他们取得新的职位。至于喜、金两位呢，他们大概是领着"任务"而来。特别是那位喜主任委员，是一个小官僚，熟悉于官场活动，似乎想趁此机会在句容捞一把；金则是一个带书生气的青年，想是为了完成"任务"而来。所以由我们三人组成的"整理委员会"是各有打算的，不是在思想上一致的整体。三人分工，喜抓总，金主宣传，我主组织。由于他们二人非本县人，不熟悉本县情况，初来时还不得不同我保持友好关系，也不得不同原来同我们一派的小学教员和教育界中人采取妥协办法。我在句容时，还没有发现他们做了迫害进步势力的事，不过在我离句以后，他们究竟干了些什么，我就不知道了。我在句期间，主要是由喜去南京省级机关汇报情况，我一次也没有和省分党部联系过。

自我 7 月间回句后，外地青年学生包括骆继纲等在内，也都因放暑假而回句容，大家相聚甚欢。我们与从去年筹委会以来一直保持联系的积极分子常常晚间聚会，共同商量行动计划，例如如何改组教育会，如何斗争讼师劣绅葛子玉，等等。我记得那时参加聚会的人颇不少，除前面提到过的如骆继纲、巫兰溪、王廷瑞、张连发、程克俊等外，还有张荣春、吕自瑞、胡傑、叶昌运、吴义方、曾广禧等。他们也多是小学教员和在外地求学学生。大家团聚得很好，步调颇一致，大多达到了预期目标。总的说来，我在句容参加整理委员会两个多月的期间，主要做了下面几件事。

1. 登记国民党员

我们一派的人都登记上（了），我记得仅是填登记表，审查通过，未发生什么事故问题。我们固然没有接触过共产党员朋友，我亦未发现喜、金二人在句容清查出有共产党员。新中国成立后，笪移今（宾君）同志告诉我，在上海大夏大学读书回句容的徐石樵是共产党员。我记不清楚在 1928 年夏季他是否在句容，不过我们同他始终是站在一条战线上反对句容旧势力的。

2. 开办暑期小学党义讲习班

因为句容的知识分子主要是小学教员，开办讲习班是团结他们的最好办法。讲习班大概为期二三星期，主要是灌输左派的思想。整理委员会三人都在讲习班讲课。讲习班算是热热闹闹地结束，没有出什么问题。但接着选举教育会会长，小学教员都是参加者，有选举权，他们即成为被争夺对象。

3. 改选教育会会长

句容小学教员的上级，在行政上是县教育局局长，在民间组织上是县教育会会长。这两个职位在句容教育界是有权威的，在社会上也是很有影响的。因此，不管新派或旧派，都想占领这两个阵地。记得那时的教育局局长是吕德润，他是上海某学校毕业的，在 1927 年筹委会时期我们没有见到过他，在总体上他是靠近我们的。至于教育会会长，原为何人，现在记不起了。此时大多数人主张改选，于是展开了新派与旧派对教育会会长一职的争夺。我们新派当然想在此改选中获胜，但旧派得到喜、金二人的支持和疏通，其势亦不弱。这时不少不属于两派的小学教员，双方都争取他们。我记得在第一次选举时两派相持不下，选举没有结果。经过磋商，到第二天选举，大概两派俱占有名额，双方妥协而告终。对于这一点，我在这次争夺教育会领导权中，可以说猛然有所察觉。

4. 斗争葛子玉

这个吸鸦片、包揽诉讼、勾结官府的县城大劣绅，是全句容都知道的，也是民愤很大的。整理委员会主任委员喜镇邦，为了树立权威，在来句容了解一番情况后，积极主张对这个劣绅采取斗争行动。这个行动本来是我们早想采取的，我们当然赞成。后来整理委员会发动人把他捉来游行示众，并随即开大会历数他的罪状。会后也就把他放了，未对他有何追究。此中喜某某是否玩弄了什么花招，我也未去细问。

从 7 月中旬到 9 月初，我所参加的句容县党部整理委员会的主要活动就是这些。9 月初，学校开学，我就毅然辞去这个整理委员会委员的职务，重返中央大学。当时整理委员会喜、金二人都感到奇怪，为何不做这个党官而去上学。就我来说，一点也不奇怪。首先，我不是为做党官而来，主要是为了挽回我们在四一二前在句容所造成的声势，保住同我们在一起的青年学生及小学教师在句容教育界的影响和地位，并力图进而有所发展，如今这个目的已经基本上达到；其次，骆继纲和我在国民革命思想影响之下，仍然抱有改革社会的志气，但此时在国民党右派的统治之下，在句容这个地方根本无从提出改革社会这个问题，而我当时对社会改革的思想也是模糊的，对中国革命理论根本是没有入门。所以当时自己颇感恍惚，无出路，认为与其长此随波逐流，成天搞些争权夺利的事情（自己并不想在句容谋个一官半职），还不如返校读书，继续我的学业。就是由于这些原因，我毫不犹豫地在暑假后开学时，就辞职离开"整理委员会"返回中大了。

（三）
1928 年秋至 1929 年冬

1928 年秋季，中央大学国民党学生间已经分裂出改组派，组织"极光社"，与支持蒋介石集团的"新生社"逐渐展开斗争。我同继纲返回学校以后，也随即参加了"极光社"，以后便参加了改组派。这个"极光社"是改组派的外围，是由南京市改组派领导的，而南京市改组派是由总部设在上海的国民党改组派中央汪、顾（孟余）、陈（公博）领导的。参加"极光社"的同学有经济系的吴建、张肇融、纪士伟、刘士超、我等人，政治系的王治安、蔡焰等人，教育系的林群、陶桓莲等人，法律系的吴子我、袁其炯等人，物理系的骆继纲等人。其中吴健、林群、王治安是主要负责人，我则逐渐亦成为其中的积极分子。在校内的活动，主要是扩大"极光社"组织与"新生社"在学生会国民党支部等方面进行斗争，编印小报《极光》在校内外散发（主要在校内），组织反对校长张乃燕（国民党右派张静江之侄）运动等。在校外，参加过反对南京市国民党蒋介石集团操纵的市党部选举等。

《毛泽东选集》第一卷中一个注释说："曾经追随过一九二七年反革命政变的民族资产阶级，有一部分因为自己的利益，开始逐步形成蒋介石政权的在野反对派。当时汪精卫、陈公博等人曾在这个运动中进行活动，形成了国民党中的所谓'改组派'。"（《毛泽东选集》54页）这是对1928年上半年开始的"改组派"活动所做的阶级分析。那时候陈公博在上海办的一个杂志叫《革命评论》，宣传"改组派"的政纲，在京（南京）沪一带颇为畅销。此外，顾孟余还办了一个《前进》杂志，为改组派政纲做"理论"宣传。大致从1929年起，南京就有改组派正式组织，以吴建为首的中央大学学生就在校内成立了改组派组织，我与骆继纲，蔡焰、袁其炯等大约在春夏之际亦参加了改组派。那时所说参加，并无正式手续，只是被邀约参加小组会。当时南京市改组派负责人是罗方中、赵惠谟、林凡野，我是在参加后逐渐认识他们的。由于吴建和我在学校内外的活动受到当局的注意，吴建大约在 9 月间即避居校外北门桥大街一个米铺后面的小屋。约一个月后，我得到要被逮捕的风声，亦一同避居该处。那地方当时成为南京市改组派的一个联络点和办事处，吴建是负责人，罗方中、林凡野常来此并带来上海改组派总部文件，我则有时抄抄文件听听汇报，无他事可做，感到有些纳闷。当时中央大学改组派在校学生袁其炯、季士伟等常来汇报活动情况。我最记得袁其炯是负责南京市改组派工人运动的，听他几次来谈活动情况，俱无实际内容，也就是说他的汇报完全停留在口头和表面上。居此二三月，我逐渐看到改组派汪、陈等是一群买官卖官的政客，所做的与所标榜的完全是两回事，对搞政治既失望而又厌憎。根据我这两三年搞政治活动的亲身体验，我感到我的性格不适合搞这一套政治活动，既没有搞这一套活动的本领，也不喜欢以此作为终身职业。这两三年来自己虽然热心参加政治活动，但始终还是一个在校学生，未放弃学业。相反，自己从入大学以来，对学业，特别是经济学、西洋史等学业的兴趣越来越增加。1927 年《东方杂志》发表我的投稿，也鼓励我对问题的钻研。自从离校以后，颇感失学的痛苦。在这种思想情况下，我感到面临一个严峻的选择：是继续跟改组派搞政治活动呢，还是设法继续求学？经过反复思考，我终于下了决心，不再继续搞改组派活动，于 1930 年初离开南京，远赴北平以求转学。那时，北平不受蒋介石的直接统治，在那里我可以摆脱过去一段时间的政治关系。到了北平，我一度参观了清华大学，看了那里环境优美，学术空气浓厚，顿然感到这是我摆脱政治、专心学业，以图安身立命之地。于是我温习功课，积极准备于暑期报考转学清华。后来，在看到清华考试发榜榜上有名时，我的喜悦心情真是难以（用）语言形容的。从 1930 年夏季后，我转学清华大学，我所选择的学术研究道路终于由此开始落实了，这是我一生旅程中具有关键性的一站，是我毕生难忘的。

第三篇

解放后我的研究专业改变的前前后后

（一）

我在 90 岁时编的一本《经济问题与经济思想史》的自序中，曾说过在我一生中，我的研究主题有过两次转变。第一次是在 30 年代到 40 年代，由农业经济研究发展为国民所得研究。第二次是从 50 年代起逐渐转到中国经济思想史的研究。第一次转变比较自然和容易说明，因为农业是国民经济的一个组成部分，以国民经济为研究对象的国民所得研究，自然要重视农业经济的研究。特别对以农业生产为主的我国而言更应如此。我开始研究农业经济，本来是企图对我国一些实际问题做些理论研究，亦即在农业经济理论上多下点儿功夫。以后随着我在一般经济理论上有了较多的接触，特别是 1936 至 1938 年在哈佛大学研究生院学习期间，听熊彼得等讲授现代经济等课程，所受影响很大。当时凯恩斯的就业理论新书刚出，风靡西方经济学界，可以说人人谈凯恩斯。此外，还有罗宾逊夫人及希克斯等人的微观经济学说和一般平衡经济学说等，也是广为学术界所接受的新论。在这些学说思想的影响下，我在 1938 至 1939 年提出了农业生产丰歉与一国国民经济盛衰关系的问题，作为我的一项研究专题，试图说明在以农业生产为主的国家，农业生产丰歉与工商业以及进出口业盛衰的相互作用问题。这从方法论来讲，也就是把农业经济问题与整个国民经济联系起来研究。1939年我从国外回到昆明中央研究院社会科学所后，就把这篇稿子整理成一篇论文，以《农业的经济变动》为题，在1941年清华大学主办的《社会科学》上刊出。这可以说是我从研究农业经济走向研究国民所得的开始。接着我随中央研究院从昆明迁到四川李庄（纳溪县），我不断在考虑我以后的研究方向和主题。在浏览图书室新到的书刊时，两本新书《瑞典的国民所得》（上下册）和《匈牙利的国民所得》吸引了我的注意。这两书使我联系起凯恩斯总量分析的经济理论。总量分析法是就国民经济中"消费""储蓄""收入"这几个基本范畴数量的相互分析和变动，研究其对国民经济产生的影响。我在写《农业与经济变动》一文中，虽然没有按这几个基本范畴进行论述，（但）已包含有总量分析的某些思想。凯恩斯的总量分析法是一种理论分析，在研究一国的具体经济问题时，就得先对"消费""储蓄""投资""收入"这几个总量有具体的了解和计算，然后再研究这些总量变动的因素，以及相互变动的关系。看到上述瑞典和匈牙利二国的国民收入实际估算著作，并联想过去看到的英、美等国关于国民收入实际估算等著作，不禁触动我想起，要研究我国的国民经济实际情况及发展问题，必须首先要研究我国农业、工业等主业的实际生产情况，也就是要研究国民收入情况。在这个研究中，当然可以分析得出"消费""储蓄""投资"等的总量。我的这一新的研究课题的设想，不仅是我过去农业经济研究课题的扩大，事实上是为我在研究工作上提出了一个新的课题。这个课题在提供研究资料上和进一步进行理论研究上，都有很重要的意义和作用。当酝酿、考虑这一问题时，我是颇为兴奋的，好像"柳暗花明又一村"，路越走越宽似的。我把这个设想告诉了陶孟和所长，征求他的意见。他听说以后颇为赞同。到重庆时，征求南开大学经济研究所方显庭教授等的意见，他们也都赞同。就是在这种情况下，"中国国民所得"课题被中央研究院社会科学研究所定为中心研究课题之一。鉴于这个课题的理论性很强，其系统研究在国内还属首次，应在理论上打好基础。我从 1942 年起，从研究方法论开始，写成《中国国民所得估计方法论稿》一文，在 1944 年发表于成都华西协会大学《经济学报》第一卷第一期。随之，根据研究确定的方法，即全面开展了收集、整理资料和统计、估算工作。其时有刚从大学毕业的优秀青年汪敬虞、章有义等五人参加主体工作，还有中学程度的青年六七人参加计算工作。工作进展得很顺利，到 1946 年初完成全部估算和写作工作，成《中国国民所得（一九三三年）》一书，上下两卷，列为研究所丛刊之一，中华书局印行，后在 1947 年出版。这就是我如何从农业经济研究转为研究中国国民所得的经过。这个转变是在抗战期间乡村中进行和完成的，条件是简陋的，生活是艰苦的，但研究得到学术界各方的支持，因此在学术和思维活动上，是我最为活跃、愉快和学术成果较为丰收的时期。

至于我第二次学术研究主题的转变，经历时间较长，后来研究成果可以说远胜于前期，但环境和条件等与前不同，所以经历也较殊异，不少好友们当时曾对我这一转变表示惋惜和惊异，我对此非常感激。但对我来说，这一转变在我的学术和思维活动上，虽然经过一些曲折，也是极其自然的。在心情上也是非常愉快的。我的这一篇自述所要回忆的，也主要是这些往事。

（二）

从国民所得研究转入中国经济思想史的研究，确非易事。因为二者虽然同属于经济学学科，同样需要经济理论作为研究的基础，但二者研究的对象大不相同，前者为当代和当前的经济问题，所探索的是当代和当前的经济资料，后者则为历史上各个时期所出现的经济思想，所探索的是各个历史时期的经济思想资料。特别是中国历史悠久，思想资料浩如烟海，看懂古籍就非易事，何况还要熟悉它，理解它，对它做更深入的研究。我感觉这个转变让我在学术研究上走上了另一条康庄大道。中国经济思想史是一个尚未得到充分开发的学科，是一座富矿，随着中国在经济上日益繁荣和强盛，人们必将从历史上追溯它的思想渊源。尽管探查经济思想史的研究，但这属于问题的一个方面。另一个方面是我们要作怎样去抢救了那些经济工作出现大劳力的问题、及所说的研究。更应在说明这第二次学术研究上的转变。不能不回答在一个问题。1994年我向毛册大上提出的问题时，我曾说，我们对中国经济思想史的研究，一是应回答对写今天社会的启示。二是应考察测试这块研究的主要意义（"晒话"，1994年第8期）就这以说了问题的前一面，而没有涉及后的问题的后一面。了解上。为求我们继续国民所说的研究，那就应当上研究中国经济发展史这条实道路。所以我要尽论述我这个时段，又将重点提论两个方面。

在阎敬绩研讨会年的一次座谈会上，我曾说过，我以前做中国经济所说的统计，应回答都问题着重的研究在怎么做，现国家统计局来做。这些完全应该和应适的发做个国家的国民所说的统计，都是由政府都门来做。所以我不继续做中国国民所说的统计，是早日思现在在的。不过在做国民所说的研究时，不仅仅是做统计工作，它还应涉及方法论和理论研究，以及以国民所说为中心的国民经济核算之于理论研究。我离开岗位不继续做国民所说的统计工作，但仍可继续做从事国民所说以及经济理论研究工作。转到今后，从事国民所说以及经济理论研究，对我倒是顺利的。

《往事回忆》作者手迹

和开发这座矿产要使用很大的精力、很长的时间，终必有所收获。这是人类学术思想史上不可缺少的一项课题，要求学术界对此做出努力。我就是在这种思想的推动下，决定进行中国经济思想史研究的。但这只是问题的一个方面，另一个方面是我为什么放弃了曾经为之做出很大努力的中国国民所得的研究。要充分说明我的第二次学术研究上的转变，不能不回答后一个问题：1994年，我同王册女士谈治学问题时，我曾说，我从事中国经济思想史的研究，"一是源自学习马克思唯物史论的启示，二是考虑到这项研究的重要意义"（《群言》1994年第八期）。这只说了问题的前一面，而没有触及问题的后一面。事实上，如果我仍继续从事国民所得的研究，我就不会走上研究中国经济思想史这条道路。所以完整地记述我这个转变，必须兼述两个方面。

在20世纪50年代中期，国家统计局召开的一次座谈会上，我曾说过，我从前做中国国民所得统计，是因为那时国民党政府没有做，现在由国家统计局来做，这是完全应该和合适的。现在各个国家的国民所得统计，都是由政府部门来做。所以我不继续做中国国民所得估算，是早有思想准备的。不过国民所得研究，不仅仅是估算统计工作，它还包含方法论的理论研究，以及以国民所得为中心的社会主义经济增长等理论研究。我最初考虑不继续做国民所得估算工作时，并不意味着我放弃和国民所得有关的经济理论研究工作。例如在1952年由苏联传来的"国民购买力研究", 对我颇具吸引力, 认为可以作为研究所的一项重要研究课题。但这项大规模的研究课题, 在当时还难排上日程。关于国民所得的研究, 经济学学界是知道的。大约也在 1952 年, 北京市经济学会曾约我做过一次公开演讲。到会者有学术界知名人士。我用马克思的简单再生产与扩大再生产理论中的 CVM 来说明国民所得的基本内涵和估算方法, 得到到会者的好评。我在这里所说的, 是高度抽象化的基本理论, 一接触到具体问题, 就不若是简单。例如, 在 50 年代传来的苏联国民所得计算方法, 仅计算社会物质生产部分, 而把社会服务各业排除在外。这与我过去估算中国国民所得所用的方法是有原则性的区别的。我对苏联的计算方法, 在我最初研究国民所得估算方法的著作中, 已经表示过我的意见。由于以后没有做这项研究, 所以没有再提出我的论点。一直到"文化大革命"后, 我再一次同孙冶方同志关于非物质生产问题的笔谈时, 我终于再度提出我对这个问题的见解。冶方同志接到我的信后, 非但鼓励我发表此文, 供给学术界讨论, 并且还把我的信件寄给和他讨论这个问题的于光远同志看。(见《关于物质生产和非物质生产问题》, 载于经济所《科研简报》第 6 期, 1981 年 7 月。又载《经济学动态》1985 年第 6 期于光远文。)我不但怀念冶方同志的宽容气度和高尚风格(见拙文《纪念冶方同志》, 载《经济研究》1993 年第 4 期), 在此我还要感谢他, 是他使我对关于国民所得理论思想又再次进出一点火花, 但也仅此而已。

在 50 年代初期考虑社会研究所以及我自己的科研方向和研究专题时，一些了解和关心社会所研究工作的经济学界人士，曾对我们提出的研究资本主义国家经济发展的题目，表示浓厚的兴趣和赞同。这大概是因为我们能看外文书，像我这样的人也在外国学习过，对外国经济情况有所了解，研究条件比较好，并且这种研究也是政府所需要的。我们知道这是一个大的研究课题，苏联就有一个权威以研究资本主义世界经济情况而闻名。我们提出这个课题，也是参考苏联的研究。不过就我自己来说，我对专门研究外国经济并不感兴趣，我过去着重研究的是外国经济学说，企图用它来研究中国经济问题，落脚点还是对中国经济问题的研究。在 50 年代初，我越来越认识到自己缺乏研究中国当前经济问题的主观和客观条件，在自己又不愿意研究外国经济的情况下，思想上逐渐转到中国经济思想史的研究。在 1956 年国家召集全国的自然和社会科学家制定长期科研规划时，在经济科学方面，由我负责提出中国经济思想史资料整理和研究计划。就从那时起，我开始以中国近代前期的经济思想为题，对思想家的思想资料和当时政策资料进行整理和编选，想以此进行试验，看我是否有条件、有兴趣以此为方向长期进行研究。到 1958 年，在我主持之下，我与同事冯泽一，吴朝林二位合作完成了《中国近代经济思想与经济政策资料选辑（1840—1864）》一书，1959 年由科学出版社出版。这本著作出版后，颇受到学术界的注意和好评。从我自己来说，我取得一些经验，对研究这个课题心中有了底，我体会到这个课题的"拦路虎"有二，一是理论，二是资料。对于前者，我想问题不大，我还有点儿"本钱"，对于后者，倒需要费大力气来对待，但即使对于难读的古籍，我也有信心能够克服各种困难。我对中国经济思想史的研究，可以说是"明知山有虎，偏向虎山行"。我打算从近代追溯到古代，从老祖宗先秦经济思想研究起。在 1957 年"反右运动"中，我受到了批判，辞去了副所长职务，更坚定了选择这项研究的思想。我的最大慰藉就是这项研究是一个广阔的园地，可以允许我自由翱翔，没有多少框框的束缚。真有点儿像"海阔凭鱼跃，天高任鸟飞"所说的样子。但是我这项意愿，在 1958 年至"文化大革命"前，没有如愿以偿。1958 年孙冶方来经济所，他想将美国里昂惕夫（W.Leontief）的投入产出法用于中国的计划经济工作。里昂惕夫是美国经济学家，在"反右运动"后，中国经济学者对西方经济学说视之若瘰疬，避之犹恐不及，但孙冶方认为投入产出是一种经济计量方法，而非意识形态学说，是中性的，既可以为资本主义经济利用，也可以为社会主义经济利用。他指定由我来担任研究和介绍这一经济计量方法。二战前，我在哈佛大学研究生院学习时，他是学校的教授，是时他还未出版投入产出法的著作。他的这一著作，是在 1941 年出版的，出版后在理论上和实践上都受到广泛的注意。当孙冶方提出这个工作后，我也愿意了解里氏的新著，所以就承担了这项工作，不过我说明我的任务以介绍和说明此法为限。所以我在 1959—1960 年写完一份《里昂惕夫的投入产出分析法》介绍性材料以后，就算完成了这一任务，我心中所想做的工作，还是中国经济思想史。不过不久，中宣部和中国科学院学部即下达了编写大学教材的决定，要我参加北大、人大和经济所组成的写作组，编写当代资产阶级经济学说的大学教材，以教学研究为主兼及批判为编写指导方针。这是无可推脱的任务，我参加了《经济计量学》及《福利经济学》二分册的编写工作。这个工作到"文化大革命"前全部完成结束。在这段时期中，可以说全部精力都用在当代西方经济学说。对于这些经济学说，我并不是没有兴趣的，例如 1960 年斯拉法出版了他的新著《用商品生产商品》，我得知之后立即请孙冶方所长通过驻美使馆买了一本，并用业余时间把它译成中文，在 1963 年出版。尽管如此，自己并不想以后专门研究西方经济学说，一则自己的数学根基不好，难以跟上新出的各种学说，更不用说有所创新，二则研究这些学说，终归要做批判。例如我在此期间所写的关于福利经济学和福利国家两篇论文，一发表于《经济研究》1963 年，一发表于《新建设》1964 年，都有些为批判而批判所做的违反实事求是的科学原则之论，自感不能长久沉浸于此道。"文化大革命"开始后，一切学术研究工作中止。以后干什么？真是一切无从说起。记得在"文化大革命"初期和一位老朋友谈到这问题，我说一切只有听天由命，我已到了"耳顺"之年，还不应该满足吗？放牛、牧羊、到边区，干什么都可以，后来事实也是如此。先是集体生活，按时起息，排队吃饭，早请示，晚汇报，学做"八股文"。随后则是"整锅端"，携妻带子下干校，睡"牛棚"，干体力活，懵懵懂懂，如在梦中，如在世外，如此者二三年。以后忽然传来一道喜讯，说我们这些知识分子可以回京了，如是浩浩荡荡，原班人马又回到京城旧地。听报告，学文件，安心待命。不久又传来一道动员令，说是要"评法批儒"，于是人人读"商鞅"，个个批"孔孟"，手捧古籍成时髦，咿唔之声到处闻。这对于舞文弄墨为职业的知识分子来说，是有用武之地的千载难逢的良机。不才如余，岂敢有浑水摸鱼之想。但这确是多看一些古籍的机会，可以为写中国经济思想史准备条件。《管子》是法家的一种重要著作，且以经济思想丰富而著称，近人郭沫若、闻一多等有研究《管子》的专著问世，自思何不从研究这一著作开始？在我稍多接触《管子》一书之后，我便对其中最难读并且思想资料最丰富的《奢靡篇》做注释和今译，并在此基础上于1978年初（写）成《奢靡篇的经济思想和写作时代》一文。在完成此文的过程中，我具体地体会到研究中国古代经济思想史工作的艰巨性，但也加强了我对这一研究工作的信心，以及帮助我考虑如何循序渐进、扎扎实实地进行这一研究工作。就是在这种思想支配之下，"四人帮"覆灭之后，1977年中国社会科学院宣告成立，经济研究所由许涤新来任命所长之时，我从我国有悠久历史和丰富思想资料及研究广义政治经济学的角度，提出研究中国经济思想史这一课题，并强调从古代研究起，先编辑资料，而后进行专题研究与专著写作。使这一课题的研究置于扎实可靠的基础上。我的这一动议，得到许涤新的赞同和大力支持，于是我终于从过去研究中国现实经济问题以及研究外国经济学说，大踏步地走上研究中国经济思想史这一新的道路了。这个转变差不多花了二十多年的时间，初看似乎是勉强的，令人难以理解的，但从主客观各种条件来看，它也是颇为自然的，是合乎学术思想发展规律的。下面我想再谈谈我在转变到这一研究主题后的一些经历、成果和心得，也就更可以看到这个转变是自然和合理的了。

（三）

如我在前面所说的，20 世纪 40 年代里，我是倾全力于国民所得这项研究工作的，但就时间说总计也不超过 10 年。这比我后来对中国经济思想史的研究所花费的时间要短得多了。不说 1955—1958 年整理和研究中国近代早期一些思想家的资料，单从 1977 年全面展开这项研究算起，就有整整 20 年。我现在想再谈谈我对这项研究工作的一些想法。

中国经济思想史的研究，本来在经济学研究中是一个冷门。研究经济学的人，大多与史料无缘，特别是接触古籍的人少；而研究中国史的人，则为纷繁的史料所困，难得有兴致来熟悉经济理论。能够兼有这两方面条件和兴趣的人实在不多。中国经济思想史的研究，初次引起学术界的注意，是在本世纪 20 年代后期至 30 年代初期，那时有一些学者开始研究先秦诸子的经济思想，并有著作问世。推动这项研究的社会原因，大概是那时中国政治和经济有了一个大的发展，前途出现了光明，因而兴起追本溯源，对老祖宗遗留下来的经济思想研究的兴趣。中断了半个世纪之后，到了 70 年代后期，这项研究又成了学术界的热门。不但研究者和研究论文著作空前增多，而且著名大学和院校还设此课程招生授课，还成立了中国经济思想史学会，会员有百余人之多。究其原因，有基本因素和近期因素。基本因素即前述 20 至 30 年代的"追本溯源"思想，因新中国的成立与发展而得到进一步的推动。关于近期因素，一是"文化大革命"中所掀起的批判封资修及"评法批儒"浪潮，驱使过去研究西方经济学说的人以及不少年青经济学者，走上钻研古籍的道路，因而走上了研究中国经济思想史的道路，二是在 70 年代东亚"四小龙"的经济腾飞，东亚地区出现了中国传统文化研究热，特别是儒家思想与经济发展的关系的研究热。这个研究热，与中国大陆的改革开放政策思想联系起来，自然更增添了研究中国经济思想史的推动力量。在 80 年代中后期，这种研究热有所减退，征象表现在学校只开设选修科，而研究者人数有所减少。那时有朋友表示为此而担忧，我当时在学会开会时发言即说，这项研究不能希望有很多人参加，它本身与现实关系不是太直接，需要长期坐"冷板凳"，做发微探赜的前人所未做的工作。但这门研究本身是有重要内容和意义的，即使现在无人研究，不久也还是会有人来研究的。我在这 20 年中做此项研究，可以说是乘着这热潮进行的，但我对这项研究工作的兴趣，始终是浓厚的。其根本原因，即这项专业使我发挥了我所能发挥的能量，做了我认为是有意义的我想做的工作，我没有感到受到什么束缚。我觉得在我的 92 周岁生辰前 7 日，我能握笔愉快地记述一些往事，不能不说是和这一愉快的学术工作之所赐（有关）。

　　我在这项研究工作中所写的书和论文都已发表，并把它们按发表时序编了目录（见拙作《经济问题与经济思想史论文集》附录），不想重述。我对这项研究的一些个人看法和意见，亦已见有关论文，也不想重述。我现在只想谈谈□□□□，以见我在这项研究工作中的感受。

　　在我 80 岁生年，经济所为我所举行的集会上，许涤新前所长赠我诗并写条幅，谓：

　　　人生八十未为老，

　　　祝君学术开心花。

我甚感许老之厚情，当即答此：

　　　壮志犹未已，

　　　再读十年书。

不意我豪情奔放，意气风发，居然实现了我的承诺。在我80至90岁的10年中，共发表论文17篇，30余万字。我和我一道工作的朋友们多年为之奋斗的《先秦经济思想史》一书，亦在我90岁时年终出版，《中国经济思想史资料选辑》6卷本亦出版，可算完成了我们预定的计划，了却了我的一桩心愿。在我90岁时，经济所再为我举行纪念会，我固辞不获，在会上我表明了我上述欣感之情。在这次会前，老同学、同事吴敬明兄赠我诗云：

> 博謇披今古，
>
> 凭心而历兹，
>
> 我思故我在，
>
> 年在待新知。

我后来和以打油诗，云：

> 老天来找我，
>
> 读书到今年，
>
> 年老难免朽，
>
> 北游去师知！（庄子有《知北游篇》）

在这次会上，诗人和书法家赵朴初先生亦赠诗并亲书条幅。诗云：

> 经济文章鸣盛世，
>
> 康强耄耋胜华年，
>
> 君今九十犹未老，
>
> 议论欣看万几传。

后来我在民进参议会上亦答以：

上天一日未招我，

我便一日乐耕耘。

总体来说，我在国家实行改革开放政策的 20 多年从事思想史的学术研究生活中，是愉快的，是充分发挥了我的求知和献曝的愿望的。

1997 年 7 月 20 日写完（92 岁生日前 7 日）

怀念比我早走了的老伴巫宝三

孙家琇

这些日子里——从宝三 2 月 1 日逝世到今天，我心里总重复着苏东坡"不思量，自难忘"的词句。60 年的共同生活在脑中一幕幕地浮现，而比以往更多想到的则是我们长期以来的同甘共苦。尤其是和整个时代背景相联系着回味，就更加体会到它的意义。

我们所经历的，可以说是人类历史和中国历史上都少见的有着极大的社会动荡、抗争以及彻底变革的时代。在这样的过程中组织家庭，坚持工作和生儿育女，格外需要互相支撑，相濡以沫。我们总算一步步度过来了。最值得感谢和庆幸的是，我们这两个在半封建半殖民地中国生长的旧知识分子，得以变成对伟大的社会主义新中国有用的公民。年轻时不够充分的相互了解，发展变化成为以后的，特别是老年时期具有深刻理解、认识和信赖的凝重情谊。

30 年代，宝三和我同在海外留学。他在美国哈佛大学攻读经济学博士学位；我在蒙特霍留克大学攻读西方戏剧学硕士。1938 年夏天，我到当时还不招收女生的哈佛暑期剧本创作班学习。我写出的抗日独幕剧《富士山上的云》深得老师夸奖和同学们的好评。剧本经老师在班上朗读之后，很快有记者对我进行采访报道。那时我虽然年轻，但不喜欢招摇。虽有许多同学向我祝贺，我并没有喜形于色，我刚刚结识的巫宝三也提醒我："最好少出这种风头。"这使我第一次感到了他的与众不同。

宝三比我大 10 岁，我出生在大城市天津；宝三的家是江苏句容县农村，我们对于童年有着不同的记忆。虽然两人在家庭出身和生活习惯等方面有着不少区别，但随着我们之间不断加深的认识与理解，我们由相识、相知进而相恋，跨越了门第、年龄、专业等界限，走到了一起。

二战前夕，宝三到德国去进修，作专题研究，但也希望尽可能早点回国参加抗日战争。一个偶然的机会使我看到了某位美国人拍摄下来的南京老百姓受日寇屠杀的纪录片，我立即产生了也要回国抗日的想法，决定放弃继续攻读博士学位的愿望。我到了柏林准备同宝三先结了婚然后一道回国，没想到德方警察局硬要我们出示祖先非犹太血统的证明，真是欺人太甚！宝三终于想到了在中国使馆举行婚礼的办法，这才绕过了麻烦。婚后我们急于回国，乘船从意大利到香港，然后坐上了人畜共处、门窗紧闭的闷罐车，路经越南海防等地，千里迢迢才抵达中国抗战大后方的昆明。初回国时，我们的生活窘迫到以变卖衣服度日的地步。这些困难主要是靠宝三克服的。此外，随着日军侵华战争的加剧，大后方的人们也开始"跑警报"。每当这时，我和宝三总是焦急地惦记着因无法跑动而躲在厨房桌下的宝三的老母亲。之后女儿出生了，抱着这个体质不好总是腹泻的婴儿"跑警报"就更加艰难。面对这种现状，我一筹莫展。幸亏有宝三支撑，靠着他的乐观、坚强，维持着我们这个苦中有乐的家，坚定着我们抗战必胜的信念。

有一段时间，我要从昆明乡下（落索坡）到城边的西南联大去教课，每次去要走二十多里田埂路；下午返回时运气好就可以搭一辆运煤的大卡车。宝三不放心，但又总是十分支持理解，给

一滴水映照的历史　我们家

了我不小的鼓励。转到四川乐山武汉大学任课后，我和宝三不得不开始了两地分居的生活，只有寒暑假可以团聚。宝三冬天来乐山看我，每次必须乘坐随时有遭抢劫危险的木船，他的这段行程，也总使我极为担心。宝三一个人住在李庄时常很寂寞。他怀着对我和孩子们的思念，不辞辛苦地在小油灯下誊写我改编的五幕历史剧《复国》，并拿给陶孟和先生看。后经陶孟和先生推荐，商务印书馆出版了该剧本。几十年来这件事一直温暖着我的心。

可惜我们所研究的专业相距太远。宝三承认过我的影响使他喜欢上了世界文学名著，可是我对于经济学完全不懂，只能在一旁关注着他作研究的进程与成果。

抗日战争终于胜利了，我们好不欢欣！一家人随宝三的研究所迁到南京。在南京解放的前夕，宝三打了酒、买了花生米，直等待到清晨解放军雄赳赳气昂昂地进入市区。我们真切地感到：天兵降临了人间。后来，我们全家先后随单位来到北京，开始了新阶段的工作生活。新中国的成立与国家翻天覆地的变化，使我们深深感到中国共产党的伟大。

1957 年反右斗争中我被错划成右派，导致我被错划的那张大字报，完全是另外一个人盗用我的名字制造的。我感到天大的冤枉，但是暗下决心，一定不让我的遭遇给家里人带来不愉快。这一段时间，宝三一直很沉默，只偶尔简短地叫我抓紧"反省"和写汇报。根据我对他脾气的了解，我明白那是和我"共苦"并在精神上支持我挺住。

"文化大革命"开始后,中国社会科学院在河南息县开办了"干校",并准许干部下去时带着家眷同去。宝三希望我去,但是因为他可能受审查,又劝我别去。他随同经济研究所的人们先到息县去了。我当时心想:要苦就苦在一起。于是带着七八岁的小儿子也随后赶去。我们在干校被分在一个连队里,经常随大家排队去田里干活。有时缝席子盖大棚或者脱坯烧砖。我们都比较喜欢体力劳动,可以在户外接近大自然,令人精神爽快。我们初到住在镇上一个破庙的一间前房里(以前是摆放"哼哈"二将,后来是用来养猪的地方)由于年久失修,屋顶和墙、壁都破裂不堪。息县春夏多雨,一遇阴天就屋内屋外同时下雨。我们只好披着一块塑料布靠紧身子过夜。有时彼此见到对方既狼狈又滑稽的样子,不禁相对大笑起来。

宝三非常容易失眠,又极其怕热。阴天下雨时,屋里闷热得喘不过气来,更不要说好好睡觉了。有一次夜里我跑出屋去,发现外边大街上有一辆卸下轮子的大车,就躺上去试试是否可以当床铺。果然很凉快舒适,我高兴地急忙跑回屋里叫宝三到那大车上去睡。天亮以后他赞许地说:"好几个晚上也没能这样睡过!"而那是我们两人生平唯一的一次在街上露宿的经历。宝三受审查的所谓"问题"完全是莫须有的。要他交代的"问题",是:1948年他为什么急忙从美国赶回南京,是不是美方什么人指派他回国干针对南京解放的反革命勾当?我完全清楚,当时是我因担心正在哈佛大学办理接受博士学位手续的巫宝三,如果回来晚了可能会碰上战争爆发而进不了南京。因而打电报给他叫他快回来的,他本人也着急,就听了我的话。我十分反对对宝三的审查,曾去找过被派到干校的军宣队有关同志,向他们讲了真实情况,并且要求早点结束那番审查。对于我的这个行动,宝三没说什么,但我认为他是高兴的。

我是干校的"外来户"之一,后来按规定要返回本单位。中央戏剧学院的人们正在河北蓟县的4623部队"学习"和开展"运动"。因此,我们又分居了,这一次我比以前几次都更牵挂他。我离开之前已经看到他的头发大大地发白了,人也异常消瘦,使他看起来像是老了好几岁。儿子巫鸿去河南看望父亲时所拍的照片就是明证。我现在回想起来,觉得他当时的样子还比不上他逝世之前显得健壮呢。我到蓟县之后不久,听说社会科学院干校搬到河南明港,吃住条件大为改善,主要的活动改为政治理论学习,才放下心来。

事物总是发展变化的,"四人帮"垮台,"文化大革命"结束,我们都回到了北京和自己的岗位,心情是多么兴奋啊!我们各自使出最大的力气来进行教学和研究。我们心里明白对方也像自己一样,想尽力争回一些失去了的时间。

在我和宝三同时担任第六届、七届全国政协委员时,我们在一起开会,到全国各地视察,为国家的振兴和发展而兴奋。

党的十一届三中全会的召开和改革开放政策的实施,使宝三感到:现在进入了大有作为的时期,他的心中充满了喜悦和希望。他竭力要求自己出"精品",他全力投入了中国经济史研究,写出了 30 余万字的专著《管子经济思想研究》。直到 1997 年他 92 岁时，还发表了《唐代重商思想的兴起》等专著，最后在 1998 年还出版了他主编的译著《西欧中世纪经济思想资料选集》。

我和宝三都十分珍惜共同生活 60 年。去年他曾说过："我们应该知足，活到八九十岁，能够生活自理和没有分开过，还可以一起谈论感兴趣的书文和报纸上的各种信息，一起出去活动活动。这种平静而不平庸的生活是来之不易的！"宝三的一大长处是乐观和积极向上。他为人耿直，就像他挺直的腰板一样。直到晚年，我眼中的宝三仍是那样的高大挺拔，一如当年哈佛校园中那个风华正茂的书生。

宝三病重时留下了几张字迹不清的字条，其中有一张用扭曲颤抖的笔画写着："我的藏书会对某某某有用，请他充分利用，不要客气。绝笔 1999 年 2 月下午。"虽然他已病危，但脑中所惦记的还是学术研究和书籍。他几十年来对学术始终孜孜不倦、一丝不苟，注重独立的见解与创新。他曾要求一位博士生反复修改论文，连我都认为太苛求了，但他反驳说："这可不能马虎，论文里如果有问题，我们师生双方都会遗憾终生。"宝三生活简朴，早该淘汰的毛衣等，在我多次缝补后一直穿到最后。他把自己所积攒的为数不大的一笔钱捐给童年时代的小学，以尽自己对"希望工程"的一点心意。今年 2 月中旬，江苏句容的柘溪小学师生来信，向他汇报捐款的使用情况："今年学校将利息奖励了优秀师生和补助了特困生。全校师生表示要更努力地工作学习，用优异的成绩来感谢巫爷爷。"如果这封信宝三能看到，一定会十分高兴，因为他曾希望这笔捐款能转化为精神财富,在柘溪小学发扬光大。

后海边上的这所简陋的小院,我和宝三住了几十年,近年由于年老体衰,每年冬天我们都搬到红庙的楼房住。我嫌麻烦,宝三却总是笑着说他喜欢这种候鸟式的生活。1998 年 10 月我们最后一次住进楼房,宝三的身体已明显衰弱,我们谈到了生死。我对宝三说:"我常年有病,一定会先走一步。你好好养,可以活到100 岁。"宝三很达观,他说:"我们都注意保重,一起走到下个世纪。我们两个谁先走,谁是有福气的。"

宝三,我的老伴,我怀念你啊!现在我竭力安慰自己,想着你的早走是"有福气"的。天转暖了,我这只孤单的候鸟又飞回我们的小院。院中女儿种的月季花像往年一样茂盛地绽开,远在美国芝加哥大学任教的儿子和儿媳已得到批准,将在 8 月份回国进行一年的考察研究,这是你一直盼望的事,你盼着父子的灯下长谈……

前些时候,接到我们的青年朋友兆惠和梁宪的来信,信写得极为诚恳,使我感到安慰。其中有一段说:"巫伯伯一直非常健康、开朗地活到 94 岁,安详地离去,这样的福气已不是一般人所能有。而且值得羡慕的是,他事业大成,还拥有一个可贵的精英之家,一家人都为社会做出令人瞩目的成就。真的,如此圆满的人生,俗话说是要几世才能修得的!"宝三,看到这一层,你和我的心里都会得到一些安慰,对吗?

1999 年 6 月

中国莎士比亚学研究的引路人
——孙家琇

陈 超

1937 年毕业于米尔斯学院的孙家琇

　　"中国姑娘在哈佛剧作班独占鳌头"，1938 年，美国波士顿媒体为芳华二十有二的孙家琇同学热情点赞。岁月流转，人生跌宕，孙家琇执着经年，成为一代中国莎士比亚研究领路人，并在晚年贡献了两个永载中国莎剧表演史册的《李尔王》，为中国莎学取得复兴和长足发展奠定了坚实的基础，为推动我国的戏剧创新开疆拓土。在她看似机遇垂青、一蹴而就的成功背后是传承、积累、坚持与信念。

一步一步走向莎学研究

　　1915 年，孙家琇出生在天津，父亲孙凤藻是天津教育界、商界和政界名士，多重身份中包括直隶水产讲习所创办人、直隶省教育厅厅长。孙家琇早年生活的优渥莫过于开智启蒙就接受新学新文化，并与话剧结缘。

天津是话剧在中国传播发展的重镇。早在 1871 年，天津英租界的侨民业余剧团就用英语演出各种剧目。1888 年，又有伦敦汉密尔顿戏剧公司的职业剧团来到天津演出，西风东来。父亲的朋友圈里，新剧爱好，实践，提倡者众多，其中南开大学创办人严修认为："剧本加以改良，其功不下教育。"1918 年天津学界俱乐部试演新剧《照妖镜》，严修与范源濂亲自导演，而孙凤藻也在剧中扮演角色。

继家父之后，1929 年，姐姐家莹登台明星戏剧院，在南开大学上演的《少奶奶的扇子》一剧中饰刘伯英。这一年，孙家琇入读素以表演英文剧著称的（天津）中西女学。在这里，她邂逅中国莎剧表演史上的一次重要演出。这就是 1930 年该校毕业班演出的《如愿》（又名《皆大欢喜》；As You Like It）。十九岁的金韵之（即"丹尼"）担纲女一号"罗莎琳"。年轻的戏剧人黄佐临、曹禺亲临观看。黄佐临借《平津泰晤士报》高度评价了这台全部由女学生用英语演出的莎剧：这些女学生在说词方面"没有职业艺人那种油腔滑调的陋习"，对"角色刻画得也很鲜明"，她们的"表演能力给我印象最深"。

孙家琇从中西女中来到燕京大学英文系，燕大可谓一个莎剧传统深厚的学府。她虽然遗憾错过燕大的"罗莎琳"赵萝蕤的精彩表演，但是，用表演的方式进行戏剧教学的燕大特色和传统没有变。大二时，孙家琇获奖学金，跨洋赴美，插班米尔斯大学三年级，继续修习莎士比亚课程，又利用暑期在加州伯克利大学英文系跟莎学学者爱德华·法纳姆教授专门攻读了研究生课程"伊丽莎白时期的戏剧"。本科毕业，孙家琇再获奖学金，进入蒙特霍利约克女子学院，攻读英国文学和戏剧硕士学位。一步一步，孙家琇求知、思考、实践，文化与学术积累深厚。

岁月年轻，激情炽烈，孙家琇同学脱颖冒尖，1938 年暑期，她在哈佛大学剧本创作班拿出了自己的作品，抗战独幕剧《富士山上的云》。这个闻名久远的创作班曾培养出众多戏剧家，如诺贝尔文学奖得主美国剧作家尤金·奥尼尔，中国话剧的开拓者洪深等。原创作班学员，现任教授，著名戏剧批评家约翰·梅森·布朗在班里朗读了孙家琇的剧本。就教授所知，创作班史上这样为一份习作报以不息的掌声这是仅有的第二次，他鼓励孙家琇放弃攻读博士学位，专心致力于剧本创作：你有天赋。然而，孙家琇决定中断继续在美国攻读博士的计划，立即回国，投身抗战，她甚至不等《富士山上的云》1939 年 5 月在蒙特霍利约克女子学院实验剧场的公演，4 月 26 号就取道欧洲回国了。

回国后，孙家琇先后在西南联大、同济大学和武汉大学讲授英文、英国戏剧、英国小说等课程，而她课余时，夜间举着火把，独自奔走，去给学生和中华剧艺社做的戏剧讲座更是大受追捧。时艰势危，生活困窘磨难，生命更是要昂扬，孙家琇提笔再创作，"表达出一些我对于祖国的热诚同对于世界和平的渴望。"她以《浣纱记》为蓝本，写出四幕历史剧《复国》（又名《吴越春秋》），西施和范蠡卧薪尝胆、发奋图强、复国兴邦的故事。抗日救亡，文艺界上演各种剧目，激发民众，鼓舞士气，同仇敌忾，共赴国难。孙家琇撰文《谈历史剧》，精辟阐述历史剧在救国救亡当头的艺术力量。1944 年 8 月重庆商务印书馆出版了《复国》。同年，神鹰剧团在成都春熙大舞台公演《复国》，由万籁天导演，著名演员李恩琪饰演西施。

抗战胜利后，在南京金陵大学任教的孙家琇受聘国立戏剧专科学校，兼职讲授西方戏剧文学及理论。国立剧专校长余上沅先后聘请了几乎所有的国内戏剧名人，尤其是剧作家、导演、演员和理论家，如曹禺、洪深、田汉、黄佐临、石挥、宋之的、陈白尘、张骏祥、老舍、梁实秋、吴祖光、杨村彬、陈永倞、蔡松龄等，他们注重戏剧理论、舞台实践和社会关怀，共同探索着一条现代戏剧教育之路。此后，国立剧专迁至北京，与延安鲁迅艺术学院戏剧系、华北大学文艺学院合并为中央戏剧学院，孙家琇先后担任编译室主任、西洋戏剧史论教研室主任、戏剧文学系系主任等。同时，中央文化部电影局表演艺术研究所创立（北京电影学院的前身）创立，孙家琇和许多著名文学艺术家如夏衍、周扬、冯雪峰、陈荒煤、于敏、俞平伯、丁玲、聂甘驽、艾青、老舍、盛伦等，都到学校去进行专题讲授。新中国创办的第一所培养作家的学府——中央文学研究所——也宣告成立，莎学专家们为学员做系列莎士比亚讲座，有组织、有针对性地规模化学习研究莎士比亚戏剧。孙家琇主讲《奥赛罗》《李尔王》，曹禺讲《柔蜜欧与朱丽叶》、吕荧讲《仲夏夜之梦》、吴兴华讲《威尼斯商人》、卞之琳讲《哈姆雷特》……

两个《李尔王》

然而，接下来，在孙家琇最有创造力的二十年里，她不幸遭遇了一系列运动。"文化大革命"结束后，当年那个才情蓬勃，意气风发的孙家琇已是六十初度，她愈是不舍昼夜，每寸光阴里都倾注着自己最大的力气，担任了中国莎士比亚研究会副会长、中戏莎士比亚中心主任，接连出版了《马克思、恩格斯和莎士比亚》、《莎士比亚词典》和《莎士比亚和现代西方戏剧》等著作，还发表了几十篇莎学论文。

孙家琇集戏剧研究者、教育者、爱好者和创作者于一身，兼容中西，求变求新。她想做一个大胆的实验，挑战把《李尔王》原剧以现代话剧的形式改编成中国春秋时代的历史剧《黎雅王》。借助华夏历史人物、语言、背景，将中国观众带入对莎剧精神实质高层次的理解和欣赏，同理共情，激发想象，感受这出悲剧社会道德思想之深刻，气势之磅礴。早在 1957 年，孙先生就对改编莎剧给出过自己的思考：在世界文艺发展史上，不同民族艺术的互相渗透融合，曾经产生过令人惊羡的艺术成果。莎剧改编首先应该从戏剧文学创作的角度，从莎作本身出发，分辨清楚作品中哪些因素可以简单地学习、吸取、加以模仿运用，那些因素必须通过认真钻研去深刻领会莎剧的巨大的思想深度和艺术特征，吸取艺术的精华和真实的灵感，更高层次地作用于改编者自己的戏剧创作；否则，任何简单的"拿来"、"吸取"都可能导致抄袭，套用。

孙家琇早年是"喝洋墨水的"，但得益于当年燕京大学以学校彻底中国化为办学宗旨，她同时打下了深厚的中国文史基础。燕大在关注英语教学的同时更为重视中国文史基础。这就是日后孙家琇能创作出中国历史剧《复国》的根底。在她北京家中的藏书里除了莎士比亚全集、小说、诗歌外，还有两大柜《古本戏曲丛刊》。

在《李尔王》的改编中，孙家琇在忠于原著的精神实质，即保留原著的戏剧情节、人物、人物关系和冲突等最富戏剧性的元素和场面的基础上，再创作，综合提炼，得心应手地运用融汇莎剧与中国戏曲的相通之处，通过虚实结合、简繁结合的舞台设计、台词、形体、音响（锣鼓经的节奏）来营造意境。以剧中弄臣一角为例，作为丑角，孙家琇将他的台词改编设计得简明，穿插在其他角色的对话中，快板似的插科打诨，而他的动作比别的角色更程式化，采用了戏曲中的"虎跳""轱辘毛""倒毛""走矮子"等，在借鉴莎剧上超越了因袭模仿的藩篱。

1986 年 4 月 16 日，《黎雅王》由冉杰担任导演，在中央戏剧学院小礼堂首演，著名演员金乃千、赵奎娥等中戏师生参加演出。北京外国语学院教授玛瑞莉亚·韦尔（Mareria Vale）看后认为，《黎雅王》对如何翻译和改编莎剧这个问题提供了一个完美的解决方案。在她看来，与其不伦不类地勉强模仿西方风格，一场纯粹的中国莎士比亚剧反而更出彩，能为更广大的中国观众所接受、欣赏。《黎雅王》从时代背景、人物姓名、服饰、故事情节，中国古典文学和民间生活中惯用的典雅晓畅的语言，到大量使用中国传统戏剧优美而富有表现力的表演技巧和程式，都符合华夏民族的欣赏习惯，也使表演显得自然而得体。

　　孙先生的第二个《李尔王》由（辽宁艺术剧院）采用传统方式在上海出演。其实，李默然演李尔王是中国戏剧界长久以来的一个期待。20 世纪 60 年代初，黄佐临先生就说：

　　"我要给辽艺排戏，就给李默然排《李尔王》，他的台词和气质太适合演李尔王了。"中戏院长徐晓钟也对李默然说："过去在看您的戏的时候，我曾经想过，如果您能演李尔王，听您念的剧诗，那将会是极大的艺术享受。"十年动乱后，重获艺术生命的李默然感叹道："幸运哪！80 年代，居然实现了梦寐以求的塑造李尔形象的愿望。"

　　然而，当李默然终于要出演李尔王时，辽艺和李默然本人对掌握这个戏和这个人物都感到非常困难。李默然在 1986 年 1 月 15

李默然饰演《李尔王》剧照　1986 年

日的角色分析报告和工作笔记中分别写道：戏是演了一些的，但创造这样一个形象还离我很远，一下子抓不着。我现在是很理性地来分析，一下子很难形象地分析出来。我，一个要塑造李尔这一形象的演员，几乎天天都在呼唤着李尔，希望奇迹般地捕捉到李尔的形象。可惜，至今，还是在似是而非的状态下，困惑、茫然。导演困惑、剧组困惑，主演困惑，他们在困惑中激烈地辩论着……

正当李默然因找不到感觉而饱受折磨时，中戏院长徐晓钟教授和莎士比亚专家孙家琇教授分别写于 1 月 10 日和 1 月 14 日的信一并寄到了。原来，李默然早已专程写信向徐晓请教，而徐教授特别请孙家锈先生给李默然回信。李默然反复阅读来信，并组织全剧组一起学习，这时他在工作笔记中写道："读了莎学专家、中央戏剧学院孙家琇教授充满挚情、企望的长信后，莎士比亚不时地在我的眼前出现。我似乎看到他的音容笑貌，又听到了他的心声与呼叫。孙家琇老师长篇精辟的分析和见解，让我心里豁然透亮，对我认识、理解、深入李尔这一形象的内心世界，找到他的外在特征的启示，我将铭记一生。我似乎已经摸到了形象的脉络和心灵，亦看到了人物立体的、具象的整个形象特征。"李默然有了自己对人物台词的设计："大江东去与潺潺流水并用。"

孙家琇在给李默然的长信中极其谦逊地表示："我虽然还熟悉莎剧，却总是个纸上谈兵，或课堂上空讲的教书匠，对于搬上舞台，确实太不内行，怎好班门弄斧？"但她内心澎湃，无比期待，这将是原版《李尔王》在中国的首演！而李默然的"表演艺术很能胜任这个难演的角色，可以起示范作用。"

她首先提出了自己的剧本删节原则，再进一步根据李默然个人的表演艺术特点给出角色处理的建议。李默然以往塑造的艺术行形象给孙家琇留下了鲜明的印象，最突出的是他的台词艺术造诣，不仅节奏韵律、咬字吐词准确，深沉而又明朗，而且有丰富的表现力，也显得真实自然；而莎剧台词中的意象极丰富，李尔的语言变化幅度之大是难以想象的——从暴戾的狂想到自怜的啼泣，到极为温和的陈述。从得意恣睢到悔恨谦卑，从明白到发疯又到明智以及死前的抗议……他的台词往往很长，咒诅极多，所以李默然能够充分发挥自己的台词艺术特长，所以李默然能否充分发挥自己的台词艺术特长，是塑造李尔王成败的关键。孙家琇建议李默然："您得尽力突破本身的特征，从李尔的高龄、地位、气势、性格变化等等来塑造他（古代老王）。"

功夫不负有心人，孙家琇终于看到一个日后成为经典的"李尔王"。李默然上场时，一副李尔的帝王形象。他的台词大幅度变化着，高低轻重，急促缓和，一声一息紧扣李尔的性格变化，达到了自然优美的艺术境界。李尔最后变成了一个有智慧的人，不是越来越绝望，而是让观众在悲剧中看到人性的变化和智慧的升腾。孙先生也对演出提出了中肯的意见，比如删减李尔控诉法律不公的经典台词是很可惜的，爱德蒙的化妆有些脸谱化，黑衣黑裤，黑发黑须，一看就像欧洲戏剧史上典型的"意大利计谋人物"。实际上莎士比亚是反对脸谱化的，他总是要写出人物的复杂性和表里不一的伪装。

孙先生精通莎剧文本、表演和戏剧理论，同时在中国戏曲和中国古典文学方面也有着深厚的学养，她在这个坚实的基础上贡献的两个《李尔王》不仅丰富了莎剧的演出，为中国莎学取得复兴和长足发展奠定了坚实的基础，也为推动我国的戏剧创新开疆拓土。

继续奔走前行

著名艺术史学家、艺评家、策展人、美国芝加哥大学教授巫鸿在谈到自己的父母孙家琇和巫宝三先生时说："父母那一代人的生活，一方面极丰富——像我父亲，经历了清末、国民党时期，中间

1941年巫宝三、孙家琇与女儿巫允明

留过洋，又有解放以后的经历，那种经验是我们现在比拟不了的；但同时也非常坎坷——中间若干年不能写作、不能研究，处境非常不一样。我想起来觉得他们很伟大：他们经历过那么多，但还是保留了很多的信心、一直秉持理想主义，直到晚年还孜孜不倦地思考。"

　　年越古稀，孙家琇依然在奔走前行。20世纪80年代末，她作为（哈佛）燕京学社学者，带着《黎雅王》和《李尔王》两盒录像带回访美国。90年代中，她因病未能亲临武汉大学举办的国际莎学研讨会，但她没有缺席，而是通过信函和学者们商榷他们的论文，并提交了自己的论文"莎士比亚的《一报还一报》"。一代中国莎士比亚研究领域最为著名的学者和引领者孙家琇薪尽而火传……

莎士比亚专家孙家琇的故事

徐　方

1969年11月，我随母亲张纯音下放到河南息县中国科学院哲学社会科学部"五七"干校。刚到不久，常见一位五十出头的妇人，走到哪儿都带着个弱智孩子。她脸上长着一块一块的冻疮，包着土里土气的方格头巾，乍一看像个村妇。可妈妈却对我说："她是著名莎士比亚专家孙家琇，早年留学美国，学问了得！我很希望跟她成为朋友。"

母亲的愿望很快就实现了，她们一起参加了搭建席棚子的工作。搭席棚有一道工序叫打秫秸把，活儿不重，多由女同志来干。人们席地而坐，每次从大堆的秫秸垛里抽出十根左右，排齐后用麻绳扎紧。母亲和孙阿姨并肩坐在一起，边干边聊。毕竟都是老知识分子，惺惺相惜，一拍即合。孙阿姨原是中央戏剧学院教授，1957年被打成"右派"，《人民日报》上点名批判。从那以后，在学校里不断挨整，日子极为难熬。这次中央单位下干校，戏剧学院也名列其中。趁这个机会，她赶紧申请跟随丈夫巫宝三一同下放，借此摆脱困境。听到这些，母亲对她非常同情，生活中尽可能给予关照，我们两家走得越来越近。

这时候我已开始自学，求知欲极强，可不知该读些什么书。妈妈让我问问孙阿姨，于是我跑去求教。没想到她却说："就读《艳阳天》和《金光大道》吧！"这个答复令我大失所望。心想："孙阿姨怎么这样？这不是误人子弟吗！"妈妈听了，深深叹了口气，什么也没说⋯⋯

孙家琇在北京后海

　　多年后我才理解，在干校那个环境里，人人自危。为了保护自己，孙阿姨只能那么说；同时，恐怕也是为了保护我。那年头读"封、资、修"，一旦被发现可不得了。

　　孙阿姨身体不好，患有严重的心脏病，按说应该时刻小心才是。可她干起活儿来特别卖力，什么脏活儿、累活儿都抢着干。脱坯是壮劳力的活儿，她也一定要参加，简直不要命了！几次发作心绞痛，非常危险，吃硝酸甘油才缓过来，现在想起来都后怕。

　　凡政治学习、批斗会一类活动，她参加得也十分投入。我当时真不能理解她为什么要那样。现在想，或许有其苦衷。作为有"政治污点"的人，到了一个新单位，寄人篱下，地位比谁都低，只能比别人干得更苦，表现得更积极，才有立锥之地。

　　好在经济所是个知识分子成堆的地方，聚集了一批中国顶级的经济学家，如顾准、骆耕漠、吴敬琏、董辅礽、汪敬虞、赵人伟等，多数人从骨子里崇尚知识。结果孙阿姨在这里很少遭到歧视，甚至比较受人尊重。孙阿姨跟母亲感叹："幸亏跟随经济所下干校，这一步算是走对了。"

经济所有个从美国留学回来的人，比较了解她。说孙家琇早年在美国求学期间极为刻苦，酷爱体育运动，尤其是骑马。她骑马时着男装，一身黑色燕尾服，戴一顶圆礼帽，风度翩翩。人送雅号：Gentlewoman（女绅士）。当时的我，无论如何也不能把"女绅士"与眼前的"村妇"孙阿姨联系起来，反差实在太大了。

孙阿姨的小儿子是个弱智儿，那年十四岁；我弟弟也是先天智力落后。母亲和孙阿姨在对待残疾孩子上，想法和做法惊人地一致。她们极端自责，认为都是自己不好，有责任通过后天补救，让孩子成为自食其力的人。尽管这个期望几乎无法实现。

孙阿姨对小儿子好得无以复加，走到哪儿带到哪儿，寸步不离。小儿子性格温顺，总是笑呵呵的。他完全没有数字概念，可对别人出的任何一道简单算术题，总能立刻说出答案，当然没有一个是对的。不过，他的记性却出奇得好。很多年后，有一次我从日本回国，往他们家打电话。刚说了一个"喂"，那头儿马上就叫："咪咪姐姐……"令我惊讶不已！

下干校后，一些带家属的人借住在老乡家。一排茅草房中用席子隔成几间，完全不隔音。每天晚上，我们都能听到孙阿姨给小儿子上算术课："除法就像一座房子，房子里面住着被除数，外面住着除数……"这个"故事"重复了无数遍，可儿子怎么也听

作者母亲（右）和孙家琇的合影

不懂。母亲大受感动，说此等母爱真是惊天地、泣鬼神！其实她自己何尝不是如此，不断地给弟弟教算术、教语文，甚至还教英文，不知花费了多少心血，盼望孩子有朝一日会"开窍"，直至她生命的最后一刻……。

后来回到北京，孙阿姨跟母亲已是非常要好的朋友，两家经常走动。她把我当成晚辈，在学习方面时常给予指点，不再有任何顾虑。她告诉我，所有文科的基础是历史，一定要多读史学方面的书，只有博古才能通今。我的专业是英语，一次谈天时随便说了几句，她打断我："你讲英语怎么每句话都用降调啊？这不行，听起来很土。国人学英语有一大误解，以为按照规则只有一般疑问句才用升调，其他一律用降调。可实际上英美人说话多数句子结尾都是用升调的，不信你下次跟外国人说话时留意一下。"她指出别人的缺点毫不留情，让人有点儿下不来台。可事后想想，真是为自己好。我在大学外语系学习四年，没有一个老师指出过这个问题。孙阿姨一个点拨，使我受益终生。

有一次我跟母亲去拜访孙阿姨，聊天时母亲提到我交了个男朋友，已经考虑结婚了。接着告诉她对方是哪儿毕业的，在哪儿工作，等等，话未说完，孙阿姨便迫不及待地连问："德怎么样？德怎么样？"接着她解释道："一般人择偶往往看重学历是否够高，是否门当户对，是否志趣相投……可我活到这把岁数，深感配偶最要紧的是人品。对方要是人品不好，其他什么都谈不上，婚后

作者母亲（左）在孙家琇家做客

绝无幸福可言。"这段对话发生在三十年前。那个时候，特别是有识之士，更是看重人的本质。探讨婚姻问题时口不言钱，觉得俗气。

"文化大革命"结束后，孙阿姨出任中央戏剧学院戏剧文学系主任。她痛感岁月蹉跎，荒废了太多大好光阴。她玩儿命工作：著书立说，带研究生。她的教学严格在全校是出名的。研究生写的论文不知要修改多少遍才能通过。她不但撰写了专著《论莎士比亚四大悲剧》、《莎士比亚与西方现代戏剧》，还发表了大量莎学论文，主编了《莎士比亚词典》，在莎学研究上取得了令中外学者瞩目的成就。为此，先后两次被评为全国三八红旗手。我们到她家做客，那些奖状和胸前佩戴的红花都摆在玻璃书柜醒目的位置上，一进门就能看到，足见主人对这些荣誉之珍视。

孙阿姨还致力于向国人介绍莎士比亚戏剧。一次她亲自跑到我家送来两张戏票，邀请我们观看她新改写的话剧《黎耶王》。这部戏采用莎翁名剧《李尔王》的情节，把时间地点改在中国古代，剧中人物都着古装。她让我们特别注意演员张欣欣，说她不仅能演，还能导、能写，是个多面手。惜才之情溢于言表……

　　提到孙家琇阿姨，还得说说她的大儿子巫鸿。他们是一对非常奇特的母子。孙阿姨每当谈到这个孩子，眼睛里就闪闪发光，毫不掩饰自豪之情。巫鸿的确天资极高,加上学者父母的后天熏陶，从小就很优秀。连顾准也对他颇为欣赏，说他是少年才子，读书涉猎面甚广。1957 年，巫鸿考上了北京一〇一中学。这个学校到了高中分文理科，学生要自己选择。孙阿姨和巫宝三伯伯（哈佛大学经济学博士）主张报理科班，可巫鸿却坚持选文科。他太喜爱文科了，很清楚自己的这一倾向。讨论结果是三人一致决定选文科。这里没有家长的粗暴武断，有的只是民主、平等和理性。两位家长都是过来人，何尝不知选错专业对人的一生有多痛苦。为了孩子的前程，他们决心冒这个险。几年后巫鸿果然没躲过挨整，此乃后话。到了高考前夕，又出现了选择专业的问题。巫鸿酷爱美术，擅长油画，想报考中央美术学院油画系。孙阿姨则不赞成，认为艺术对人的天赋要求实在太高了，即便能考上美院，最终要想成为画家难度还是极大。她建议报考美术史系，说这个跨学科专业最适合巫鸿，能充分发挥他各方面的才能。结果巫鸿同时考取了北大历史系和中央美院美术史系,他毅然选择了后者。改革开放后，巫鸿赴哈佛大学深造，获美术史与人类学双博士学位，先后在哈佛大学和芝加哥大学任教授，在学术领域取得了累累硕果。

孙家琇阿姨与巫鸿之间的感情极深，不仅精神上高度沟通，还彼此欣赏。记得一次巫鸿跟我谈起他的母亲，说："我真的很佩服她……"而孙阿姨更是常用"佩服"二字来赞美儿子。这是我一生中见到的最佳亲子关系。

1990 年母亲患癌症病逝。孙阿姨打电话来慰问，说她伤心至极，痛失一位难得的知己……2002 年夏回国，我按老习惯给孙阿姨打电话，接听的是她的女儿允明，说母亲已于前一年底突发心脏病过世……

今年我又回国，整理母亲遗物时，发现了几张她与孙阿姨在 80 年代的合影。谨以此文，寄托对两位老人的不尽思念。

图书在版编目（CIP）数据

我们家：一滴水映照的历史 /（美）巫鸿，巫允明
著 . -- 上海：学林出版社，2025.

ISBN 978-7-5486-2064-8

Ⅰ. I712.55；I251

中国国家版本馆 CIP 数据核字第 20250FE687 号

特约编审　黄惠民
出版策划　黄惠民
责任编辑　李晓梅　张嵩澜
整体设计　袁银昌
设计排版　上海袁银昌平面设计工作室　李　静　胡　斌

我们家：一滴水映照的历史

巫　鸿　巫允明　著

出版 学林出版社
　　　（201101　上海市闵行区号景路 159 弄 C 座）
发行　上海人民出版社发行中心
　　　（201101 上海市闵行区号景路 159 弄 C 座）
印刷　上海雅昌艺术印刷有限公司
开本　889×1194　1/32
印张　13.125
字数　219 千
版次　2025 年 4 月第 1 版
印次　2025 年 4 月第 1 次印刷
ISBN　978—7—5486—2064—8/I·261
定价　128.00 元